非所有の所有

性と階級覚え書

森崎和江

月曜社

目次

いじけた、毛のぬけた、老犬の山河。魚くさいおまえの尻へ、わたしは、どのように深い侮蔑で回帰したか。壺。おまえの口から、どろどろした漬け菜が際限もなく腸をさかのぼってたぐれる……

個我の尊厳を宣言して、大正末期、一組の男女がおまえを捨てた。食いつめていたリベラリストを、おまえが捨てた。捨てることは一代では完了しない。それは播くことであるから。ほろびゆくおまえに拘束されぬこと。父母はわたしを「点」と名づけた。唖の芝のうえで、わたしは、わたしの無戸籍がまばゆかった。砂金まみれの王国にはにかんだ。割れたばかりの空。在ること。変化を拒絶する点となり、わたしはただわたしの羽根を運んだ。

毛穴のつまったオモニの首すじから聞えてくる単調な韻律へ。わたしは、そこにあった。白木綿からにじんでくる癩の膿。田みぞに捨ててある首くくられた乳児。わたしは、そこにあった。パカチの実る藁屋根の下で、酢っぱい髪毛が口をふさいだ。わたしは、そこにあった。瘤のように、わたしはそこにあった。すえた油のまわりでの屠羊。祭りの炎。水晶。わたしがあることの偶然と必然。その裂け目はわたしの乳母でありわたしを守りした。そこは、はじくように青い空洞であり、雨は降らなかった。銃眼のない風がわたしの自由であった。麦畑にかくれている生き胆取りをわたしはみた。その肩に、わたしはあった。継ぎを当て、破れ、白布と黒い布切れとがひらひらした。原型がみわけもつかなくなっていた。しかし、彼はわたしを捉えなかった。彼は、一羽の蝶を肩にみていた……泥土のようによこたわる癩のマッスと時間のなかから……

わたしには時間がなかった。感覚は、低い藁屋根を這いのぼり北方へむかっていった。無数の線の交錯。北とは、わたしにそういうものであった。匂いはいつも、北に湧いた。わたしにかぶさってくる冬。朱の芽をかたくちりばめている裸木への思慕が、わたしの初潮だった。わたしはみた。張りつめた樹皮を突きあげていく機械を。まわっていた。輪廻？　ちがう。打ち合い、噛み合い、融解し、増殖していくもの。激しい生産の音をたてていた。わたしは涙をおとした。奥深い冬は内陸からやってくる。モンゴールから。羊から。流浪から。戦乱から。何か、くるしく、わたしは求めた。わたしの愛は、天山の奥をまわってうろうろした。

わたしの感性へ、許承烈が石を投げた。ポプラ並木でウインクしあった彼。柳のような首をしていた。兵役拒否で山へ逃げたのだ。彼の従妹たちが、わたしとすれすれに立って、いっせいに民族語をしゃべった。彼女たちの冷えたオンドルで、わたしを取りまく土色の言葉の壁に、わたしはすくんだ。部厚くかたまっていた。が、拒絶のかたちした歯車の一片。はじめて実感される握手に、わたしはうろたえた。わたしは、ひとつの抽象、或る純粋形態ではなかったのか。誰でもなく、しかも、誰をも内在するもの――点。

そして、わたしの不安は、わたしの底深く、どすぐろく植物に対してあった。米の生態と、わたしの知っている米。わたしは、米のイデエをみていた。米をとりまいている、人間の愛憎を反物のようにみた。が、米はわたしに刺さってこなかった。家のまわり、見渡すかぎり田であった。米と麦と区別がつかなかった。父と、朝早く捨ててある苗をひろった。庭に、半坪ほど田をつくった。

――よくみていなさい。水があるだろう。この小さい草。これが米だ。君が、化石のなかでみられたという籾は陸稲か水稲かといったが、陸稲だ――

父のやわらかい巻毛がわたしの目の下にゆれた。塀のなかで、人目をしのんでいるようなかなしみがあった。

――さあ、学校からかえったら、許承烈の田を手伝わせてもらいなさい。きのう話をしておいた――

田水は湯であった。温感をにぎりしめて、わたしはすっかり涙もろくなっていた。ぬるぬると足指から泥が逃げた。ふくらはぎについた蛭が、赤く熟れて落ちるまで、守っておいた。しっかりつかまっていてくれ。二筋、三筋、血が泥にまみれていった。かすかに、コンプレックスが和むようであった。

――君が植えた苗はね、あとで植えかえたそうだ。このことは覚えておいたほうがいい――

それは彼等が、彼等の必要からそうしたのだ。わたしは、人間の繊維と米の毛根とみわけがたく交っている部分を、なぜか、父がかくしているように思った。

――植えかえたってかまわない、そんなこと――

――かまわないことはない。米がわかるのは、一度田に入るということじゃないぞ――

――でも入らなければ門があかないってことがあるでしょ。あたし、わかったから二回入ろうとは思わない――

――なにがわかった――

――百姓はバカだってこと――

父が、わたしの目をとらえて放さなかった。

――人間は尊敬しなければいけないよ――

――そんなことお話してるのじゃありません。ずらしていらっしゃるのよ、お父さんは――いっぽんの樹がほしい。わたしにいっぽんの樹がほしい。それがわたしであるような……

わたしをとりまいた彼女たちの民族語に、嚙みあう民族語を、わたしは持っていない。便宜で使っているにすぎない。彼女の髪にわたしはいた。それ以外、わたしに何があるだろう。

——あたしはあたしよ。なぜ、のけものにするの。あなたはあなたではなかったの——

目をあげると、彼女らは、練りあげたような涙を出した。

——あたしたちは日本語でものを考えるのよ。けれども、日常的なことは日本語と朝鮮語と交ってるわ。朝鮮語だけで生きることはできやしない。あたしはそうなりたいわ——

わたしを南へ押した。そのことで、彼女は、自分が切れていくのを感じた。何か、無意味なものがお互のなかを流れた。熱っぽかった。

しま。みなみのしま。毛のぬけた老犬のおまえ。否定された思惟、なお残存する蕃地だ。鶏から卵をしぼりだしている徒党。

時折、そこから老人がやってきた。水をたたく鵞鳥の声で唾を散らした。父が、それを訳してくれた。

——やはり俺たちの県民だな。官僚・軍の要はおさえとる。×県民はつまらんな。小細工を弄するのみだ。小事にしか役立たん。政治性があると評する向きがあるが、商品販売だからなあ、あれは——

わたしに生理的な不快感がこみあげた。

——そういえば、総督府の白神は△県じゃろう？　やつらは山国で開かんからな。堅いだけ、おまえ、正面切衝ではだめじゃないのか——

わたしは、父を客間から廊下へさそい出した。

――よしてよ、おとうさん。モルモットではありませんでしょう。飼料別に県民というのは飼育されているのよ。あんなしまで、それがなんだというの？　人間はそういうものなの？　おとうさんらしくないではありませんか。十把一からげで平然として、なんて人なのでしょう――

――君のいうとおりだ。飼料別飼育だよ。そこからぬけられないのだ――

――つまらないことおっしゃらないで。あたし恥かしいわ。あんな野蛮な人、お泊めしちゃいや。それに、おとうさんまできたない言葉、なぜお使いになるの。いやしい感じだわ。ひどいとおもうわ――

うすぐらい曲り角で、父が微笑した。

――あの人の言葉だよ。君は朝鮮語を笑うか？　わからない言葉をきらうか？　なぜ君こそ、きたないという思いで聞くのだ？　君とあの人と、言葉がまるきり通じない。それと同程度に思考法も歴史もちがう。おとうさんも、そこをとおってきたんだ。今日は、ごちそうしているわけだ。あとで、もっとよく話そう――

客間へもどりかけて、父はふりかえった。

――君の大伯父だ――

大伯父てなに？　不純な父。馳走とはそういうものではない。わからなくておこっているんじゃないんだ。わたしは怒りがときがたかった。

しまから来る者たちは、みな、この老人と同じムードを基調にしていた。わたしは、彼等の寸断された領土意識を恥じた。先祖とか、前史とか、過去とかいったものが、損傷されることなく、わたしと併存している。わたしには理解しがたかった。断絶感も連続感もない。奇妙な無縁さだった。そして、血。

わたしは、教室で披露されるニニギノミコトとの親和や、そこから派生して、集団的に人間を要約するサイゴウタカモリ軍の内規めいた地方性を、政治的演技と信じていた。選択の自由はわたしにあった。――行かなければならない。わたしを牽引する「北」へ――

わたしは、彼等とわたしとの角度を知ろうとした。

「持っている」というべっとりした小ささを始点に、彼等の感覚は一様に細分化へ傾斜していた。内部へ内部へ区別され、どの小単位もねっとりし、にちゃにちゃする。仲間意識と所有感覚との水飴が、大小の瓶にならぶ。ちぎれた百足の関節のひとつひとつが、内側で、敵と味方を認識していた。しまには、その小単位をつぶして共有する思考のながれはなかった。もしあるとしたら……それは彼等が自らの脂に火を放つことなのだ。径はただ一つ。片方は暮れていた。彼等の生存感覚を百八十度転回させたとき、わたしが、はじめてしまびととの関係を結ぶ。彼等の存在様式からみれば、わたしは「ゼロ」にすぎなかった。

彼等は、その仲間意識での算術――カッコのなかの対話法をどこへでも引きずっていった。強引に肥大させるしかしない。わたしは世界のあちこちで、それが人間の恥部としてのぞかれている思いがした。そのことからわたしは逃れられない、と思った。タクラマカンの砂のように彼等を埋めている「異物」、がある。彼等は感知する触角を持たないから、彼等の東亜共栄圏のイメエジからわたしははみ出てしまう。仲間意識で培養される思想「葉がくれ」が、野蛮な燐光をともしていた。冬の、あの裸木に透けてみえる機械のはるかな底に……

——あたし、はずかしいわ——

——なにも君がはずかしがることじゃないじゃないか。ほっとけよ。いい加減なやつだ。おセンチ！

許承烈はそういって、わたしの足首ちかく小便をとばした。

——バカ、いじわる——

板の間に、ばしばし音たて、壁の方へとかたむいていった。

——あばよ、おやじによろしく——

窓から飛び出した。あの日、鉄を燃やしていた西陽。あの日から彼は家へ帰らなかった。捨てられたように、ちぎれた。

彼の母親がひっぱられていった。わたしの父は、暗い表情で、日夜、私服の山狩り隊に引かれていった。父の瞳は、裂けていた。皮膚がかわいていた。ピストルが物陰から父を追った。二種類の弾が。

——気をおつけください——

白い鬚の、もの静かな崔高は、彼等の民族服をつけ、端然とすわった。父を憐憫するかにみえた。お互、ふかく尊敬しあっていた。山をけずって建っている赤レンガの校舎。民族主義者の巣。校主および過激分子は牢に入れられ、数ヵ月後、父は校主を命ぜられた——

　夜更け、石つぶてがガラス窓を破った。ある夜、窓下の水道管をおおっていた莚が、火を出しているのをみた。

　裂けた目の奥から、父は、じいっとわたしにはなしかけた。呑まれるほどの深淵がちらとし、はるかなはるかな遠さに思われた。わたしはかたくなに、わたしを秘した。父を避けた。父の割れている目の奥へ、反逆の矢を射るどんな位置がわたしにあろう。かわいそうな父……

　いや、ある。たいそう固有な、そして根源的な憤りが底流していた。父は、しまの燐光を知っている。彼に接続するものとして。そして、その質を拒絶する衝動をもまた、持つではないか。あなたは「ゼロ」ではない。それは、わたしにとって、なにごとを意味するのか——　父へむかう怒りと、怒りがまだ無論理のゆえに、わたしは目を伏せつづけた。が、わたしには、次のことだけはわかっていた。父は「ゼロ」ではなく、そして「ゼロ」であろうとする。そのことがピストルの一の弾を呼ぶのだということ。又、「ゼロ」であろうとするが、要するに「ゼロ」ではないという理由で、ピストルの二の弾を招いているのだということ。

　わたしは、彼が銃眼をむけられていることに、嫉妬した。

　許承烈はみつからなかった。彼もまた、銃眼をむけられていた。——あなたはあなたではなかったの——　それはもうつぶやきにならなかった。——あたしはあたし……　同年の朝鮮少女へ噴きあげていった熱砂は冷えていた。くろく、かたまって内へこもった。

――戦争はね、もうじき終ります。わたくしは一枚もモンペを作っていません。みんなほどくとすぐスカートに直せます。ほら――

ひっつめ髪の女教師が、股上が膝まである円筒の脚を、教壇でひらいてみせた。

――勉強なさい。戦争が終るのはもうじきです。みえています――

兵器工場へ動員させられた。そのわたしたちを廻って、彼女は合成繊維の製造過程をプリントして配った。

――この子たちは勉強させねばなりませんから、お茶汲みなどさせないで頂きます――

現場監督の顔色がかわるのをしりめにして。

――わたくしね、瘭疽が痛むのがまんして畳を切りました。縁布は絣をつかってみました。布団針で結構ですよ、とじ針は。掘りごたつを作るのです。集って話しあう場所をつくりましょう。畳屋か大工でなければこんな仕事はできないなどと考えるのは……

豚の脂身がぶらさがっている。あの鈍重がどこかにある。痛痒のない自由と、撲殺された自由。兵器工場が、茸栽培の地下廊の陰微さにみえる者。食器にふれれば唇がめくれ、ものいえば咽頭が裂ける者。――わたしの嫉妬は、敬意に似ていた。

空罐がころがっている。いたるところに鋸状の口をあけ、錆をながした。なまじ、なぎなたなどで欺瞞するまい。深夜まで、コンパスをまわしていると、父が熟柿を持って入ってきた。ゲートルを片手にして。だまってわたしをみていた父は、食べずに出て行き、やがて玄関のあく音がした。行く先は、わたしに想像できなかった。

ひとあしずつ、父がまっすぐに入っていくのが見えた。彼の死へ。夜の木枯しのなかを外套を拒絶していく彼がみえていた。自分の死をみることで、彼は生のもつ誤算の倍加を見定めていた。その背を凝視しているわたしは、冷ややかであったが、孤独ではなかった。ただ、わたしは、わたしの前方が茫洋としていて、わたしの死をはらんでいないことを自分に告げていた。

許承烈の友人が殺された。つづいて、一人。生存していない、という通知だけがとどいた。代赭色の母親の胸や腕が、地面をころがりまわった。ぶったたいている土ほこりでオモニの髪がしらけた。混砂つき米と粟。

男が確実にへっていった。風が絶え、分散した。男を押しつぶすもの、そして、わたしを生と死から疎外するもの。疎外することで押しつぶしていくもの。

父との距離に落着きを得てきたわたしに、なにか新しい足ざわりがあった。

彼等の戦争が敗れた。

飲まねばならぬ。嘔吐を押さえるためには、間断なく飲まねばならぬ。わたしは、わたしにほどこされた非近代的人工栽培――時間から分離した自我意識にくるしんだ。しまでは、女たちはしずかな「非時間」にゆれていた。二重にとおいもの。巻きかえしていくチエーン。飲まねばならぬ。吐きすてるためには。

なにもふれぬ。崩壊するもののないまち。焼け石を払い、醜悪さをわらってやる単純なA。数字の列のようにわたしを建築するわたしの「点」がある。もともとわたしの孤立がドラマであること。ドラマに花咲く近代。演技者は普遍的に世捨て人である。捨てるに捨てられぬさかさ立ち。大正デモクラシーのこっけいな長庶子女。わらえ。わらえ。コスモポリタン。灯台守りめいた女の孤立はモダンだ。波の親分。このやわらかな糊、無意味なモダニズムは声にならぬ。崩壊するもののないまち。浜の蟹が古巣へもぐるように、おまえの毛根が回復した。挨拶がはじまった。

――あなたのおさとはどちらです――

――ほんに、×県のおなごはよう働く。女中や看護婦は×県のおなごに限るのう――

唾棄することは、逃亡に似ていた。

I

現代を織る女たち

これは、返信者のいない手紙であります。代々あなた方へ送りつづけ、いまだに的を射ぬかれたことのないもの——の手紙であります。もともと往復書簡を原則としているものを、あなた方の裁量によってモノローグを強要させられている種族の、呪咀でもあります。女たちは、こうして独白の密度を濃くしてきました。あなた方が占有している片目の対話圏を「存在」とみるならわしに従うならば、「非存在」の重さをかかえて流れている世界です。農夫や炭坑夫などと共に。ここ、未形象世界の矛盾の深さは、形象された世界の矛盾の浅さに対比します。自己を内部から規定する手段をうばわれ、伝達を拒絶された女たちは、一切の権力へ対して「非所有の所有」を武器としてきました。ずぶりと首根っこまで虚無の快感にひたりながら。——どうぞお勝手に。わたしは孤独でさえないわ！

婦人運動は、この欲せざる占有地帯——無限の自由を消滅させるみじろぎから発芽します。今はぜひとも居坐って、返事をいただかねばなりません。それは、あなた方の（おそらくはやむをえざる）閉鎖性を切り裂くことと同意語であります。自業自得めいて、あなた方は大衆大衆とうろうろなさる。しかし、「ものいわぬ農民」と似て、女のモノローグは、あなた方の固定した三半規管では感知しえない原理をもちます。これを、あなた方の目に見えるものに織ろうとする。くらくらと目まいがします。共通の言葉がみあたりません。この作業にノミをおろしつづける女達の姿を、あなた方のどこへぶっつけ、共有し、彼女らへかえせばいいのか。兎一匹はしらない広野に立った心地です。

うるさい方は読まないでください。こういう無言は婦人組織に共通した地色であります。けっこう収穫はあるのですもの、と。あの家父長制下の家屋のなかで醱酵した女固有の利殖法が、そのまま「おかあさん組織」で成果を収めていくのは何という苦々しさでしょう。しかも、これはあなた方の官僚性との似合いのつれあいであります。両者ともに決定的な変革をすりぬけて貴族化します。あるインテリ風の婦人幹部が話しかけました。「私は母親大会にも広島の大会にも行きましたの。視野がひろくなりますと、自分の仕事以外なにも知らない夫が気の毒になりまして、決して外のことを話さないようにしていますの。私がわからないんですわ。でも、こんな夫婦愛が五年もつづいたらどうなるのでしょう」まるきり駄目と思います。夫へ食いつけませんかなどと話合って数ヵ月後、「私のところのおとうさまは大変理解がございますの」とやっていました。役員ともなれば、「とうちゃん」が「おとうさま」へ堕落するところ。こうした偕老同穴型に塗りこめられているニヒルは、積極的私有性へ転じます。そして、女の化粧はそのまま進歩勢力の側に住むかにみせるのです。

これに真向正面から対決するグループ。ある炭坑の主婦の舞踊サークルを例としましょう。彼女たちは今ぬきさしならぬ地点へきています。ただおどりが好きだった。子供と炭住のひとすみに集っていた。やがて一人でおどる舞踊の質を疑いだした。ぴんとこないな。みんなでおどろうよ。振り付けよう。民謡や原爆の歌や炭坑特有の唄をおどりました。母親学級をこしらえ、炭婦会の役員に選ばれる。そして労組の内部を知りました。腐敗、堕落、官僚主義。こうした彼等の常識は攻撃の手はじめに据えるとしても、攻めてなお解きえない何か、が残りました。説明しえないもどかしさにしびれながら、夫にむきあいます。社会的な発言を求められはじめた妻へ、夫の不満と不安が荒れるとき「とうちゃん、サークルがいかんなら酒飲まんと組合に出て。執行部へでてサークルを叩いて。わたしたちと話しあって。ね、組合たのみにならんの。とうちゃんおねがい」と頼みます。くそくらえ、と布団をかぶる夫へ、彼女らは泣くことができずにいます。絶望する道がありません。隣りの部屋で息をころしていた仲間は、そっと散り、翌朝顔も洗わずのぞきます。ガラス越しに、親指を立ててみせ、ひきつるように血の気のない口を曲げます。

或る夜、彼女たちは内部批判に語りあかしました。未解決であったものは、彼女らの寝床でした。風にうちあう白布のような共感をもって、個別愛から同志愛へと移行する寝床。これは、彼女たちが世界に求めている変革の、象徴であります。ここに集団の始点があるのですが。からっぽの小屋で、手飼いの小犬に指先をなめさせている暗さを利用するほど、彼女らは官僚化されておりません。全生活の人間的共有を求めながら、彼女たちは流れこんでくる占有の感覚にもだえています。『女は男性に関するかぎり性に興味を失うに至る。が、自慰行為と自意識との悪循環は以前にも増してぴったりと女を密閉する』デモクラシーの第一歩で大あくびをしているロレンスに、組織としても個別的にも舞いもどるのですか！

冗談ではない、と意識的に話し合いを続けている婦人達があります。南九州でサークル交流をした時のことです。これらの婦人が中心となって九十人の食事をととのえました。きりりと動く素足と磯くさい対話に、男性諸君はさすがおらが九州の女はあたたかい、生産的だと感動しました。炊事場にはやわらかなエロスがただよっていました。彼女らは、最も身近かで、具体的で、根源的だとおもわれるところから交流を欲したのです。とすれば、「感嘆」とは無責任以外ではありません。女性労働の感覚的自己完結性と内部世界との非関連性について一矢放つべきでした。彼女たちは、労働と主体との非論理な関係——そのとほうもない分離、あるいは労働への従属的な没入を疑いつつあるのですから。吹出物をなでられたような佗びしさをにじませて、炊事場入口から集団的コケットリーを送りました。外部の変革の論理で女を抱こうとしている座敷へ。

私は、女性の問題は、家庭労働を底辺とした具象世界の孤絶性と、抽象世界におけるニヒルの共有という形での、同性のつながりにあると考えています。

人買組織と山の女房

重い夢だった。

——泥炭を誰かが鶴嘴ではねあげた。なかから、ぎゃあと声があがった。その叫びはねばっこい糸になって私にむかってくる。私の意志にまきつこうとする。泥のなかのあいつ、鈍重な爬虫類がなぜ私の意志へ呪文をかけるのかわからない。私は炭住から顔をほてらせてのしでてくる女たちへ、針を打っていた。針をさしたまま彼女らはぞくぞくと電車にのりこんで、北九へむかっていく。私はそれら女房の群を操作する。みえない水流が噴きでる。そのたびに地鳴りのようにあいつが私を呪う。あ、泥のなかからこっちを見た。あの眼！　そのとたん、女房電車が洞海湾につっこんだ。

そして、炭坑地帯特有の深い霧があたりを埋めた。泥炭にうずくまって出ようとしないあいつ。あれが気にかかる……

私はにがにがしさを押して書く。私の夢もめっぽう沈澱した。ジュラ紀をのぞいているとかげのように、変貌する筑豊にひるんだのか。それとも、捨てようとする何に未練があるのか、ヤマの何に？

昨年末から今年へかけて筑豊は急速に変ってきた。そのあたらしいがまだにぶい情況にすがすがしい対応ができていない私の関節が、睡眠中いたむのだ。ヤマは無機物的な肌ざわりがくずれた。それは単純な風化でも先祖がえりでもない。そして石炭の幻影にしがみついた新集団の誕生ではさらにない。合理化はそれぞれのヤマの固有性をくぐりぬけて、地元資本の手から金融資本へと移って強行されつつある。労組はあいかわらずの闘争を組んでは「こんなことならストをしてもせんでもおんなしじゃないか。このつぎはこげなふうで闘争できると思っとると大まちがいたい」と歯のぬけた坑夫にいわれている。その坑夫も結局は「いまはまだここでくらせるけん」というのだが。それでも坑夫の生活圏は、浅くなった炭層とともに、どこまでいっても自由というような頼りなさをしてきた。制約を失っていくことを恐怖している。そしてとりとめなく膨脹する焦点をしぼろうとしてあちこちの納屋が荒れる。

そのような筑豊を象徴的にあらわして、遠賀川下流のヤマで女房が化粧しだした。雨の葉群ごしに蛾の産卵をみるような、奇妙にゆきとどかぬ雰囲気が炭住をつつんでいる。はすかいに亭主が坐って女房を送りだす。賃仕事にでかけて乏しい現金をもってくるのだ。毎朝四時ごろ起きだして外出着に着替えて、五時にはハイヒールの音がヤマをおりる。一棟の納屋があらまし女性不在になるほど群れてでかける。朝と昼のべんとうをハンドバッグ流にかかえて彼女らが行くところは「山九《さんきゅう》」である。その八幡の現場まで四十分から一時間かかる電車のなかは、たちまち彼女らの嬌声であふれる。それぞれの「よか人」の話一色になるのだ。「山九」での相棒である流れ者的労務者の誰彼の噂である。やがて彼女らは八幡製鉄所のあちこちにある門外鑑札所で番号をもらう行列となるのだ。

山九運輸株式会社は、八幡製鉄をはじめ北九州工業地帯の諸工場の仲仕仕事を一手に引きうけている下請会社である。生産手段はもっぱら人夫のからだだ。高度の近代産業に重層して、数千の男女が舌で床を掃いている案配なのだ。労働力の資源は背後のヤマに、まだ封切られずにころがっている。

一九五九年、八幡製鉄はそれまで「ゴンゾウ」と一般によばれていた仲仕の現業労働者を、本工に昇格させると提案してきた。本工との身分や賃金の隔差廃止を要求していた現業労組は、労働条件の改善をたたかいとったと評価した。それは新工場の設置にともなっていたが、ともかく本工と同一作業内容を獲得した。そしてその後である、直接生産部門以外のすべての間接部門が総ざらえ請負化したのは。そのときの新生児のひとつが山九である。

「山九の本社？　東京だろう。八幡の中央区にバリッとしたビルディングの事務所があるよ。それでもうちたちには関係ない。番号さえもらえば誰でも入れるもん。番号？　少々のちんばでも働くといえばすぐもらえるよ」そんな就労手続きだから、そして賃金も女の手取りが四百円から四百五十円だし、その日に現金が手渡されるしというわけで、ヤマの女房やスト中の坑夫の間で伝染病となっていった。金券生活の炭住ずまいでなくても、電話代にことかく私など、ふうん！　といいたくなる人買い組織だ。

ともかく手と足がある限りはぶちこまれて、独占の底を洗う熱湯の員数へ入れるのだ。肺病であってもかまわない。若くても年寄りでもいい。激烈な肉体労働に堪えられなければ、柿の実のように落ちるだけだから。落ちたところで一日限りだって結構なのだ。機械化よりはるかに安価な人肉は、いくらでも巨大なコンクリートミキサーにとびこんでくる。どろどろと溶解しておしだされる。引き倒された旧式の鎔鉱炉の下や、鉱石の貨車や、スクラップの山とつまれた沖船へむかって。あとはただ鉄錆でまっかな蛙になるのだ。

合理化の実相は、ヤマの女房のハイヒールにあらわれるようだ。「このヤマの社長がつぶれるか、われわれ労働者がつぶれるか、いのちをかけての……」と叫んでいるマイクの下を、鉢巻姿の亭主に手をふって、彼女は出かけるのだ。出かけずにおれない。

鉄錆の蛙というなりふりは論外だ。そのための作業着をふたつのべんとうの下にかかえて出勤している。家族ぐるみの闘争がたてまえなら、すっぱだかの女が本音だ。「捕虜のようだ」と自認する労働だって、欠けた茶碗を洗うよりましだ。手を動かしたことがともかく評価される。

働けば金になる。その現金への換算より魅力があるのは、そこには倫理的制約がないことだ。売春業をうっすらとはたきこんだ人買い機関のなかで、監督にマークされれば鉄粉をうけずにすむ。ことさらお目どまりを得なくとも、山九は固有名詞が不用なところだ。まして「母」とか「妻」とか「亭主」とか…。かぶさっていた概念が鼻紙ほどもないことのバンザイ！　彼女たちはけろけろと笑う。「うちでもおなごよ。誰かおらんかなあ」

家族関係とは異った次元が自分にもひろがっていることの感動で、仕事を終えて畳一枚の風呂にぎしぎしとつまった女たちは、上気した体を浴場の前にさらす。ずらりと並んで涼みながら、前をとおる男たちをひやかす。「あれはいかん。顔があげられんとやけ。もう俺はぜったい山九だけは行かん」バイトに出かけた青行隊の一人が頭をふった。

戦前のヤマでは、川筋下罪人のひらきなおった倫理否定がそのまま或る自縛ともなっていた。実はそうであったから、その意識はヤマを支える気骨ともなったのだが。戦後は小市民意識が多量に流れこんで、世間並の倫理が主流となった感じがあった。労働様式も合理的な払いとなって、炭労も「ドンと来い」と礼儀ただしい。が合理化が単一企業のスケールにおさまっている外観をはずしはじめると、ヤマはまた裏返りはじめた。「救済ヤマ」とかつて呼ばれた地域ほど、以前のバクチ場的雰囲気をとりもどす速度は速い。

けれども、現在の合理化にともなって起ってきた倫理の崩壊は、むしろ上向きの感覚としてヤマをざわめかしている。村落放棄を核にしていた昔より、うんとスマートな勤め人型はころよいにちがいない。それをどさりと持ちこんできたのは山九通いの女たちだ。上昇感覚とより合って、もう一筋方向を逆にした開放がある。労働下宿あたりの何とも知れん流れ者と遊ぶときの、落ちていく気分だ。彼女たちはつるつるした台のうえの独楽の酔い心地で「半年から一年山九にいくとどんな女でも男の一人二人はできるねえ」という。

五月はじめ、数百年になるという藤の花をヤマの女房たちと見にいった。週に一度は「うたごえ」などする女たちだ。その中の一人は、飲みもしないうちにかっかとしていて「ああうれしい、あしたからうち独身ばい！　誰でんよかけん、うち独身ばい！」とどなった。山九へ働きに行くことに決めた、と私の肩をばしばし叩きながら。

こうしてみると、私のように、女たちの意識製造業を引き受けるといって、みみっちい隊伍に目をくぼませたりする者は、工程のまずさをいやというほど知らされる。

家族意識の崩壊過程に生ずるエネルギーの大量生産を独占は先取りする。意識の生産を眼目とする機関を合理化の一端としてつくっているのだ。それはへしゃげたねずみのような存在にしてしまう労働の、内部を昇華させる。それをふまえている重工業だ。あざやかな独占の二重性がそこにみられる。

ヤマの女たちは、断ち割られた感覚を裏返しのきもののように身につけてかえってくる。波のようにそれはゆれる。なぜなら開放として与えられたものは、彼女のぜんぶにとってはあまりに平たいのだ。「なぜごはん炊いとらんと！」波紋をもてあましているところへ闘争本部の分会長がくる。「就労ごくろうでした。とにかく勝つまでは統一してやりぬかないかんけの」といって彼女のさいふから闘争費を抜く。就労すれば一日五十円出すのだ。「なんが統一か、ごはんも炊かんで！」そのまま飲み屋へ行く。

　廃坑や閉山問題をかかえているし、また早急にそうなるというヤマでなくても合理化は断えまないので、このあたりはべったりと闘争中である。そしてそのたたかいは、彼女が無意識に立体化をもとめている深さへまるでおりてこないのだ。

　メーデーの夜すさまじい響が起った。それは女房のかえりが今日もおそいとみて、亭主は集会のときに隣りに並んだ顔見知りの女にさそいをかけたのだ。安もののシャツを買ってもらって早目にかえってきた女房はふたりがねているのに出逢った。彼女はまっすぐトリス・バーへ行った。それはみがいたボタのようなバーで、或る坑夫が「ああ東京のごたるなあ」といったところだ。

　そこで足が立たなくなるまで飲んでハイヤーで送ってもらった。

「うちは踏みはずしてはおらんばい。あっちはあっち、こっちはこっちたい。それをなんかね、女を家のなかへ引っぱりこんで」「何をもとらんことといいよるか、こっちはこっちなら、めしぐらい炊け」「何ね、あんたはメーデーとか闘争とかいってごろごろしとって、めしぐらい炊いたらどうの」それから大声で「みんな聞いてくれんの」と社会的な規模をもとめるどなりあいになったあげく、窓がとび電気釜がけりあげられて夜ふけに及んだ。

　いったい何がくずれ何が芽生えているのか。たえまない離婚や反目のうちに、或るものがきらりとしたまま消えていくだけなのか。ヤマは決戦の端緒をどこまで失っていけばいいのだろう。いらいらした一人の女房が次のようなビラをばらまいた。

折鶴のことば

山がつぶれるとか！　つぶれてみい！　うちたちゃつぶれんばい！　茶碗を洗いながらなんべんも心のなかで叫びました。いま女《おなご》はどうしなければならんのだろうか、わたしたちは話しあいました。誰もはっきりとはわかりません。

火山が爆発するように自分の力をぶっつけたい、ということになりました。一万円以下の生活にはなれています。へこたれはせん。亭主の後で、家計のやりくりの節穴から、つぶれそうな山の火をみているだけとみくびっているのはだれか。女はたたかう！

女は女のやり方でズバリその気持をあらわすことにしました。色とりどりの必勝鶴を作ることにしました。集った五十数人の女たちで、またたくまにふさふさとした五千羽の鶴ができました。

ただの紙の鶴です。しかし、わたしたちはこれを作りながら、巣立つまえの鳥のように胸がひろがるのを感じました。そしてきょう本坑の闘争本部へもっていきました。各分会事務所にその鶴はのりこみます。

はじめて自分たちの手でやってみました。話しあう基礎を自発的につくりました。闘いがつづくかぎりこの調子で進みます。折鶴だけでなくて、もっともっと自由な形でたたかいを生みたい。わたしたちは右翼だとか組織を分裂させるものだとか、とんでもない評判をきいて、あきれかえりました。あきれるのがバカかもしれません。だがヤマの女は、坑夫の妻は、炭坑の母は、どう生きねばならないか、全力をあげて考えてみなければならないときが来たと思います。

わたしたちはもう引っこみません。わたしたちをわかってください。

いっしょにやりましょう！　木曜会

彼女も山九の現場を経験している。炭労や炭婦会のあり方では勝負にならないと、役員を引いて孤立奮闘している。ビラをまいた翌日に、組合のたちあいで炭婦会の幹事会がひらかれた。おさだまりの統一論で木曜会をつぶし機関紙をだした。それは共産党員である地区分会長が編集する。創刊号はそのザラ紙の中央に次の記事をのせた。「……炭婦会の数名によって毎週木曜日うたい続けられて来た『木曜会』なるうたごえ運動は、闘争明けの五月十八日、教宣部員、行動隊員と共にした家族ぐるみの本坑地区うたごえ集団と発展し、三十名からのうたごえは高らかにひびき、今後ますます高まろうとする団結の意志を示した……」

裂けている。はらわたを欲しがっている女たちがとうとう流れ落ちていく音がする。プロレタリアートへの欲望に、切りこんでくる杭ひとつない裂け目が日本列島を縦断する。バカヤロー。別れる亭主も瞬間の男もそれらの髪の毛をひきずったまま、落ちていくしかない裂け目が虹のようにそこにある。

隣家の美学

こわれた樋のかわりに雨だれをうけている大きな空き罐が、せわしない音をたてています。屋根つづきの隣りの主婦が、ちょっとした工夫を働かした箇所なのです。二年前まではその家を借りて住んでいましたが、一押しすれば柱も壁も窓も襖もみんな一様にぎしと傾くその家はほんとうに私を驚かしました。坑害がひどくて平面という平面は勝手気儘にかしいでいて戸を閉めても雪が舞いこみます。が、私を驚かしたのは原型を失っているたたずまいではありません。そんな内部を支えている工夫のかずかずです。生活の知恵のふんだんな使用でした。窓はどこも数センチのガラス板や木切れをテープで継いでいます。砂が落ちる壁は、映画の広告板の大きな男の顔がささえています。障子の桟はタコ糸、襖は不用になった障子に板を打ってあるもの、外界との仕切は戸や窓を重ね合せて作ってある。軒をおろして増築した部屋の床はボール紙で、荒壁ににんまり笑った女優や長嶋選手がべったりはってありました。障子に打ちつけてある布切れ、棚を構成している数枚の板、曲りくねって引き込んである水道管、砕けた瓦やスレートを積み重ねてある屋根、どの区劃をみても協力された数名の知恵がみえ、形成までの過程を語ってくれるのでした。壁とも戸とも名づけようのないそのくらがりが。

自由で楽しげに生きるものだなあ、と私はそれらの工夫とそれが完全に生きて使われたことに感動しました。知恵だとか工夫だとか変形だとかいった生活の側からのひろがりと、風や光や土など自然の側の侵入とが、切断されることなく極めてなめらかにその家は合流していました。自然のエネルギーと人間のエネルギーが素朴に開化混合して未分化である状態、それは初期プロレタリアートの生活感覚の基盤であるかもわかりません。女の夜這いの話、ボタを噛んだ石炭の断面の話、もうちょっとで坑内分娩をしてしまうところだった話や葬式の諸道具を自作する話などが筋肉を躍動させながら語り出されます。それは農家がもっている自然に依存した生活の匂いとは別種のものです。種子は土に播き、土はものを増殖させ、その波動にさからわず流していく人間のエネルギーといった或る一体感、一個の歯車への統合ではありません。調和を基調にした手工業的観念は、その陥落家屋では打ちこわされていました。人間と自然のエネルギーの未分化とは、両者の出合いと拒絶の力関係が次の形象へ転化しようとする一あし手前の状態なのでした。床のボール紙ひとつにしても、それは何かの代用品というものではなく、自在でとっぴな組み合せは肉体と石炭との強引な会合と痛みとをそっくりそのまま再現させるのでした。動かすことを拒否するひとつの主張を私はそこにみていました。棒切れ一本、針金一間といったものが、柱やかもいの創造的存在を語るのです。完成とは無縁な創造の主張、その一見矛盾した形成の動機に、まるで被害者心理のないのが私を打ちました。それはもう過去の美意識へ引きかえすことのできない美学でした。

そこに住んでいた間中、私はそれらの工夫や創造の端緒や使用する時の彼等の心情がまっすぐに理解できませんでした。或る日、天災のようにその一家は帰ってきました。ただいま、とも、今日は、とも、今日からここでくらすとも言うことなく、十数人の若者と線の固い家具とが入りこみました。不用の期間は人に借して入用になれば自宅に入るということは極めて自然な道理でした。世俗的な相互関係を無視した上で成り立つ関係、そこへためらいもなく行動してきたのです。非常識を自認している私たちですが、書きかけていた鉛筆を置いて物音に立ち上ったまま、あっと息をのみました。それで万事の均衡は片づきました。息は吐くほうが強く、過去の美学の片鱗によろわれているものは事態の本質が了解できるまで一歩退いて思考するほかありません。

その家の気風は、例えば小柄なおばあさんが十一月の夜空を湯あがりの腰巻きひとつで涼みます。坑内労働をしながら生み育てた十一人の子供、石炭を掘り出すことを貝を拾うようにテクニカルに語れる孫たち曾孫たち、その厚みをもった碾き臼がじりじり回転しはじめました。私にわかっていたのは、一見欠落の集合のようにみえる生活感覚——その色を喪ったのちの創造性と工作の瞬間に持ちあったであろうと思われる快楽でした。創造に何らかの快感があるとすれば、それは集中の秩序を一回きりで捨ててしまうことだと思います。数名で作られた知恵の輪のような戸口から彼ら彼女らは惜しげなく小さな工作を捨てて次へ移るにちがいない。私はかず多い工夫のあとを、精神の転位の足跡とみていました。ちょうど初期の坑夫一家が針金と新聞紙で天井を作っては次のヤマへ移り移りしていたように、たちまち捨ててかえりみることもない知恵、その自発性への信頼だけが快楽なのだと。

個人の美意識の変転は、内発性と外圧とのたたかいの場の変化です。色を喪ってしまった一家は、喪わされるより早く色を拒絶してとび出しました。時代と階級の光をぜんぶ吸ってただきらきらとしているまっくらな内部、それ以外は美しさとして承認しないという頑固さを一本とおしている女は、私の友人にも数名います。そしてもちろん創造を最初で最後の手段として、そのまっくらな内部を割って色をはじき散らすことだけを考えているのです。その友人たちが隣りの主婦よりもしあわせであるのは——或は不しあわせであるのは——より深く自発性を損傷され、またされつづけていることです。

口の細い壺の奥をのぞくように、未知な感覚がぱちぱちはじけ散っていると思われる隣家を、殆んど無縁な形で私は大切にしました。そしてようやく納得できましたが、彼等の感覚、心情、工作は彼等のうちの特定人が私有化することはありません。その点では小市民的創造の基盤である心情と感覚の個的限定とは完全に切れているのです。けれども共有されている価値は、世俗の倫理道徳へゆったりとはすかいに向いあっているのでした。正面切って絶縁することなく、それかといってゆるすことのない二重性が或る清潔さでただよっているのです。ですから何か事態につきあたればそのいずれかの一本がはじかれた弦のようにふるえるようでした。そしてまた知恵の輪のような工作は共同の所産として何と柔らかに鳴り出したことでしょう。捨てられるどころか集団の成果として暖められ連続して堆積していく質のものだったのです。そしてそこから彼らはどこへ裂かれていけばいいのかとふと立ちどまった時の自愛のように、つやめいているのです。私は或る日、子供の通学している小学校へ行きました。創造の端緒がつかめずにむやみやたらとクレパスを塗りこんで閉塞している私の娘たちの絵を、あまりその時期が長すぎると気にしました。同じ年齢の隣家のお孫さんの絵が数枚でていました。はじかれたような透明さがそこにありました。小さな彼は父母や祖父母や曾祖父母の、労働に対処して生まれた自発性や自己閉鎖や私有をふみやぶったときの明朗さなどの或る限界のところから、絹糸のように細く爪立ちのぼっていました。小市民的ななれ合いはみじんもない雪景色ですが、雲母のようにうすいポジションに針の足を立てているのです。はさまれている空間の透明さ、そこにとんでいる雪玉の空虚さが私に痛すぎました。が、私には私の娘たちの安定へ土着しようとすることで発想する消極さよりは、はるかに信頼のもてるものでありました。この炭坑地帯の二代目三代目の若者たちの創造の現状と過程をみる思いがしました。

私は、女たちが、何かを作ろうとするとき、或は自我の形成だとか女の歴史を思いみるときの心情を考えます。私たちには嚙み破るべき女性の内部の敵——敵といえるほど固い時間の集積をもった思想と存在との一体物——がありません。私は私自身を静止点へ凝縮させそこにみえてくるテーゼを女性一般の底辺を構成する一因とします。そこに影絵のように出てくるものは、もう幾度か書きましたように、虚数をどこまでもひろげていく形而上的な量感です。「被所有の無時間的な所有」と概念化しましたけれども、その方向に虚数を内包している映像を置いて、女の或る――例えば陰極としての――典型とします。ともかく今の条件状況の中で形成しえる限りの極限像を作り、それを敵として直ちに破壊する勢力を、つまり動きといえる具体的勢力を作って実数へ近づくのです。それは同時に破壊の方向へ――私たちが生もうとするところの――自己否定しつづける虚像を陽極の典型として描いていくことになります。隣家の主婦はその方向のある瞬間の虚像にすぎません。女たちにとって最も固く困難な仕事は何なのでしょう。その問をたずさえて、自分の身の丈では及ばぬ実数を内包している典型を、私たちは雲にぶらさげた絣のきものほどの虚しさででも感ずる必要があるのです。誰も見たことも感じたこともない次元を感じ取ること、感じ取ろうとすること、それが変革を願う者たちの不可欠な前提なのです。ですから典型は不断に更新され遠ざかります。

ふたつの典型の間に無数の落差をもって私たちは入りこんでいます。そしてその両側の極が同時にとらえられたとき、私たちはようやく創造の痙攣が起るのを意識します。

が、創造も自我の確立も、一本の軸のはしを両眼でにらむように消極的な受信機では、単純な状況報告や現状承認をぬけることはできません。典型の止揚を重ねてはじめて歴史は綴られていきます。社会的にも個人的にも。初期プロレタリアートの女たちは射程距離は短かかったのですが自ら知覚する両端の典型にはさみうちにされて、八つ当りの工夫を生み自から或る時点を刻みました。それをどれほど私たちは越えたでしょう。越え得たでしょうか。

私は今日このごろ、諸階層それぞれの最尖端部の潜在音が聞えなくなる恐怖におそわれます。その心音はどんなにマイナスの音をたてていてもいい、それを裏返したときにできるイメエジでもって自分を破壊したい。せねばなりません。落差の小さな女たちの諸階層・諸観念の操作が見とおせて、しかも殆んど同色につらぬかれている時節ほど非生産的な時はないのです。現在反体制運動の近辺にいる女たちの質は、思想のカオスとして最も薄手でそれ単独では蕗のとうほどの自生力もありません。それは中間層的管理職ムードをもちしかも個体として実質的に無産者であるという位置にいます。女性中間層の実存は実感不在で、イデオロギーの裏付けとして最低です。がその最低の認識も創造と変革の契機となり得ることが直感的にも理解しあえていないのです。実感不在の自己認識は更に低く暗いその裏付けへ動いていくことでエネルギーを生みます。実感不在を特定階層が自己の占有物のように権利の一種として認めている気分はなぜ破れないのでしょう。

実感不在の内容は、実感の種々相、存在の種々相で多民族の集合体ほどの色合いを持つのです。それが単一の占有感で片づいているところに、私は支配の側の力量をみます。いや応なしに物質の実在感をこすりつけてくるところまで、あなたの不在を押しつめるほかありません。女たちのなかでの実感の所有は、なまじの実感をひっくるめて全的否定を打ちおろされる階層、つまり自己不在の一変形にほかならないのです。けれども不在の変形を意識化するときには、不在そのものへ刃むかってくる感覚を生むのです。ちょうど私の隣家の美学のように。

歴史的時間へ編みこまれた伝統を持たない女たちは、自分で自分を食べ、生体すなわち病根の増殖をはかるために諸階層の潜在音を感知しなければなりません。その感度と音がどれほど完成や結晶から遠かろうと、表現するのです。一つの断章に。八方やぶれの舞踊に。かたわな詩に。一片の手紙に。そして直ちにふりすててしまわねばならないのです。

没落的開放の行方

踏みしだかれた牛の寝藁そっくりだ。くずれた瓦や木質類がしめっている。家畜が出はらったあとは、生あたたかい休息が柱などをまわっているのだが、その炭坑の納屋跡も、獣糞のような息づかいがあった。こんもりして、ズボンのきれっぱしや、雑誌のくずなどがまざっている。

それらがまだ空間に背をのばしていたころ、そこに一本突きでていた共同水道にしゃがんで、ある夏、女が洗濯をしていた。茫然として固い布をくりかえしもんでいた。どの納屋の奥にもねころがった裸体がみえた。四、五人の少年が、灰色の土の上で組み合っている。もつれをほどいて一人がとびだした。洗濯をしていた女は、それへ手招きした。なんや？　と叫んだまま黒い汗を流した少年は、母の前を駈け去ろうとした。間髪を入れずに女は立ち、なみなみと入ったバケツの水を子供の頭上でくらっと返した。少年は立ちすくんだ。が、ざんぶりぬれたままにっと笑った。母はそっけなくかがんだ。彼はそのまま駈けて行き、母はむっつりとしてたらいに腕をつけた。糊をぬりまわしたように熱がこもった午後で、貧血を堪えて歩いていた私は息をのんだ。少年はいかにも満ち足りた笑顔をした。私の子供など一度も私にみせたことのない笑いだ。そして硬石と石炭がらとで灰褐色の地面へ、またころがっていった。それへちらと視線をむけて女は洗った。私は、子供の頭上でしぶきを散らしたその直截さにひどく感動していた。そこは私にとって感傷めいた記念の地となった。それからも度々思い起した。人へも話したりした。私には今その女が、子供も加えたそれら一切の彼女の過去と断ち切った地面を、やはりむっつり歩いているように思える。あまり数多くその実例をみたせいかも知れない。それは生活の異常な展開でもなく、納屋が土くれになったと同じように、彼女らの日常の歩調が更に茶褐色を濃くしていった過程にすぎない。

いまは共同水道の首は断ち落され、鉄管だけが錆びて曲って地面へ生えている。閉山をみたこの炭坑の、その空地の隅に二本の柱を建て、のこりの二本を下の小川へつきたてて一坪の店がある。誰かが木箱の端に坐り、口を動かしている。するめ、パン、ラムネなど。むせる熱気の下で私もラムネを飲み、数人の間からとびだして外で呼吸する。談笑して時間をたのしむ彼らに船酔いを感じてしまう。このずれは何かと思う前に、だらしなく波長の圧倒をおそれるのだ。

地方大手のこの山は、昨年秋閉山した。当時経営者陣が、会社内部で采配をふるっていた某銀行系とそれに対抗する社長系とに分裂していた。従って下部職員にいたるまでその色分けを受けていた。不審火といわれた坑内火事も、閉山をはやめようと計る社長側の非常手段だと誰もが黙認していた。組合はその亀裂を頂戴することもなく、両側の教宣や情報を同じように流した。時には社長の教宣と同文の報道をマイクにとおしたりしていた。がこの山をともかく閉山へもちこんだことは、埋蔵炭も多少はあることだし、負債の引きのばしや第二会社設立をふくめて、銀行の全山収奪をふり切れたことで社長系の外見的な勝利にみえた。

組合は組織信仰をあふりたてて「労働者に有利な」閉山協定を結んだ。それは会社所有の他の山の株を銀行に譲渡し、その金を会社は事業継続に使用せずに退職金にまわす、ということであった。が銀行はそのための条件の一つに、労組との閉山協定書を要求しているということで、九月はじめ非公開の組合大会が持たれた。他の個人債権者にこの一件が知れると横取りされるから早急に閉山協定をする必要がある、と労働者らは執行部から説得されていた。

そうした契約の不在を労働者が知ったのは、閉山協定のあとであった。二ヵ月たたぬうちに、組合（残務整理中）のアンケートが各家庭にとどいた。会社が坑口の一つを再開する意向があるが、再開後働きたい人、職種の希望、その他。そして組合としては会社提案の一部再開に同意書を出した旨が書きそえてあった。アンケートには全員再雇傭のためと書かれていた。

炭住はしんかんとして、下水を挟んであちこちに男たちがうずくまって話していた。下着ひとつの女がうすぐらい土間で自転車の車輪を拭っていた。その四つん這いの傍にも、四、五人の坑夫がしゃがんでいた。そんな塊りの間を新柄シャツの三、四名がすりぬけていく。納屋の一つの前で顎をしゃくったら中から男が出てきて連れだってある納屋へあがり戸を閉てた。再開準備に気どっている者たちだ。「第二会社は賃金が話にならんけんね。けど、ほかに行くとことといってもねえ」と初老の男がいい、「けど、これでスト・ストといわんでよかと思うとほっかりするばい」と誰かがあくびまじりに声をあげた。「ほんなこつ」と相槌が聞えた。

私は閉山ちかいころ、いつもたずねていたその山の友人が「うちはもう組織にあいた。なんもなりはせん」といったことを忘れかねる。この山の坑夫たちは腐蝕する木の束のように横たわっていた。彼女はその当時くりかえし炭住の彼や彼女を描き直して私にも伝えようとしていた。それは決して肯定的に表現されはしなかったけれども、坑夫や妻たちに顕在しているものの一皮下を伝えようとしていた。彼女は炭住で根気よく組織しつづけた。炭婦会の役員をやめて独自に動いた。労組や炭婦会から、何のことやら分りかねるトロツキストという流行語をかぶせられ、緊急幹事会に呼びだされたり集会をつぶされたりしていた。が炭住の人々はどうしようもなく無気力にみえた。そしてまた、労働組合など信じてもいなかった。それが無実体であり無内容な討議をくるくるとうまきにしているだけだと知りつくし、ただその架空性をあらわにするのを恐れていただけだ。閉山数週間前に組合不信任をし、その一、二時間後に信任をしなおし、また頭をさげ、そんなふうにしながら架空な劇をあざわらった。嘲笑する相手が自分の影であり、それへ自己の現在と未来を賭ける心理をとりつくろった。だからむきだしにそれを攻撃する彼女を、組織をあげて排撃した。そこでは覚めていることは狂人だ。彼女は精神病院へ連れて行かれた。

その病院は、炭住がみえる丘の上に新設されていた。この近辺の炭坑の、元組合長だとか元書記長だとか、あるいはサークルの活動家や職場文学に心をうばわれた坑夫たちが入院していた。医者は彼女に何も考えるなといった。「なんにも考えるなとはどういうことじゃろうね。あほくさい。あれもこれも腹が立つ。情ないたい、労働者が……」彼女は自分にあいそがつきたというふうに笑った。

彼女のように、労働者の名にかけてといった心情がはじけている者に限らず、それと腹背となって「ああ炭坑にあいたばい。寝ても覚めてもストじゃけ」と口外されたのだ。閉山を半分は解放心理で受けたのも正直な反応だ。それはなにがしかの活動というものに手をかけていたとか、いなかったとかいう違いに無関係だった。

山元での生活は釜底の飯のつき工合まで労組指令の形態をしている。それが彼等の内発性とどこかでかちっと合っている場合には、いたってのんびりした顔をしている。けれども組織が彼等の迷いや不安や渇望と拮抗せず、集れ散れ六時までに飯を食えというふうに形而下的画一性に固定しつづけると、参加の空虚さに堪えかねてくる。それでも無権力を指向する労働者が、組織の形骸を切りがたいのは、一歩出れば葬式代だって保証しないぞといった類の実用的効用の次元で組織の生産性をおしつけてくるからだ。その効用だって、亭主が家出をしたのできっと自殺したにちがわん、葬式代をおくれといってきた女房に、それはあんたが小使い銭をやらんからたい、山狩りしてみる、けど山狩りの費用は組合からは出されんばいと返事をする形式的統一にすぎない。せめてそれだけでも実現させるなら、労働者は参加の意味をたしかめようとし組織の内的復活の火を他国の星みたいに見ようとするだろう。

もともとプロレタリアートの組織は、それら実際的な有効性の徹底した否定でもって、実用性の上に滲透してくる階級的権力を奪回するものだ。労働者の顕在的要求へ本質的な非情をうちあてる階級的な権力意志だけが、労働者の潜在的要求へ穴をうがつ。その潜行が皆無である組織様式に彼等は疲労した。そして一坪の店先でするめをかじりながらどこへ行こうとしていたのか。

彼等は資本の側からも、自らの組織においても記号的存在として掌握された。それは彼等の望むものと無縁だ。自己の観念の自らによる意味的な回復とその社会化を念願とする。その過程での手段的画一性や記号化は、終局的には否定されるものと予定して自己操作するのだ。まるで米がなければ麦で、麦がなければ甘藷で生きるのが日常でありその否定へ向おうとしているように。がそれが常套手段であったように、彼等は代用物使用の転位場所をなかば否定しなかば肯定して生きる。その内実を知りつくし利用するやり方を敵も味方も身につけた。こちらの陣営が、支配者側の支配原理の引きうつしとして身につけすぎた。今日このごろ私のところへ遊びにくる炭坑の娘は、朝めしはぬき昼めしはさてどの姉の婚家先で食べようかと思案し、まてまてぬすっと猫じゃあるまいし人のめしを食うか、もっとやせた方がスタイルがよくなるよねおばちゃん、という。こまかに限りなく内部に段階を持ち、甘藷の代用にきゅうりを食べて、はげしく米の実体を嚙みくだいている。一切、無感動だ。この現実的な生存手段と、内的なひとつの像との懸隔はほとんど無限といっていい。ただそれを労働者の誰もがきわめて手短かな距離として測定する。そのように支配され彼等も習慣とした。が、時としてこの一人の娘が、ばかばい、うちのおやじは、姉ちゃんとこから米のめしども食うて来て、とふんぜんとするほんの瞬間には、内部のめくらむような段階をいっきに光がぬける。

内的段階の全否定という非現実性を現実として組織は運用されるべきだ。さいわいなことに炭坑労働者は、段階の無限さをちらちら感ずる地底に一方の極をうちこまれている。そこへもってきて炭労本部は東京から山元指導部を派遣して、都市市民的な転位距離の実測法をつたえる。炭坑労働者の生活と精神の領域にまだ白紙でのこされている転換の予感、あるいは可能性への待機を情況認識の不完全さだとあざわらう。そしてそれぞれの転位性を微少な距離に均一化し固定化する。それはあそこの草からこの草へ幼児がおしっこをとばしてその曲線をひとりたのしむようなぐあいだ。無病息災、息災延命、米がなければ麦を食えどころでない。麦はすなわち米じゃないか、おまえたちはいつもそう言っているじゃないか、うまいだろうが……

生存手段や精神的指標の方便的な転位性を、破天荒に内外にわたって天衣無縫にやらないかぎり、その自己破壊はまねき得ない。その自覚と意識的な蛇行によってようやく一人の労働者は、彼は天の一角に亀裂を生む。そしてまたようやく、労働者階級のみずからによる思想的位置づけは行われはじめるのだ。それをぬきにして肯定否定相なかばする労働に、その生活乃至精神の内部現実を決定的なものとして定着させようとする運動を、彼等の機関はおしつける。また更にそれを実用的に算定増殖しようとする。こうして炭坑夫たちは情況破壊への欲望を二重にしばられる。彼みずからの被所有性への依存と、利敵行為の指導性によって。

この山の労働者は、組織的暴力によって位置づけられていた自己閉鎖から、閉山によって開放された。二重の輪が一重にもどったことで、彼等は異質な集団への可能性がもう開かれた扉のようにそこに存在するかに見ている顔をした。私はこうした彼等の平安無事な御来迎への愉悦の相貌を、わらじ虫のように見る。それは地底の苛酷な労働に同化することで無権力的静寧を這いずる質と対峙するからだ。容易に転位する。

がこうしたねじつぶしたい思いに駈られる存在も、ただ一つ次の反応の意味するものを私に伝えた。たとえそれが歴史的に形成された被所有性の結果であろうとも、内部現実の不安定さだけを自己の実体だと知覚すること。その不安定さの実質を他へ売り渡すことをゆるさぬこと。その解体による再構成をぬきにした外的な意味づけを、全面的に嫌悪すること。まるでうすよごれた野犬が泥濘の玉をふりとばすように。


身ぶるいしさっぱりとなった灰色のぬれ毛で、どういうふうに彼等は表現したろう。それはむっつりとした畳のうえのごろねであり、数日にわたる無為徒食であり、夜を徹してすっからかんになるばくち、家族連れの飲食、日射病でぶったおれるしじみ貝掘り、そして初めてのＰＴＡ出席だった。それらの自己表現はひっそりかんとしている炭住をいささか痴呆状態にみせていた。私は小学校の参観日に、子供や弟妹の父兄としてやって来たり、そのお伴として連れだって来ている彼等に逢った。その日は思いがけぬにぎやかさだった。廊下にあふれぞろぞろと行き来している。新しいシャツの、ボタンをみんなぱらりとはずして町並を歩くあんばいでどの教室をものぞいてにやついている。彼等は子供のためにやって来たのでも校長への義理立てに来たのでもない。新しい情況への肌ざわりを我と我が身にためし、もはやなんでもない自分にかえったさまを波を泳ぐようにその肉体に感じとらせようとする。開放が夢うつつでありすぎるのだ。次に集約すべき情況をきっかりと持ってはいない暗さはまだ遠い。遠くへ置かせて、にたにたと一棟々々をまわっていく。そしてその後もう二度とその広範な風を肩のまわりにしたがえて歩くことはしなかった。男も女も陥落池のまんなかに草を生やした小道をたどって北九州へ流れだした。

それは数人、数十人と連れだって同じ職場へ入っていった。もちろん職安の斡旋などではない。彼等が互に選択し合いうなずき合って、群を形成しはじめた。職場の雰囲気と賃金とを天秤にかけて落ちつきはじめたのであって、表だっては失業保険を受けている無職者だ。彼や彼女らは朝早く山をでてゆき、くらくなって眠りにかえってくる。

働きながら彼等は、まだ、何でもない自分であろうとしつづけた。職場へ入りこんだ昼間は、そこに形づくられている自己を仮説的なものとみる。職場の乱脈ぶりを指摘する者は皆してやめさせてしまう。「ここは炭坑じゃないとばい」「炭坑風を吹かすな」それは相ことばみたいに人々の口にのぼった。そして山元でまだくりかえされている集会へかえっていく。退職金をどうして取るか、話しあわねばならない。ノイローゼになった友人は次のように夜の集会を話した。

「夜集会があってみなさい、どうもこうもならんですばい。どういうたらいいでしょうかね、皆こそこそしてですね。知らんぷりしようしようとしてね。自分らの意見を、どこへどうしようとしていくのかが分らんとですばい。意見を出してもなんもならん。皆それをなるべく取りあげんようにするとですけん。けれどいろんなこというんですばい。そしてお互いに取りあげん。例えばね、その集会というのがね、一体どの範囲で集めるのかということがやかましい。これがおおごとでね。職の決まった者はのけるか。いや決まったというてもヤミばい。それじゃ希望退職者はのけるか。（閉山前に数回にわたって希望退職をつのっていた。もちろん退職金は未払い）そげんいうても金はもらっとらんじゃろもん。そんならずっと前の奴はのけようか、金はもらっとらんがあれたちゃ生活保護を受けとるばい。それから組合幹部はのけな、あいつらは第二会社作って組合幹部になるちいいよるぞ。

わたしはね、どなるんですばい。ぐずぐずいいなんな、問題はなんね、問題は。うちたちは失業者ばい。失業者ばってん労働者じゃろもん。労働をして食うじゃろもん。ちっとやそっとヤミ職につこうと生活保護とろうとどげあるね。いいやないね。本筋でいこう。組合がすかんならすかんでいいたい。そのかわりどうね、みんなで鶏ば飼おう。ヤミの拾い仕事のひまひまにできるばい。そして人間の分担ば決めよう。鶏にあんまり時間をとらんごとね。そしてくさ、皆で労力を出しあって一緒になって話し合っていく場所を作ろうやないかね。

人のふんどしで物を考えるのはこりごりばい。あんたらもそうじゃないとね。またから人のふんどしで物を考えていかんごと、じっくり話してみんね。うちはこの春から卵をかえして雛をそだててやってみたけど鶏で大丈夫ばい。七分どまりの収益をあげりゃ黒字まちがいなしばい。集団ですりゃもっとようなるばい。

わたしがどげんいったっちゃ、じいっと上眼でおるばっかしですたい。わたしは金のことよりね、共同で退職金をとろうというその土台がいるけん鶏とかなんとかいうとですたい。いまはもうね、わたしの姿がみえたら昼間でもこそこそ逃げるんですたい。やりきれん。労働者はばかの集りじゃけん」

疲れている彼女は、どこか自分の方法が彼らや妻たちの指向している世界とずれているらしいと感じている。「うちがどこかもう古くなっとるらしいですたい。どうすればいいやろうか」とつぶやく。

この炭住の男女は一つの職場——八幡市黒崎の海岸に立ち並んでいる三菱化成の下請け——に、二百数十人かたまって入りこんでいた。三菱化成では四十七、八年度までの見通しは確実だということで、生産拡大にそなえてドイツ人技師を入れてドイツ輸入の大コークス炉を構築していた。下請けである井原築炉はその現場に女二百八十名男百名ほどを入れて工事を急いでいた。その大半がここの男女であり、あとはこの近辺の山の女たちだった。男は主として左官をやらされ、女の職種は三種類ほどにわかれた。粘土をこねるもの、粘土および耐火煉瓦を運ぶもの、左官のかたわらで煉瓦の間に粘土をつめていく者だった。

私は二年あまり以前、山九運輸株式会社という下請け業――主として八幡製鉄――の実体をきかじったことがある。性的無法状態と女たちの無軌道なエネルギーの放出におどろいた。井原築炉もほぼ似た混乱さであるようだった。がこの現場の労働者たちは全部が全部といっていいほど同一の山元からの出稼ぎということで、その意識や心情の傾向が特殊であるようだった。そしてそれは自主的な統轄機能をプロレタリアートが所有するに至る長い過程の、ある自然発生的な萌芽状況のひとつをしめしているようでもあった。

ともかくも今までの彼や彼女らは炭労所属の労働者であり家族だった。それが内へむかっては不信にみちていたとしても、「炭労所属」は小山の多い地方での地方大手としてちょっとした特権意識を付属させていた。なおこの山は一時炭労を脱退し再度加盟していた。中央大手筋となると「僕は炭坑労働者といわれるとたまらなく恥かしさを感ずるのです。鉢巻をして町のなかや地上部門の労働者たちの間をデモるとき、心の中は堪えられない汚辱に染まります。なぜでしょうか、僕はまちがっているでしょうか」といったことばを聞かされる。が地方大手は内実はともあれ炭労所属ということは一人々々の坑夫に名刺の肩書きになるある通用意識を持たせていた。男たちがまだその肩書きにひっかかって、不徹底な表情で地区集会に夜毎集っていたころ、くそくらえとばかりさまざまな肩書きを踏みつけはねとばし出したのは女房たちだった。彼女たちは会社倒産はもとより閉山も集会も炭労もおやじの鼻柱もその郷里自慢もつぎつぎに無視して、自分の稼ぎに出かけはじめた。そして日金をとれば必ず大衆食堂ののれんをはね、指輪を買い、ネックレスを彼氏に買わせてさっそうと帰山した。しかもそれらのぴかぴかを隣近辺の誰彼に借しちらした。納屋のなかに彼氏をともない、二人の男を養っとるんだと自慢したり、ふうたんぬるい亭主だからバイバイと向い納屋の男のもとへ入りこんで昼間は残してきた子供の世話に路地をまたいで行った。そうした女たちは閉山と無関係に一足さきに井原築炉に入りこんでいた。

彼女らはやがて閉山をみて、どっさり後輩を入れ込んだ。数ヵ月の差で古山《こざん》になった。古山らは新山の彼や彼女らに徹底した焼きを入れた。それは労働者風《かぜ》の根絶だった。炭坑労働者が、労働者と発音するその発想の息の根を焼き切ろうとする。「労働者かぜ吹かすな」「炭坑かぜ吹かすな」そして彼女らは男そこのけに汗を散らした。そしてまた男そこのけに何ひとつ労働をせずに新山をこきつかった。

ここの女房連中のほとんどが日雇い仕事には馴れ親しんでいる。彼女らにとっては「ちょっと土方に行ってこうか」というのはパチンコとかわらない。家庭・家事労働との断絶だ。そんなふうな感覚的開放と重っている賃仕事から、古山の権利でもってその開放感を剝ぎ取ろうとした。ちょうど私の友人が養鶏という小経営者ふうを持ち出したときに黙殺したその心情——いつも自在な筋肉労働者でありたいという選択の積極性を、古山は独りじめにしようとした。それにはさまざまに重なりあった憎悪がよじれあっているように思える。何百人何千人と下層プロレタリアートへ転落していく過程の中で、彼や彼女らが痛烈に感じ取っていたあるへつらいへの憎しみ、侮蔑、処刑がまざっている。未組織の下層部分にこそ本来の自己発現が可能な場があると、おまえらは肯定しなかったではないか。へらへらと上層プロレタリアートの特権意識にへらをうって。しっぽをふっていたものはそれらしく落ちてこい。筋肉を使う以外の何でもない自分、所属拒絶の放縦さを買うのは高くつくんだ。「ここは炭坑じゃないとばい」というせりふは、彼彼女の期待に染んだ言葉なのだが、古山はそれに独特のニュアンスをふくませて吐き散らした。そして、そのことで彼女らはそれが更に解体し流動していくときに起る進歩性を押しとどめた。

古山たちは新山が小指一本の特権意識を持つことも許さない。もし労働技能を習得した風情で歩いているとみれば、翌日から終日ごみ拾いだけさせる。居住委員・世話人ふうの会話の巧みさを発揮しようと動いているとみると、たった一人でやらねばならない遠方の下水掃除へつかせる。一つの職種に熟達したよゆうを持てば、すぐに道具運搬係にまわす。そしてどんな仕事も、その手順や方法を知らせない。「セメントこねんな、といってもどこにセメントあるんね」「どこあるかって？　ふうたんぬるいこといいなんな、どっからかかっぱらってこんの」

誰が本工で誰が下請け工で、どこからがどの下請け会社の仕事なのか見当のつかない現場なのだ。勝手にのみこませ、へまをやればどやしつける。ようやくそうかと知ってきたころには転職させるのだ。古山どうしのはからいである。それはわずか三、四名の仕事場にも古山がいて、彼女らの間でどのようにでもとりはからわれる。その古山は、納屋にかえれば隣りの女房であるけれども職場では古山さんと呼ばねばならない。

古山は手を汚さずに高賃金を手に入れる技術の巧みさで等級がついている。賃金は毎日手に入るがそのすべてを家計にそそぐみみっちさは笑いものだ。そんなものは下層プロレタリアートの本髄からはじき捨てられる。そして堂々とした古山らは、ほとんどその納屋での家族様式を破壊するまできそい合う。

手を汚さずに高賃金を手にするには、現場の監督と共謀でなければ十分ではない。それさえ手に入れておけば、現場で何をどうしようと危険はない。なぜならこの現場監督というのは下請け会社の社員ではなくて、親企業の従業員であるからだ。それも本工のみそっかす的存在だ。これより先落ちるところのない能力の持ち主で、親会社の本工に彼ら監督について聞くと、きまってにやっとして答える。「ああ下請け監督。あれはねえ、何をさせても使いみちがなくてねえ、あそこへやられるんですよ」

身分意識でかたまっている北九州の近代重工業地帯での「半工員」なのだ。人夫係といったものなのだろう。彼らは劣等意識を一夫多妻の所帯くささで身分意識にふりかえようとする。彼らが本工からすべりおちた本工であり、古山が下層プロレタリアート的自己開放から封じこめられた古手であるように、そこでは労働者の各階層の意識編成が何か流動しがたい若木の瘤めいたたいたしさで並んでいる。

私は古山たちのこうした「没落的開放の独占」が、彼女らの私的所有意識から来ていると思っていない。もし彼女らがこうした瘤を吹きださせないなら、これにかわる相互制御が何らかの形であらわになるにちがいない。下請け現場では企業主体がこうした古山らの意図を利用して労務手段の一つにしている。がこの状況は、まるまる彼等の労務管理の結果ばかりではない。上層労働者から下層労働者への転化は、不安定な内部現実を掌中の玉のように持ち歩こうとする彼や彼女らに、雲をわたるような、あるいは畳の目へもぐるような異様な空漠と不安とを起させる。まだ名づけがたい感覚にくるんだ体を、あひるがあさっているどぶ泥の上をわたらせながら「ああ助かった、こんどはちった変ったことをしよう」といって動かす。自己認識を持つに至るその一足前で、社会情勢はエレベーターのように彼等を次へまたその次の情況へ運ぶ。彼らが主体的にのばしたかにみえる一あしが落ちていく先には、もはや彼らの予見した生活原理で断ち割れるどんな質も残されていない。このことは、安保三池はいわずもがな、些細な活動の経験をふんだ者たちが、その政治団体あるいは自立集団の解体や脱退のあと互に無原則的に身をよせあいつつ起した相互作用と通じている。ただ古山らが生身で、その潜在する世界からの隙間かぜへひたむきにのりだしているのには、死者と生者の視界のちがいがある。

古山たちは新山がいっぱしの労働者気取りで、海流に流される雑魚よろしく異様な不安をついばむのを、むざんにくだく。古山は下層プロレタリアートの破壊意識と自己規定の未完成であることの不安とを、等量に荷う。その両者の微少さや不均衡さやへっぴり腰で侵入する者を許したがらない。そのことは彼女たちに、被圧迫者内部での支配権を付属させる。そして彼女らはその支配性の行使法を知らずにぎりぎりと自らをしばらせる。

いつでも労働者たちは、自分らが生みだした生存の原理の中へ、異相の資質が入りこむことを恐れている。そうでありながらいつでも労働者の生活原理は、なかば自らのものでありなかば支配強制されたものであった。ぜんぶが自分の手で掌握でき、再生産できる確証を彼も彼女も持てない。やむをえざる限界設定は外界へ対する自立の主張として、生活の主観的領域内でくりかえし形づくられている。そしてそれは労働者が即自的に忠実であろうとする時に、排他的にあらわになる。それが更に強力に闊達に組織化されるなら、その客観的規定性の破壊へ向う必然性を持っている。

古山の周辺はくらい。このような下層労働者の、進歩性にからむ保守性あるいは保守性に織りこまれている進歩性をどういうふうにほどき縒りあわせていったものか。私の友人は下請け企業での労働は経験ずみだった。他の女房たちと同じように彼女も朝早くから家を出て、あれこれと稼いだ。八幡の山九運輸株式会社の沖仲仕も、賃金の欠配遅配の折々にでかけた。女ボスの生態も知っていたし、彼女も監督に目ぼしをつけられてへへへと笑ったりした。が閉山後みんなして連れだって出たこの現場にはふんぜんとした。他の職場には少くとも流れ者であることの自負が、もっと放埒に存在していた。彼女はべんとうを食べながら、あるいは仕事のひまをぬすんで、あちこちで坐りはじめた。「自分らで自分の首をしめよるばい。資本家に利用されるだけばい。仲間どうしで品物じゃあるまいし、気分次第で仕事を変えてたまるの」「あんた、たいがいであんたのその病気は直さな。こげなとこ来てまでそげなこといいよると、あんたおおごとばい」親しい女があわれんで忠告した。

「手を握り合うところをつくろうや」彼女は動き出した。「役員かぜ吹かすな」「なんいいよるとね、このざまなんかね。監督の青二才なんかにとりいってなんなるかね。団結してみなさい、そげなあんたちこちこしたことせんでちゃ堂々と賃上げでくるばい。なんね、こんくらいの会社に話つけるくらいわけないばい。うちがやっちゃる。それだからあんたら一つ話し合おう」「ふてえこと言って、あんた、なんかね、まだ役員がしたらんかね」彼女は古山たち及びその配下の新山らの総攻撃で、毎日々々職を転じつづけ二ヵ月がんばった末、その現場を止した。
「あの下請けの人間をね、労働者らしくさせるちゅうことは、これはちっとやそっとじゃないですばい。こっちが全然あたらしい組織のやり方をしっかり研究せんば駄目と思ったね」彼女は鶏にせいを出した。

こうした労働者側の停滞に対応して、目だたぬ形で資本側は下請け労働者対策を進めた。この山の閉山前後だった。八幡の安川電気がその下請け労働者の労働組合を、親組合に命じて作らせたことが新聞紙上に小さく出ていた。それから数日後同じように八幡製鉄の下請け対策が記事になっていた。その後も北九の下請け労働者の組織化が、彼等の手によって進められている状況が小刻みに報ぜられた。親組合の御用化と下請け労組の連合化である。その組織の内実が古山の意気を核にした古山新山労務者を、どのような精神状況へ連れこんでいくかは目に見えている。けれども、また、「組織」あるいは「団結」または「話し合い」などという使い古された集団原理が、下層労働者に潜在する原論理よりもはるかに支配者の支配の法則に近いことを彼も彼女も炭坑でなめつくした。

　下層労働者へ転落しながら、その尖端部分は、集団の原理をなんとか自らの原論理へ近づけようと無意識に動き、それを心情的暴力として顕在させる。それは孤立したアナーキズムをはらむ。けれども彼や彼女は「私的所有否定——非所有」の具象化と論理化のルートをまさぐっている。炭坑から流れでた労働者たちは、かつての組織原理がそのことと無縁であったことを直観的に表明するのだ。彼等の中で小市民的傾向へむかうものは、大手筋のムードをのぞいて中小炭坑には数少い。そこへもってきて炭坑失職者対策というものを進歩陣営は、あまりにも不定形無原則にえがく。もっともそれさえ今日は霧散した。

　炭坑町は生活保護医療保護で蟹みたいになって、市は町に、いや町でも無理だ村にかえる以外ないと市会が討議を重ねている。古山らはどこへ流れて行ったろう。彼女らの納屋あとは整地されつつある。八幡の、ちがった、五市合併だ。そのパニック寸前のベッドタウンになる。そこに居残り皿倉山のテレビアンテナまがいの情報屋になるのか、私は。私のまわりに地方都市からおくられてくる古着の類。炭坑の人へというそれらの無傷をのみくだしてほっつき歩く。少年の頭上にしぶきを散らした女は消えた。ノイローゼがなおった友人はもう来なくなった。が、しかし、古山的心情はこうした急カーブの不況の線上に、はしかのように発疹してくる。もはやおかかえでなくともかっぱらい食いに専業できるそれら。みずからに付属してくる諸所有性を主体的にひきはがし、非私有非権力を中核とする権力意志を古山の心情的抵抗から彼ら集団の組織と生活の原理へ構築しようとする基盤は、もののみごとに敷きのべられた。この山の閉山後ちょうど一年目に、退職者同盟を結成した大正炭坑の闘争はそれへの先駆となった。共産党の炭労におけるメッカと称していた日炭高松は先週の組合役員選挙で、遂に一名の党員も執行部へ入れなかった。が、労働者かぜ吹かすな、とどなり散らして家を破壊していった古山かぜは、まだ、くっきりとその後継者を得てはいない。竹のようにしなっている大正の同盟のうえに、灯のつかぬスキップがある。はっしと裂けるものにとおいとき、だから、私たちはここに生きねばならぬ。そのための小文にすぎない。

大正闘争の今日的課題

「つまり彼等は高尚な理論は持たぬが、決定的瞬間において行動を起しうるのだ」これは九大新聞の大正闘争ルポに表現された行動隊への評価である。そしてまた各地から支援にやってくる労働者や学生たちの結論でもある。その結論をふまえて、肯定あるいは否定がくだされる。

行動隊およびその周辺で、戦闘的に動いている坑夫たちに顕在するかにみえるこれらの様相を、そのように証明する事態が数多くあった。がそれは現象の現象的解釈であって、彼等坑夫たちはそのことと、本質的に無縁にたたかってきた。そしてそのたたかいの内実が、共闘する他の階層へ通わせがたいことに無感動であろうとした。なぜかなら彼等のたたかいの切先が、それらの解釈を所有する世界へ本質的に刃むかっていくことを知っていたから。

そして、このように一見主体的閉鎖状況にとどまるかにみえる核を、たたかいの根城にして動揺しないか否かで、行動隊と他の坑夫らの戦闘性との差が出ていた。彼ら坑夫は、もともと自己を抹殺された存在の鋳型のように意識している。ちょうど虫歯を引きぬいた歯ぐきが、まっ白な犬歯の映像で骨を噛みくだくように。抹殺された或る生存の原型が、亡霊のようにそこに突き出している原論理を、彼らは抵抗の原理とする。ただそれ一つ、その顕在化と肉体との一体化へ、すべてを賭けようとする。賭け得るか否かに疑問をふくむ坑夫らは、行動隊を竿の先の試験紙のように支持して見守る。だから行動隊をふくめて、彼ら坑夫たちは、彼らにとっては抹殺の上塗りにすぎない前述の評価基準に対して反応しない。が、もし突発的に怒りを噴きあげることがあるとすれば、それは、全存在の抹殺を知覚もできず意識化もなし得ない階層が、ぬけぬけとしてそれらの意識と同次元に彼らの生と闘争をとらえる、その思いあがりに対してである。しかし、彼らはすぐにその怒りを棄てる。棄てるとき彼らは凝縮する。孤立を質的に主体的にとらえてしまう。

そして、そこから先だ。彼らが自己に行動を要求するのは、行動が、生活原理の創造であらねばならぬことを知っている。夜の樽ががぼっとかぶさったように彼らは自己に要求する。要求し、そしてそれに答える手段と方法とがまだ手中にない。彼らは、自分が自らの階層にとって決定的な瞬間だと判断したそのとき、すべての細胞が静止することに苦悩する。その地点を遠巻きにし、まるで紐で柱にくくられて留守番をする乳児のように、誰も彼もが行動の必然をすかし見る。或る者は汐をあびて響灘のあわびを採りまわり、或る者は花札ばくちの情念的抵抗の場をみきわめようとして夜を徹する。長すぎる時間の中で、彼らの目は、その内的状況と外的状況の一致点からそらすことができずに見ひらかれている。そして例えばそれを角度をかえて見ることのできる私などが、或る整理を提案したとしても、彼らは汐をふく貝みたいに首を振る。否定的にみえるけれども、そうではない。お前らの方法では、まだこの無方法の領域をもぐり切れない、といっているのだ。

そして坑夫たちのなかで、その静止の苦痛を知覚しえない部分——たとえば都市流入者や一代目坑夫ら——のもつ資質は、その状況のなかでやたらと饒舌になる。けれども事態はそれによって決して進展しない。何らの思想化もそれはなしえないからだ。

大正闘争の困難さと重さは、坑夫らが個々に内包する形而上世界が、彼らをとりまいているがっしりと緊密に年期を入れて織りなされた形而下世界を喰いやぶろうとして、静止する時点にある。そして、それは現在の石炭業界全般にわたる合理化と、全産業の不況へのきざしとのなかで、昆虫の触角のように細い。がそれは、炭労あるいは諸前衛党が破れうちわの風のように送ってくる指令で、どうやら闘争体制をとってきていた今日までの炭坑闘争とは、すっぱりと切れている。一般的に、行動隊は行動的だと評価されてきた諸現象は、彼らにとっては魚釣り的狩猟本能を、やや高度に組織化へむけていったにすぎないと自覚している。その部分へよりそってくる学生らに、彼らはげっそりとしてさみしがる。いまの次元で、炭坑に必要なものを彼らは知りぬいたからだ。

隣りの男の耳たぶに生えている産毛の形まで知りぬいている間柄で、現状況へ哲学的判断を下して、日常的な関係を日常的に組み替えねばならない任務を意識する。そのとき彼らは、はじらう。そのはじらいと無力感とはじめてぶちあたってきた戦闘の側面に緊張して、身動きしない。互の緊張に心づかぬ風情を保ちながらかたまっていく。そのかたまりは、団子の上に吹きでものが出ているように、戦闘性の決定的な差をふくみながら、しかも或る同質性をあらわにする。時間は、その同質性が全体的に変画していく期間の計量にふりあてられているかのように動く。百数十日の闘争の間、いくたびもそうした時期をくりかえした。そしてそのかたまりは短期間に色彩を移らせた。しかし、必ずしも、それだけで行きつける状況の質ばかりでもない。色彩の変異のあと、吹き出ものは分離し牽引していくのだが。

炭労妥結案に全面的反対を固持する半数と、企業再開へ入るために条件を勝ちとろうとする半数とに分離したとき、闘争委員会はこの二派を同一組織に包含して、細目交渉へ入ることに決議した。各地区ごとに、各人の身のふり方を決定するよう集会が持たれた。行動隊は全面反対・退職金全額獲得の人員把握の運動へふみ込むことを決めた。そのとき、坑夫たちは、数代にわたっている炭坑内部の親分一家の潜在勢力と対決し訣別する意力を、各自がせまられた。ことに戦闘的部分にそのことは強くひびいた。もちろんこのことは日常的に彼等にからみついている問題であるけれども、それが坑夫全般にわたって陰微なあるいは顕著な形で起った。親子兄弟の分裂は、それら親分を中心とした一家意識がさまざまに拮抗している生活理念を渦の中心として起った。が、その渦はあくまでも肉親関係の範囲にとどまっていて、潜在勢力へのまっ正面からの対決とはなっていかない。行動隊も、そして行動隊に対立して伝統的な意識を思考の筋にして結集している友信会も、それぞれドスをしのばせた。彼等は対峙する。が、対峙している彼らの意識内部もまた、新旧の理念の磁石が引き合い均衡していた。ただ彼らは、かすかに左右いずれかの磁力が強いことを意識するにとどまる。

けれども、そのかすかな差に、その時点の闘争の全域は荷われていた。行動隊はその重さを意識せざるを得ない。だからこそ緊張にひきつって静止する。みずからの内部の水圧が動かないのだ。私などからみれば、炭労妥結案を代議員大会で現実的に否決した状況にありながら（定足数に満たぬため最終決定に至らなかった）細目交渉の結果の確認へ至ったと承認して、闘争の対立的状況の安定へ急がねばならぬ炭坑労働者の弾性のもろさは、納得しがたいものがある。がそれは、私が炭坑を内的に生活することから疎外されていることを語るにすぎない。私には、生活の心情的側面もふくめて対立点の不安定さこそは、闘争の有利で愉快な条件だと考えるけれども、彼らの反応はちがっていた。組合員全部の或る同質性が、かなりの光度の差をもつことに、ぴったりと自己の思考と行動とをむけようとしない。その時点で行うべき抽象化を買って出る者はあらわれなかった。坑夫たちが、彼らの内的原理にてらしあわせ抽象化を経ずに、ごむまりのように行動するとみるのは階級闘争の教条主義的誤謬だ。三池の段階を大正が越えているのは、最も前衛的坑夫のその内的静止点の集約にある。そしてそれは、外見的終結をみたようなこの炭坑で、これからまだ冷えることなく続いていく闘争の中で掘り起してじりじりとちぢめていかれなければならない。

闘争の全責任が、その時の抽象化にかぶさってくること、それだけが彼らを沈黙させたのではない。炭坑独自な倫理や生活様式・秩序を支える理念が、女房子供をふくめて一切合切流れこもうとする或る頂点がそこにあった。厖大な混沌の深さと、新秩序の創造の必要が、彼らの触覚にとらえられていた。坑夫たちは、その後者をひとまず逃れて何とか企業に一次的に接触する平面でたたかおうと急いだ。その平面上にあらわれる茎や葉は、ともかく分離状況を明らかにし得ると見た。「理屈を言っても誰も分らんばい、いまは。皆が退職金を欲しがっとるとだから、行動隊も退職願を出して、そして皆の要求の線上でやるのがほんとうじゃないのか」「半数以上退職者を獲得すれば田中の再建案はつぶれるばい」「つぶすのが目的なんだから、どの道を通っても結果は同じだろうもん」

細目交渉の結果に、坐りこみででも反対しようと主張する行動隊隊長に反射的に応ずる声がない。炭坑合理化の波濤の中で四十数億の債務をかかえたヤマをぶっつぶす。こちら側もそれと同時に敗北をみる。けれども敗北の仕方があるしそのとき生誕するものがある。彼は一貫してそう主張した。或る一人は、「俺は退職金をかけてばくちを打ったんだ。ばくちをそのものの面白さに賭けとるとだから、退職願を出さずにやってかまわんばい」と言った。退職金の十一ヵ月払いの不可能さへ追いこんで行けば、闘争は再燃する。いまは誰もが目の前の幻影にとりつかれているのだから。とりつかれているだけに、田中の路線である再建は阻止しやすい。われわれは退職願を出して一名でも多く退職者を獲得しようと行動隊は決定した。

彼らは炭坑内部の不安定な意識へ、手近かな敵をつかみやすい道を知らせようとした。千八百名のうち千数十名が退職願を出した。会社側は総がかりで退職願とりさげの説得に歩きだした。形ばかりの再開がはじまり、退職者多数のため退職金の全額払いはしがたいという会社の発表が報道された。おもしろくなってきたぜ、行動隊の中心的メンバーがよろこんだ。退職者同盟が結成された。

こうして、彼らは一時的に逃れた炭坑労働者の全生活の戦闘的創造へのめりこんだ。炭労あるいは労働組合の制約内で形成しえなかった闘争形態を組んで、生産点へ立ち向かおうとする。生活権の確保が、こうした矛盾した形態をとってはじめて直接的に独占資本へ対決せねばならぬことに、彼らは呆然とした。

ここへ至るまで、労働者の自立性を事ある毎に主張し、組合民主主義でひとくくりに資本へ屈しようとする大勢をかきまわしていた行動隊の誰彼は、やっと一仕事終えたあとの空漠さを味わった。よくここまでやったなあ、誰といわずそう声に出した。そしてまたそれは、みずからの限界のひそかな吐露でもあった。隣接する北九州工業地帯は、一様に事業調整に入っている。ふりかえってみるはるかな故郷は、労働の余地さえない。硬石《ぼた》つづきの日炭高松も合理化が近い。川むこうの退職者が住居問題で坐りこんでは警官に引きぬかれている。そして大正の企業は入坑者も拒否者ももろともに大荷の下敷にせんとして、ぶきみな荷の音をたてている。不況のさきぶれをいちはやく感じて坑夫たちは深呼吸をした。

彼らの内的静止点は、退職者同盟という精鋭性と単純な個人的利益とをふくんだ組織の底で、水をかぶったようにふくれている。下請け労働者となった女房や息子娘もふくめて、多角的に独占へ体当っていく労働者群をどう作り動かしていくか。労働者階級内部の、真に行動し得る数人が生まれるか否かは、今後の闘争にかかっている。

毒蛾的可能性へ

大正炭鉱の女たち

明日は、逮捕された大正炭坑退職者同盟の副委員長他二名の、不当逮捕抗議行動に自発的に参加する女たちと同行する。炭坑調査団の答申がさらに拍車をかけるのだが、なだれながら朽ちていく山は、ただ炭住の人々の生ま身でささえられている。両親が坑夫であり祖父母が山で果て、同胞の誰かは白痴であり、狂気であり、片腕であり、骨髄骨折である集団が、膿のようににじませ、ぬたくっているものが同盟員の居住地にある。

炭住の男たち女たちには、まるで切り裂いていく犬の臓器を凝視するような異様な集中がみられる。それは、山の存在が消されると同時に、みずからの生涯や数代の生が全くの無に期するのを拒絶するかにみえる。まだ伝達されていない自分たちの生き方やその集団の原理を、臓物のように引き出してそこら一面に貼りつけようとする心情がある。その可能性へ向って生きるしかありえない場へ入りこんだ群落の気流は、炭坑町にいる私にさえ今さら深いおどろきを呼んでしまう。退職金がほしくってやりよるとじゃなかとか、窮鼠猫を嚙むとか、坑夫や妻たちはしゃべる。その内部には、欠如感をきっかり裏返した或る実感がしまわれていて、それを具象化するひとつの手だてのように退職金獲得闘争がふかまっていった。

逮捕された坑夫の家をたずねると母親は「やかましいやつが一人へったのでせいせいしとりますばい」と笑う。「あげな社長くらいどうもしきらんで、どげするとか、とおやじもいいよったけん、まあしばらく息子は拘置所を見物してくることでしょうたい」といい、新聞をみて他の山から駈けつけた親類たちに「闘争じゃけ心配しなんな」とかえしていた。妻たちも同じように応ずる。

支配の暴力が骨をつきぬけていくことが毎日の労働であり生活であった元女坑夫たちは、その暴威を凌駕する暴力的ともみえる内部世界をもつにいたっている。そしてそこから他の世界へ転じようとしない。だからかつて炭婦会が櫛の目のようにならしていたころはほとんどそれが持つ機能が働くことがなかった。彼女らは、権力に対する一種の禁治産者的心情の持ち主だ。警官がとりまく炭住を後にしてパチンコへ出かけていく。

坑内で坐りこんでいる間に、街頭でカンパをつのったり大鍋で坑底抗議団への食事を用意したり、抗議行動のプラカードにミシンをかけたりする仕事は、土方で生計を支えるかたわらにおこなう。だれも指令しないし、亭主は活動家の部類にはいることはないから家に残る。手を出さねばならぬ時期と段階を自分で判断し、自ら出かけ集まった者らで手わけして次へ移っている。任意に自費ででかける抗議行動にも地区毎の女房たちが子を負ったりして集る。失業保険での生活の不足分をうけもっている女房たちだ。部屋いっぱい積みあげられた既成服は数軒の家に集められて、問屋が受取りにきている。が、不況は次々に女たちの仕事場を狭めて土方仕事も手にするのは容易ではない。母はパチンコで姉は土方で妹は子守りをして、それぞれの手持ちの金をたがいに借しあたえることを拒絶しながら、相互の生活の力量をきそいあっている。たとえば電車の中などで、同盟からわけて貰ったビラ——労働争議への警官の介入反対、不当逮捕の即時釈放——をくばりカンパを集め署名を頼む女房はその足で仕事を探して歩くのだ。

退職金はわずか二万六千円が坑底へのすわりこみの結果支払われたにすぎない。失職している大半は炭住に居すわり、ここでつぎつぎに閉山をみる山へむかって自分たちと同じような闘争を日常とする集団をつくって生きようとしている。北九州の繁華街から夕ぐれカンパ箱をかかえた女房たちと連れだってかえりながら、私は、坑夫や妻たちがちょうど獅子の中耳で一匹の毒蛾の自己発顕のようにうなるさまを感じていた。生産点の崩壊はそのはばたきの必然にかかっていて、単なる物理的関係の固執の無力さは、この山でももはや証明ずみとなった。

ボタ山が崩れてくる

無職主義に蝕ばまれる筑豊の表情

炭坑がくたばっていくさまを、筑豊に足をとめて四年になる間に、いくつとなく見てきた。泥のような陰画紙が、それぞれの山の労働者の固有な相貌とかさなって、微光を放つ河のようにうかんでくる。

地底の労働が内包する戦慄を、かたつむりのあしあとのように形象化しようとしていた若い坑夫は閉山ちかい坑底で死んだ。ある坑夫は、休山状態の山の底から就労十年洗わなかったという坑内着をひきあげて、これが坑内労働の匂いばいと合羽《かっぱ》のようにひきつったものを私の鼻におしつけた。石みたいに匂いが動かなかった。それら地上への媒体のないまま地下水のかたわらに凝りつづけているものが、同じように伝達を断たれたまま坑口すれすれのところで閉山にともなって何かしかと見定めがたい変容を行なう。私はもどかしく見つづけた。

非常に稀薄な気体がみえてはうすれていたのだ。ただ葦のしげった陥落池の細道から、組合をつくって刺された青年が昼間の亡霊のように出てくるだけだ。あるいは破壊された洗炭機の下に水道のない村落ができる。かっぱらってきた味噌。帚の柄と刑務所からのりつけるトラック。みかん色のにわとり。無燈火のがらんどうで幾組もの夫婦の哄笑。それらうすっぺらな具象をはためかせる彼らの光る眼つきは、それらが変貌する核の片鱗をも象徴しているのではないことを告げる。そしてそのまま次第に、剝離している表象と不確定な軸は層を厚くしていった。

　中小の山々がつぶれ盗掘のような第二会社が泡をふいた。その間に流れる者は流れてうすれ、動揺するものは都市周辺に飛んで、炭坑は山固有の純度を深めた。炭坑の断末魔は絶えようとして絶えない。創生期がそうであったように普遍的な倫理をかき切ったのど笛だけに通じあう意識が濃くなる。石炭鉱業が基幹産業であったり炭労がキャップランプで銀ブラをしていたりする間、山も動物園並みに意識の網目をふやしていた。それらの網目のなかで、終閉山のとき多量に醱酵してこれが山の本質なのか、こうしてなしくずしになるのが山かと、やりきれなく思わせられたものは藁にもすがる百姓根性だった。くずれた炭住とうつろな子供らの目というふうに宣伝されたものがそれだ。埋もれた石炭にまつわっている執念、生ま爪をはいで地底にうつぶす老坑夫、硬石《ぼた》山の高さほどの憎悪をもつからここに蛇のようにからんで呪咀を吐くという情念が、炭坑の髄であるかのように一般化した。まるで被支配の因循のふかさが、そのまま反権力の弾機に転移するとでもいうように炭坑の特殊性がとらえられた。そしてまた炭労の組織原理も、そのべったりしたやつを統一の基盤にしている。私は、私の髪にもやをはっている被支配性のかずかずをみる。けれども「くたばっていく炭坑」をぞくっとする悦びで手に入れようとするものは、それら被支配性の異端とでもいうようなエゴイズムであるにちがいない。くたばれ、と思う。炭坑に関する一切の常識的生存。百姓根性の救済が政府の失業者対策なら、炭坑の断末期が意味する針を呑まず組織や官僚にまつわりながら側面救済を行なうあらゆる黒い羽根は、波濤のまわりをばたつく狆だ。流れ者的な私の反権力の映像の偏執とだぶって、あるいはだぶらせるべく、このときこそ創生期に挫折した坑夫らの根性が原理化されて再現されねばならないと思っている。ついに川筋に前衛として顕在することのなかった生存の法則が、抜き身にならねばならない。その可能性を、私は四年間の陰画紙のあちこちから抜きとる。

今日十月十三日、石炭鉱業調査団の答申内容が公表された。大資本に統轄されていく経済合理主義と七万人の失業者、その対決が坑口に湧く気体をおさえる近代的処理法を併用してあらわれている。

調査団答申によって、坑夫らが支払った死、折った背骨、盲目、その歴史も賃金も退職金も家屋もふとんも、すべてなしくずしに吹きはらわれる。雇用の安定、住宅対策、就職促進手当制度等でどのように隠蔽しようとしても事実の重みをかき消すことはできない。もはや全日本的な不況へ、それら石炭政策はもとより失業者対策などはマイトで吹きとんだ目と共にさいの目に切られて散るだけだ。

いま坑夫らの誰もが、なっとくのいかぬかおで拡散した視線を泳がせているのは、一代の労働の代償としてうばうものが明確な輪郭でその目にとびこんで来ないからだ。まして炭坑はその歴史とともにすべての坑夫、家族が社会から閉ざされている。まるでべっとりと青天井から足の下まで、皮膜が張っているように代価の肉がとりまく。それをまるで芝生にひろげた午餐の褐色の海苔のようにひらりとさせる。軽さの基準すら無縁だ。怒りにならぬ。怒りはことなった裂け目から湧いてくる。しんとしている。軽さを共有する者だけが右往左往するだけだ。四十代の無口な坑夫がぽつんと言った。「十年もたてば石油でちゃ同じくさ、中国に就職でもせんかぎり同じくさ」明日をでなく、今日ここで、きっかりと刺しちがえ、さしひき零にして生き残る道へ煮つめねばならない。

ゆうべホルモン料理を相伴したとき坑夫の一人は天井をむいて笑った。「だいたい俺たちゃあ肩入れ金で食うのが本職ばい。よし、これからは本職で食うばい」もう一人が合槌をうった。「ながすぎたばい、仮り職が…」「そうそう」みんな笑った。

肩入れ金とは、炭坑に定住するために組頭から貸し与えられる支度金である。明治から敗戦後までその制度はのこった。彼らは少年期を通じて、彼らの親父が博打《ばくち》のもとでにした肩入金で育った。父たちは肩入れ金をかすめとるように、一両日でほかの山へ逃亡する。そこで博打に目がでれば当然腰をおろす。そろそろせきついてくればけつ、か、わ、っ、て、どこかの山の肩入れ金を手にする。

彼は「一日しか行かんだった小学校もあるばい。入学して次の日はもうほかの小学校へ行ったとばい。日本の小学校の実情をですな、俺ほど知っとるもんはおらんじゃろの。学がついていかん。どうも俺は学が邪魔してでけんの、ほほん。俺が首相になるべきじゃった。だから日本はまちごうてしもた。これは俺の責任じゃ、うん。俺の行った学校をおしえちゃろか。香月次にえーと、小学校の数は両手じゃかぞえられんばい」と自慢した。それは通った学校の数であって、その期間に通わなかった土地はまた同じほどの数で彼の記憶にある。中学を出て犬取りの上前をちょうだいして、せっかく楽々と遊んでおったのに「おじさんが勢力を張らないかんから、皆来いといって俺ら兄弟を引っぱったんたい。ろくなこたない。頭さげて働く身分になるちゃあ、俺、思わんだったよ。けど、俺、三年間に通算二ヵ月くらいしかさがっちゃおらんばい。あとは博打や私傷や三池たい」

彼ら一族は山での圧倒的な戦闘性を形成している。そしてその前述したような生活は、炭坑での特殊例ではない。炭坑を基底で支えているものは、このような非就業・非失業の無職状態を本筋と心得ているものの、デカダンスめいた就業だ。まるで、日曜画家やサラリーマン作家が我が本領は芸術にありと言うに似た現象形態である。けれども体制依存の重層性に抵抗する質量を、両者にくらべてみたりする阿呆なことはやめたがましである。

たとえば坑夫らはその矛盾を次のように集約する。大正炭坑の闘争が、炭坑への融資を打ち切った福岡銀行に集中的に現象していた頃、炭住のある主婦が「うちは福銀から金をとってきたばい」と言った。「うちらが仕事から帰りよったら、あんた、ハイヤーが泥水をはねあげて通ったじゃないの。それが福銀の車だったんけんね。すぐ行ってどやしあげてきた。うちらの大事な仕事着にはねをとばしたけん」

大正の人間と知って泥水をはねたんか、クリーニング代をどうする気か、といってせしめた千円也で久しぶりの夕食をたのしんだ。にやにや笑っている彼女らに「行動隊の連中もクリーニング代を帳簿につけとけ、といってとってきたそうよ」というと、「ふうん、うちらの真似したな」といった。どちらがどうなのか互に知りもしないのだが、何で、いつ、どう食うかということとは、生活の本領を売り渡すことをこばみつづけている者たちは敏感に心得ている。そしてそれを直接的に表現しようとし、体制への媚と峻別する。

あるとき、私は失業中の炭住のひとつにねそべっていた。と、帰ってきた坑夫がばさと写真をひとつかみ投げてよこした。押し入れから掻きだしてそこら一面に散らばった。水が入っている一升びんと釘にぶらさがったズボンの類、そして丸められた布団のほかに茶碗と鍋がころがっている部屋に散乱した量におどろいていると、一枚つまみあげて彼が説明した。「こやつはね、こないだ務所のなかで歯ぶらしをのんだやつ。胃を切開して歯ぶらしをとったあと病院からずらかってしまった。どこへ行ったか知らんばい。その横は喧嘩専門たい。しょっちゅう係や監督にふっかけて食いよった。このごろ居らんなあ。そのとなりは、これは盗み専門。こやつの言うとには俺は強くないからぬすとでいく、それが一番手がかからんでよか、げな。それでも盗みは辛気くさい奴でないとできんな。めんどくさいから。下のこいつは死んだ、炭車の下敷き。それから、ほら、これはあれたい、川向うにおろうが、刺してつかまっとったが出てきてこのごろ地所代とりよる。行商やら何やらの。それからこやつ、これも死んだ。あ、こいつは犬殺し専門。空手いっちょでころりばい。この写真は俺たちの地区が野球で優勝したときんとだ」私は笑った。「ろくなのおらんね」「ばかこけ。俺がおるばい、ほら、これが俺」「喧嘩も盗みもしきらんで。犬ぐらいごちそうせん？」というと彼はごろりと仰向けになった。「二年前は俺こんなところにうろうろしとったかなあ。毎日いらいらして、しのびこみの見張りしたり……どげしていいかわからんやつたったい。……ちきしょう、喧嘩で一生食っちゃるぞ」と飛びあがって一升びんから水を飲んだ。生活の具体的な方法と重なって破壊すべき対象をつかんだ顔に、悔恨を噛みやぶろうとする緊張がみえた。そして焼きついている仲間の顔をみた。「使える奴だがなあ、どこへ行ったろうか」

ある者は、「俺は一生ルンペンでくらすばい。失業者ばい、すまんばってん」といい、「特殊部落は常時戦闘の精神でっしょ？　実際がどげなふうか知らんばってん、奴らがうらやましいばい。おくれをとっとるな、炭坑は。けど、いい。せいせいした。全部にぶちあたるぞ。いっちょ親父教育せないかんな。失業者の親はどうあるべきか、これはむずかしいばい」とにたりとする。が、肩入れ金で食っていた親たちは、あらためて見直すほど動じない。博打で入った金をふところにしてパチンコへ弁当持参で行く。金がないときは弁当だけ持って行く。終日パチンコ台の性能しらべをやっている。ひょっと横をむくと女房が玉をはじいている。あいつどこで金を手に入れたのかなという顔をおしこめる。留守宅で夜の薪は何を引きぬいてこようかとうろうろする娘は「かあちゃんがましばい。勝ったら、ほらおかず代にせいと言うて百円くれるんばい。とうちゃん？　てんで、くれるどころかしっかり腹巻きに入れとるばい。風呂に行ったときそっとみるもん。そしたらさっさと次の日負けて来なさる。おかしか……」と批評する。その一ダースの子供たちは、成人した者は皆似たくらしをそれぞれ日雇いや生保や失保でおくり、まだ在学中の者は兄弟どこかの釜をのぞいて一食にありつく。それが日常であり悲惨ということばとは縁遠い。

　私は、坑内労働を経験してきた一人の母親がその娘たちに中学はおろか小学校もなかばで消えさせて、裸でわめき散らしている炭住の幼児たちを守りさせる様子をみてきた。幼児たちの両親はもちろん日雇いに出て留守である。出稼ぎに行った娘には、娑婆はたいがいわかったろう、おまえ一人の食ぶちなんかなんとでもなるから炭坑へ帰ってこい、という。一家失職中であり、二食のめしに塩をかける山へ早く帰れという。そしてそこで、手当り次第の土方仕事をし、細々とした社会補償を吸いあげ、まだ山に残している債権の肩がわりに炭住の空き屋を引きはがしてかまどを燃やす。元坑夫が窓の下を通るのをみかけると、ぼやぼやするな退職金を早く取ってこい、と声をかける。

　こうした家族や親族が操業中や閉山後にかかわらず、山の戦闘性の盤石となっている。未払い賃金をめぐって鉱長をつるしあげたとき「おう、俺たちゃあコレラバナナを持って刑務所へ行くばい。それが楽しみに来とるとやけんね。うちをつかまえんかい、警察で一緒に食おうい」と、とりまいた警官に悪態ついたのは、このような女たちだ。

隠居めいた老父がある決定的な瞬間に、逡巡する息子に侮蔑のことばを吐いたりする。思いがけぬ父親の眼光に息子が、俺よりおやじがたしかだと目をうるませて語る。時に爆発的に怒って父親がドスを持ってとびだしたりする。もちろん、これらの一族は、土壁のおちた炭住での全部でない。失職前後に動揺混沌紆余曲折を経るうちに、ふるいの上の芥のようにあざやかになるのだ。そして肝の萎縮した残党の放心症状をひきずっていく。

坑内労働を転落だ、と感じとっている坑夫たちに二種類ある。一つは以上のような心情上の無職主義を生活する労働者であり、他の一つは近代的企業への就業コンプレックスをいだく坑夫たちである。そして、さらに坑内労働への参加を生活圏の上昇だと名実ともに受けとっている多くの貧農出身者がいる。

こうした人々が相ついだ合理化を、破損した木舟の前の難民の群のように泳いだ。筑豊の山々のほとんどの地域で、就業している家族よりも失業して失保や生保を受ける家庭が安定したくらしを送っている。彼らの外部がそうさせる。倒れかけた山の仕事は働くよりも失業であるほうが日々たしかだ。商店は後者にだけあと払いで売る。山にくらす誰もがその肩からあふれる借金をもっている。そのなかでその日動かせる現金を持つのは、あるいは工面の才覚をもつのは失業者だ。こうした現象を超えて、帰農を断たれている貧農出身者が現代に生きのこるのを望むなら、無職主義の爪を煎じて飲むほかにない。

心情的無職主義者は、失業者という外的規定がいま労働者階級の戦闘性を発揮する場だとみてとると現実化にふみこんだ。彼らは退職するとたちどころに動いた。兄弟は分家よろしく一人一軒、いや一人で二軒の炭住に壁をぶちぬいて入った。親たちのために福祉事務所にどなりこんで生保をとった。山積みされて混乱そのものの窓口は、理づめのやかましい奴から片づける。その実績を誰彼に伝えてけしかけた。どの山にも賃金退職金の未払いがある。それを課長や鉱長、社長にねじこんで刻みとる。失保の給付額など各人の力量でゆらぐ。合理化につぐ合理化の山元では、こうして資本の奥ふかく浸蝕する度合いで就業と失業のけじめが混乱しはじめる。その現象はより深くより長期にわたるがいい。労働者が自己の内的現実と外部現象を意識的に統合するまで、けじめのなさであるがいい。働かずに食うと発言する労働者がその現代的意義をさらにきっぱりと今日に結ぶまで。

川筋と疎外され無法渡世のやからと差別されてきた坑夫たちの心情に、植民地出身であり性的疎外の未解明部分に転々する私は、複眼の虫が複眼をみるような思いを抱く。日本を侮蔑して日本へ渡りここの米を食い、自己に内在させる祖国を開き得ない私が彼らのもつ抽象を偏愛する。何か誤謬をふくむにちがいない。が、就業・失業の分別法の坑夫らの規定性は、その世界をくるむ目につながっていて私に伝わってくる。彼らもまた生産手段の資本による一方的な所有と、労働者の被所有性に直感的に反撥する。その所有意識は自分のねぐらや一膳のめしから、生産手段の核心部に至るまで非所有意識による全的占有——その労働者階級の全面的共有——においている。だからこそ彼らは無職が本職やという。資本による規定にしたがわない。無所有無権力を軸にする全面的な権力をフルに使って食っていきたいものだという。どうもそうやって食えそうだとやりはじめているのだ。

それは数代にわたった無産階級の必然でもあり、とどここに至った労働者の内発的な権力意志でもある。それを土台に組織原理化の道を開かないで肩入れ金で生きた歴史をどのように戦闘化していくというのだろう。

私は先日北九州工業地帯の労働下宿街をぶらぶらした。見渡すかぎりの煙突からのぼる煙はいくつかである。労働下宿街はモルタル木造の二、三軒をのぞいて、どこもかしこもしみたれた平家民家だ。そして、そのがたついた表戸といわず塀・電柱・窓硝子、いたるところに張り紙がしてある。働く人二、三名下宿致します。五日、十日、十五日、二十日払い。前貸しもします。当家――。下宿五、六名致します。一葉工業、江口建設、山九沖荷、岡崎工業。構内作業その他、土木関係の仕事も沢山有ります。雨天休日年中無休。委細面談の上。御遠慮なく御問合せ下さい。当家――。四、五名の組夫を持ったおやじが、廃品回収業の無休を宣伝して食いつなぐ。一部屋にねる組夫が互に経歴を名を知らず、数日でいなくなる。就業であり失業であり、失業者であって就業者であるところの年中無休があなたまかせに展開していた。北九の首切りも下請け業、孫請け業の企業崩壊と共にその過半に及んだが、川床の砂のようにひっそりと地形をかえた。労働者たちの所有意識の対比は山とあまりにも鮮やかだった。右翼やくざのみすてた地帯だけあると思いながら、雨のなかをやぶれまんじゅうを食べ食べ歩いた。軒の低い土間にいもと並んで売っていた。

去る日炭坑に縁深い教授、作家と同席したとき「炭労をあなどらないがいいですよ。なんといっても日本の強力な組織ですから。やはり炭労の中にも一人二人本気な奴がいる筈です。それへ手をうつ方法を考えねばならんでしょう」といわれた。「で、どうなるというんでしょう」というと、「世論にそむかれてはどんな運動も成功しませんよ。世間はなまやさしいものではありませんからね」と五十音のはじめへもどった。「某教授は炭労に甚大な影響力をもっていますから、たのみましょう。しかし先生にその役をになってもらうのは現在の状況のなかで、ちょっと気の毒でかわいそうですが」「かわいそうな教授ばかりになると私たいへん結構ですよ」そんなやりとりに、まるで作家文化人式に喫茶室にいる私を恥じた。そしてひょっとしたら、もはや炭坑と発音するだけで羞恥にふるえる時間に入るのかも知れぬと思った。

ここまで書いたとき、まっくらな夜をうつしている窓がことこと動いた。炭塵をやたらにつけた蒼白な顔が、硝子にくっついてにたりとした。私はとびあがった「どうしたの?」「ゲリラゲリラ。しのびでようとしたら坑口の外に鉄条網があったばい。畜生。音がせんごと切りよったらポリ公がどかどかと来た。ぱっとかくれたりしたもんでちょっとおそくなったったい。下のもん皆元気ばい」

坑底で生産手段の中枢部を占拠している大正炭坑の退職者同盟のひとりだ。失業者集団である同盟は労働組合の公認を得て、現在二十五名が地下で坐りこんでいる。労組職組は賃金未払いがつづいて全員生活保護の申請に入った。昼夜をわかたず同盟をここへ指導し今夜もその討議の内に谷川雁がいることをしるしておきたい。炭塵をくっつけた彼が去ったあと、原稿用紙をひろげてペンが動かぬ。「あいかわらずわいわいやかましか。さし入れのチューインガムをわけるのに二十五人がてんでに分配法について主張するもんだから、わけてしまうまでに二時間もかかったりするばい。皆とっておきの笑い話を順番にしたりしよる。それがぱたっといっぺんに声がなくなるときがあるたい。そのときのしんとしたやつは、やっぱりおそろしかばい」生き血をびっしょりと吸ってきた過去と、吸いつづける未来が、はっしとぶちあたる無音がある。その瞬間をきく耳は恐怖であらねばならない。伝播が私を搾める。

破壊的共有の道

サークル村の一年と現在地点

私に、危機感をもってせまってくるのは、大衆のエネルギーの回路が、極めて大きな渦と極めて小さな渦巻に分裂し重層している状況です。私たちの放出したエネルギーは、まるまるふところへ帰りません。そのエネルギーの奪還つまり回路をつくるための大衆運動が、歪んだ形で行われていはしますまいか。私たちには、社会のあらゆる回路やプロセスを可能な限りの遠路まで循環したエネルギーが、ふたたび自分のところへもどってくるというヴィジョンがあります。その人間エネルギーの伝達作用の回転速度は目にもとまらぬほどの速さで、といいたいくらいの要求なのです。

ところが、エネルギー奪還運動の現場である大衆のあいだでは、磁気嵐に似た混乱が隠微なすがたで起っています。ちょうど、かつて上級共同体と下級共同体が通路を持つと同時に、それぞれが自給圏ででもあったように、大衆のなかでエネルギーの自給自足圏とでもいったものがつくられつつあります。農民は農民ふうに。労働者は労働者ふうに。そして、各階層が細かな落差を持つと同時に河底の砂が動きやまぬように階層間を流動していく粒子があるのです。共同体的連帯は、同時に他の共同体組織との分離を意味しました。その凝縮の機能を私達は体表から忘れ去ることができていません。そしてその評価基準も。その結果こそいま私を戦慄させるのです。

当然のことに、自給圏は縮少の一途を辿り、顕在していたものは消滅的潜在へむかいます。けれども同時平行的に、具象世界の凝縮作用は質を保持したまま大衆の形而上世界ともいうべき門戸を膨張させました。自給自足的思惟および協議の垣は氏祭りや講から、家の裏手の畠地へ移り、台所へ持ちこまれ、びんつけ油の匂いのなかに狭められました。その裏側に、彼等にとって説明しがたい抽象世界をふくらませながら。炭坑が納屋制度のころ、農村から出てきた坑夫が陽の目を見る時間も少ないなかから、畠を作ることに執着していたという話は、単に彼が土気のない坑内に堪えがたかったということにとどまりません。彼の対話圏は、彼が自分にかえってくると自答できる範囲に限られておりました。彼は彼の青野菜との間における回転速度の速いエネルギーの交換を欲したのです。これは、私がいま炭坑主婦たちと持っているサークルのなかでも、彼女たちが内在させている感覚の一面であります。彼女たちの一人が、ついこのごろ離婚しました。亭主は宮崎県の農村出身の坑夫です。女房は炭坑町で生れ育った一銭菓子屋の娘でした。亭主はこんな話をしました。農村で、みるもの聞くものことごとくが、自分をうばった奴等の体臭であり憎しみなしにくらせなかった。しかし、例外として、自分の隣家二、三軒が同じように貧農であり同級生がいた。彼等とは「おはよう」という挨拶ひとつで了解し合える心情をもっていた。ところが炭坑に来てみると、自分の心情をつないでおく何ものもない。が、職場で上役に「こんな設備でしろと言っても何が出来るか。設備を先によくせい」と腹立たしそうに食ってかかる同僚をみた。俺は仰天した。よか衆にあんな返答ができる世界は何だろう。その素晴らしさに打たれた。あれは何じゃと聞いてみると労働組合の役員で共産党というもんだ、と教えられた。俺は一直線に入党した。それが不思議とも何とも思わなかった。ところが、入ってみてまた仰天した。そこは俺の幼な友達との対話と同じものがあるどころか、機械にはさまれているようなところだった。俺はどうしようもない。俺の欲しいものは、こんなものじゃない。俺は、欲しいものはもう自分の心のなかだけでしか語れない。誰にも話すことができない。しかし、組合や党が必要なことはわかる。それはそれでやりたいと思う。けれども俺の考えていることは……

　女房はこんな話をしました。組合運動もやったし、炭婦会もつぶさにみた。どこをむいてもわたしの片足か片手との関係だけしか要求をしない。わたしは亭主に全的な要求を要求した。また押しつけた。が、亭主はいつも空間をみつめているだけだった。機能的に働くことをしないぼんやり者だった。わたしは、わたしを全部開花させることが、あの人にとってほとんど意味がないことを悟ってきた。ちょうど彼が機能的な働きを疑っているその部分にわたしは開こうとしているようだった。わたしの質をあの人は欲してはいないのだ。わたしの運動はたいへん甘く不徹底だと自分でも分る。けれどもわたしは、あの人にとって無機質であったとしても、この道をひらくしかない。結局は、ひとりでわたしの内部にくらく沈んでいるものと語り、その結果を行動としていくのだろうか……

この人々は、それぞれの出生の場に残存していた対話圏の相違から、それぞれ異った質をむき出しているのですが、ただひとところ共通しているのです。それは、自分にまいもどってくると自覚されるエネルギーを共有したがっていることです。生産関係を自分の内側に、その心理的関係にひきうつし、さらに個別心理的関係を生産関係にうつしかえることで全存在を社会的に包括したがっているのです。そしてこの傾向の人々はほとんど沈黙しております。

これと対照するのは、自給圏が次第にやせ、ついに自分の夢幻のなかに入りこんだ状態に、思わずぽっかりと明るくなった人々です。いわば共有感覚に固執するのをどわすれした、という人達です。捨て、焼き亡ぼしたのではありません。また占有感覚に転化させたのでもありません。そして強いて規定すればひとりという単位にウエイトをかけているといっていいでしょう。水の溜まった壺を頭上に乗せて歩く婦人のように、満ちたものを内在させています。それは疎外者心理のからりと晴れた明るさです。ですから内部にとどこおっているものにふれると、土地を選ばず同類意識を結びます。例えば炭坑夫でいえば、都市の下層庶民出身者や二代目三代目坑夫の一部です。

共有感覚の領域にウエイトをかける者と共有感覚の内在性にポイントをおく者、これらを両極として、その間に無数に存在する自給自足の心理。それが連帯の契機であると同時に、現状では私有への転化の場ともなろうとしています。異質の共有世界間にある断層があるムードを大衆のなかに流しています。もともと、自治へ凝縮する感覚は、内部からの緊張にささえられて存在したのですが、緊張感の物質的裏付けが失せてしまっているために、凝縮の機能が空転しています。そのために、共有感覚それ自身がまことにニヒルなものとなっているのです。

共有感覚と感覚の共有はちがうものです。自給圏の変動は、この両方をゆさぶりました。大衆はかつて共有していた感覚の一部を固定させたまま、その意味をはかりかねています。空転する共有感覚と固定した前共有圏の感覚。それを打撃する基準が生まれていません。そのために、押入り強盗的な能動的破壊的な共有圏獲得運動をなしえずにいるのです。

かつていまよりやや広い自我であったもの。自ら若干の関与をしていた組織と秩序。彼等はそこから、骨身をそぎ、やせていく感覚をどう名づけてよいやら、自信をもってはおりません。たまさかひとりだ！　といいます、分裂した！　ということと同意語です。では最小限にやせたら何になるのか。それはやはり、共有の喪失なのです。孤体であり固体でありますが、個我ではありません。大衆自身は共有圏の喪失を、自己分裂と直観しています。こうした自分の現状をあたかもエアポケットのように沈黙し、いつか必ずくるであろう自己完結をまっています。待つといっても他動的なものではありません。離婚した男女のように、沈黙を客観視し、主体的説明をつけようともがいています。

大衆の思想は、形而上へせり上っていった「共有」とその裏側であらたな概念を形成しつつある「ひとり」を縦糸とすべきです。具象界でいま新しくぶっつけられる物質との感覚的社会的無縁さから逆に人間たちが縁を結んできた仲間意識、すなわち階級性を横糸として織りなさねばなりません。ところが、縦糸と横糸との関連を断ったまま、大衆は機械的システムにくくられています。システムに対応できる感覚は見事なものです。それは彼等の空白さを証明しています。生産感覚の中に白蟻のように巣くうシステム順応性は打撃せねばなりません。なぜなら、それは彼等の根源である共有感覚からの自己疎外をのりこえて出て来ているのではないのですから。まるで発展的情勢とみられるところに、実は大衆自身を主体とした情況の隠遁的整理が行われているのです。サークル村でいえば、主として、北九州と呼ばれる性格の特質であります。

しかし北九州はここに坐りこんではおりません。彼等の内部に無言があるのです。けれどもそれを正確なことばで表現してはおりません。なぜなら、ここには南北を問わず説明すべき用語は創造されてはいないのです。汚水が流れこむマンホールのように、いろいろな無言が流れてきています。私は、創刊宣言の次の箇所は、かなり綿密な手入れをほどこさねばならないと考えています。『大衆の意識がしつこく古い共同体の思考スタイルから変っていないことは、近代主義者たちのいうようにその形態を破壊して、個人意識を一度通過しなければ発展しないとする立場を擁護するものではない。もちろん、それは半分の真理はもっている。しかし、大衆の共同体的思考の本質は決して単純に家父長制そのものの機械的反映ではなく、いわば家父長制の表現をとった横の連帯感の潜在という事実にある。なぜこのような現象が生まれたかといえば、おそらく下級共同体の自給圏があまりに狭く小さかったために、相互の思想伝達の壁がさほど厚くなく、したがって観念をはっきりと表現しないままに感情を流通させ、言語は上級共同体の支配用語を借用するといった便宜主義が、存在した結果であろう。そこでいわゆる東洋の無——沈黙・空白を核心にすえた表現がどのようにその質をこわさないままで顕在化されるかが日本文明のまだ達成していない要点であり、サークル創造の主な目標ともいえるのである』

私の文章が無言を主題として来た便宜上から、私はまず、ここに書かれています「沈黙」について考えたいと思います。ことばによる表現を必要としなかったという農業共同体の空白は、そっくりそのまま沈潜しているのかどうか。それが東洋の無に直結するのかどうか。また、「沈黙」はいつもその発生の地にとどまっているのか。つまり一口に「沈黙」といっても、あたらしく発生しつつある無言との関係はどうなのか。私は、現代の日本のことばのない領域は、「上級共同体の支配用語を借用するといった便宜主義」でおしとおした「下級共同体の自給圏」の直接的な残存だと考えておりません。つまり連帯そのものの所産ではなくなっている、変化した何ものか、が問題だと思っています。共同体内部での対流は、彼等がみずからの所得として手ごたえを覚えるまで協議されました。東洋の無は、それを共同で食べ終ったときの、すなわち共同体の自己閉鎖性の薄明の色であります。私はその無言の質と領域の移動性、及びつぎつぎに生まれ大衆自体には意識されている無声地帯の、歴史的構成が問題だと考えています。吸いこまれるようにことばが失せていくところ。——そして今日このごろそれを「個人」と命名しようかとゆらいでいる部分。一方では、あぶり出しのようにことばが機能を持ち出すところ。これらをひっくるめて「沈黙」と呼ぶには、あまりにあらっぽいといわざるをえません。いえ、そういう観点に立つとすれば、私の文章は沈黙そのものでありますから。

そして、またかすかにニュアンスを異ならせていた共同体相互の濃くなっていく分離に、とどめを刺すためには、古い共同体のもっていた連帯の意識の論理化のみでは不十分だと考えます。そこから発生する「ひとり」を打撃することができません。いい例があります。『サークル村』一月号に星野正平が「サークル＝共同体論への疑問」を書いています。「谷川氏が前サークル的な集団のうちに共同体的気分をつねに見出すとしても、それが単なる雰囲気として感じられる程度であって、認識として定着される何物も、事実としてはもたないところに、それが読者には思いつきのイメージとしか映らないのである」「私達はいやでも個人意識を通過しなければならない」「家に帰ってやっと自分の人間をとり戻す。機械にエロスを感じるどころか、こうして現在の労働者は労働と生活をはげしく引き裂かれる非情の現実にさらされながら、小市民的な孤立へ足早にかけつつある」「生産の有機的構造に対応する組織としての労働組合がなし得ない個人の論理を、人々の生活にぶっつけなければならないのではないか」と。

同じ沈黙が、攻撃すなわち自己破壊の役を負おうとしているときと、守勢すなわち自己保存の役目を担っているときとがあります。同じ状態で相反する心情と方向とを表現せねばならぬ地帯は、大衆の生活のなかでは相当の広さを持っています。はじめに書きましたように、共有の喪失感覚は、大衆の形而上界をふくらませました。大衆は頭脳と心臓とのあいだを行きもどりしながら、その手ざわりを何と表現すべきか、どもっております――こんなところに来てしまった俺たちの自給圏。結局これが個人というものなのだろうか？　破片だといままで思っていたが、そうじゃないらしい。機械のネジとなっていった俺のエネルギー、かえってこない精液、あれはうそっぱちだといいきっていいのだ。きっとそうだろう？　ショウチュウにうつった俺の顔との対話、この振幅、速度、明確な回転、ここに俺がいる。おまえの声はちっともここを訪れない。だからさ誰もこないところを個人というのだと俺は思うのだが……

ここから発言することばが出来上っていません。おそらく、「ひとり」に日本の大衆が立ちいたったのが若いためでしょう。いま大衆はこの状況を訴えたがっています。それこそ、支配権力側の組織用語を拝借して。そして、その沈黙を表現しようとして労働者の自己保存と破壊との二面をふくんでいる箇所を通過するとき、混乱します。なぜかなら、彼等は凝縮の機能しかいまは残っていない共有世界の再現を願いながら、その手段も論理も自分の首をしめねば出てこないことにふみ切れないのです。星野正平は、三月号で「前言半分取消し」をいたしました。「南九州サークル懇談会の記事をよんで、……まさしくそれが雁さんのいう東洋的な無、空白という普遍の質を、集団の雰囲気の中に直感としてもつ重さであることを知って成程と思った」「労働者が生活の中に自分をもたない……農村の人達がどんなに貧しくても彼等は自分の生活を創造しているのに、労働者は自分を他人にあずけっ放しにしている」

これと同様の網膜は、サークル村のいたるところに散在します。それは暫くおくとして、星野正平が言いよどみ、そしてまったく対話の土俵へ持ち出さぬことでけりをつけたかにみせている問題、それは、単に連帯から引き出され対立の論理のみでは解決がつかなかったのです。物質的裏付けのない分離感覚がたたえている連帯の水、その非生産性をたたく場はどこにあるでしょう。

エネルギーの回収が私達大衆の思考や生活のうえで早い部分と、その非常におそい部分とを労働者は、はっきりみています。つまり生産関係を個別心理関係にひきうつしたものの疑似形は彼等の手ざわりのうちに見ることができ、その逆流となるべき人間エネルギーの回路の形而上形而下の方法を持ちません。従って性関係は常に脱落して女は、後者はもう自分には不用だと考えています。農民は非常な低次元における二重の共有感覚として両者を未分化のままにしています。知識人と称する人々は、この大衆の状況を「混沌」と呼びます。サークル村住民は、「混沌」を農民の未分化状態にあてはめています。混沌の根こそ原点だというように。

二月号の田中巌と大野二郎の「内政干渉」、三月号の佐々省三郎と大野二郎の「内政干渉」もこの例に洩れません。「南九州のサークルには北部九州の工場・炭鉱・職場のサークルとは異った成立と発展の過程がある。それは殆んどが地域のサークルであって、日本の『村』の重い伝統と習慣、それらの中を流れている古くしかも基本的な精神につき当らなくては、何物も創造することは不可能であるという事実であろう」（田中巌）「古くしかも基本的な精神は何かということがどんな形でもよいから指摘されなければならない。その何かがわからなくては創造の理念も何もあったものではない」「私たちが見出している問題、そして克服してゆかねばならぬ問題とは、八幡製鉄あたりの問題と性格に違いはないように思うがどうだろう」（大野二郎）

どちらの発言も円周の外側をなでるように問題提起さえしえずにいます。なぜか。くりかえし言うように、大衆があたらしい手ざわりとして感知している共有喪失感覚の場にうまれているものを表現しえないためです。表現しえないという場合にも二通りの意味があります。まず、自分が持ちつづけいまは部分的になり終った共有概念にいすわるべきかどうなのか。「ひとりっきりの共有」という不条理を近代的自我へふりむける主体的いなおりで効用があるのか。どうもそうではないらしい。なぜかならわれわれが追いこめられた「ひとり」は、対立意識ではないのだから、意識のすれちがいに終るばかりだ。このように無に対する自己評価ができないことが一つ。次に、それに適合する用語の未創造が一つ。

で、いたしかたなしに、未分化のなかに顕在する共有喪失感覚の稀薄性に自己の座を移住させます。病いの重さを軽さにすりかえるのです。混沌へ下降するモラルが生まれています。サークル村全体をとおしてそうですが、たとえば、「南九州のサークルの根」（椋田修・石道子）も「ただ一筋に食のため自己の人間性を食いつぶして行かなければならなかった民衆」（梁川雅）という表現も、「学校へ行けなかったので学生が憎らしい」（ノラの会と九大生の往復書簡）という卒直性も、南九州サークル懇談会の谷川雁のまとめの「混沌たる未分化の衝動のなかから人間連帯そのものを直接求めてゆく運動の方がこの地帯では根強さをもっている……南九州の言葉につくせない貧乏というところへしっかりと着目すべきだ」という発言も、水のなかの水素だけしか表わしてはおりません。一つの法則が相反する機能を持つこと。その所得がプラスとマイナスにわかれること。その価値は時間と共に変動すること。

これらの結果は決して混沌としてはおりません。混沌と不条理とは別ものです。下降のモラルは、自己隠蔽にすぎません。共有性のニヒルな側面の重複なのです。では、下降を否定して上昇という方程式がでてくるのか、といえばそうではないのです。下降とは何か。その共有圏の空転性をやぶることです。九十度の対決を自らふくみながら下降しまた上昇する方式がサークル村をふくめて、日本の大衆運動に欠けています。

各階層で意識しているニュアンスの異なった無言。それは九州の南と北とを問わず、それを財産とみなすものは静止し、それを自縛とみるものは否定的肯定の道をさがしています。生産的感覚の共有圏の変化は、歴史的には二、三代を要したと私はみています。それを、現在、サークルは毎秒ごとに自己要求せねばなりません。サークル村でいえば理論と実感、情勢と状況のもう一枚ひっくりかえした次元が、私たちの二重の渦を重ねていく端緒なのです。

非所有の所有

性と階級覚え書

I

×月×日

(あ、あのときの音だ。きっと沼へぶったおれた……　爬虫類がのびあがって、その腹の下で失神していく、そのときの速度だ、そうか、わたしは忘れていた……)　山脈のようなものがみえる。そこからうすあかりをこすって回転する。予感がおそうようだ。気がとおくなるゆるさで私をちぎれさせる速度がやってくる。

あの回転音は私の意志にしたがわない。だから私はあれよりもっと長くゆるい波長を握りしめる。また日照りの坂や乱反射する小麦畑に逢った日の感動を再現させて、自然のぎらついた熱でいっぱいにしておこうとする。(でも、あれはピストンだ。機械音だ。有機質をふくまない。あぁっ、くる)

音はふくみながら、つむじ風のとおい黒点のように走ってくる。光へとびこむ。まっ昼間をかっさらって寄せる。新しい木目がみえる。風車だ。音ばかりが吹きよせて、一回転する。その完結音がひびくとき、血が引いてしまう暗さを覚える。

目まいをおさえていた私は、自分の知覚がおそろしく素朴な器官に切断されているのをみる。ごろんとして勝手な方角へちぎれている。脱力して窓みたいになった意識を引きおこそうとする。どうしたというのだろう。私は敗戦直後の夏にこれと同じ経験をした。かなり長くつづいた。焼けおちた町の、ぽつんとした下宿の中二階で、低い庇の下の鉄格子の窓枠を握っていた。幾日も熱があって、私はそれを脱穀機の音だと思おうとしたり、思いこんだりした。そのときも、断定する何ものも内部にない恐ろしさがあった。

それからのち、ふとした岐路へくるたびに私を虚空へおとす。病的な不安さえ加えて。今日も何度も指を握ろうとしてみた。そして握りこめなくなっている両手を、砂が浮いているセメントの流し台へ押しあてる。頭のなかをくらくらと振ってみるけれど、片側ばかりみえる風車は消えないし、消せない。

私は終日家族の排泄物やその痕跡を消しつづけている。皿のうえにのっている吐瀉物のぬめりへ指を入れて、みるまに消す。平らにし、ゼロである台地をつくる。いつもゼロへゆれる指針だ。そして、それから……（こわしてしまえ。わたしの必要労働だけをとりかえせ）分散がたくわえていく感覚と、使用以前で凝縮してとがっている感性とは互によそよそしい。それらは背中あわせのまま、その感覚の完成を求め表現をほしがってやけにふくれていく。分離の状態が肉体のバランスを破るほど張ってくる。（へへ、のんきだね）

そんなとき、急にあの音がおそう。蓄積も凝縮も全くの不毛だというようにぶちこわしながら。体は熱を出して抵抗するけれど、私は情緒の統一感を失って不安になる。（負けては駄目）単調なテンポを想定して、一定の秒間で打ちながら贖罪の心持ちに堪える。想定したテンポは私の意識性をすりぬけて、逆立ちした風景のようにながいながいものになってしまう。

こうして次々に選んだ韻律は私の手からすべりでて、あの回転音に従ってしまう。おそろしく静かな平面的な移行だが、遠くの建造物からひびくような、或は釣鐘のなかに坐らされているようなぐあいになる。そのなかをつらぬいて、あの木目がゆったりと運行を写す。私は内部の粉砕感をおさえきれずにおろおろし、洗いもののボールの皿や小鉢の底に手をついてうめく。そのように停止していることに堪えきれずに歩く。（奇妙な歩き方をしているにちがいない）　舞踏しそうな手足に気づかれまいと、蹠をぴったり床につけるよう注意する。観念が積乱雲のように絶えずあふれて、ころがりながら声になるまえに使命を終えて失せる。こんな肉体や思惟の動揺が――そのときの日常のすべてが――あの音の強さと均衡する。はかりが次第にかしぐ。梢をわたるように自分が行っていることがらが理解しがたくなってくる。（割れているよ）

そうつぶやくことのこわさがひろがっている。

板の間で跳んだりして、私は教育者ふうに首すじに力をいれる。（何でもないよ、おまえの思考の幅がみえているだけじゃないか。おまえがさわっているわずかな物質が干物になった世界を、いまおまえはひとっとびに外側からみているだけじゃないか）すると追いかけるようにつのってくる。（おまえの触感の限界は直観力の限界でもあるんだぜ）或るがむしゃらさで攻めてくる。（見えないだろう、ほら、この物自体がさ）私は涙が洗濯の泡をとおして熱いな、と感ずる。（知覚することができるんだよ、おまえの認識の様体をおまえが外側からね）（つまってるじゃないか、おまえ、つまってるぜ。分離じゃない欠如だ。内部を構成するモメントが貧弱じゃいけないとはいいやしない。しかしね、ほらね、おまえのなかに浸透しもしないし、おまえから流出もしない。ここへね。それがみえているんだよ。三半規官？　あまえるな。気狂いが血統にいるからといって……）

私は、「悪いけど起きておれない」といって、子供らの騒音と透明な回転音の底にぶったおれる。蛤みたいに口をあけてしまった意志に、ひややかにむかいあう。私は自分の意力をみかぎってはいないけれど、ふとんのなかでひっそりと対決せねばならぬ。

「ママはご病気だから、そんなにママのおふとんに入っちゃいけないよ、出なさい」私をうばいあっている子供たちに彼が注意する。「テレビの音をちいさくしてあげなさい」枕もとのその声の早いこと。口の粘膜がかわいている。

（かおはんぶんがまっくろになってしまった。

砂利をかんで

旅で死にたい)
ちがう。
(わたしは煮えた野菜をつまむことができる。
くりかえしこわすことができる)
ちがった。
(まるで精進ばかり食わせやがる。
血のりを抱いて
鳥になる。
ひきつるもののない地球め!)
ちがうちがう。彼が髪の毛をなでてくれる。手を握っていてくれる。伝えられない悔恨を聞いているように、ふかく。「なにかひとつでいいの、わたしの感覚が核となって生まれた概念がほしい……」物質はみんな、あいつらの感覚によって変型している。私の統轄していない体系のなかに、それらの観念の日射しのなかに私自身さえも存在する。私はあれらの観念に自分の参加を感じとることができない。あのあおみどろ。それは無色と名づけられる……「ひとつでいいのよ。そこが手がかりとなる現実的な通念のひとつで……」まだ眠ってしまっていないのに、と彼が離していく指に思いながら記憶が切れた。

――ああっ、破れた！　禿げあがった地肌にばらばらと砂礫が降ってなだれ落ちた。ひとりで歩いていた私は、とっさに、地面が割れた、と思った。

人々は総立ちになっていた。家のなかで。アパートの窓で。路上で。しんとし、煙った日光が布となっておりた。午後一時ごろらしい。海ちかい南の街だ。

立ちどまった私の右手には家も木も草もない赤肌の地殻がまっしぐらにくだっていた。それっきりが額ぶちで切られたように夢にみえた。地殻の変動はその切れ目のあちらで起り振動が残っていた。

次の激動がくる！　私はなだれているその赤土にとびだした。石から石へ走った。震源地へ一刻も早く行かねばならない。石を跳んだ私の左背後で炸裂音がした。斜面の崖っぷちにアパートが建ち、五階ほどの窓から私をねらって弾丸が撃たれた。――ＮＯ！――　人がとびおりた。異質の思考体系が、花模様のキモノをひっかけ、ひらりとおりるなりまた撃った。褐色の髪を振って私をにらんだ。――おまえもあれを知らないじゃないか――　そういうと、大きな眼鏡の憎しみにみちた目が、やにわに権力の象徴めいて光った。戦慄が走った。（あいつ、震源地にふたをする）

とっさに岩かげに背を曲げた。（そうだ市街の裏から海添いに行こう。早く。奪われる）　岩から他の岩へ這いながら（渇いているなあ渇いているなあ）と思った。旅先で道は不案内だった。私はじりじり斜面をあがった。岩かげから束髪の女が招いた。割烹着をつけた三十七、八の見知らぬ人だった。蟻のように確実にひそかに、自分の家へ私を連れこんだ。沈んだ顔をしていた。――ありがとう、ここから海をまわっていきます―― 彼女はだまっていた。そのまま薄暗い炊事場へ歩いていき背をむけた。川底のように冷えていた。

私はちょっと後姿へ頭をさげて外へ出た。いつのまにか、饒舌な役場の小使といった雰囲気の者と連れだっていた。男か女かはっきりしない。年齢もぼやけている。ただ、たあいない善意がせかせかと歩いたすえ――ここがいいですよ――といった。――いや二階のほうがもっといい――とつぶやいて、村役場めいた古い木造りの家へ入りこんだ。私は知らない街を、自分の意向をふろしき包みたいにぶらさげたまま、案内されていくことが不快だった。ねっとりと寄ってくる。――しばらくの辛抱です――にこにこして言った。皺のある顔だった。――ご存じの方たちですから、ここなら大丈夫。どうぞこれへ腰かけて――とまた言った。

そこは露路のような事務室で、女二・三人をまじえた数名の者が、いやに快活に事務をとっていた。何かの会合のときに同席した連中であったが名が思いだせない。私は埃のざらつく机のまえに案内されて、みじめになっていた。連中はたっぷりの善良さで会釈し、忙がしいという動作をした。――ここは大丈夫ですよ。まだ奴等がかぎつけていませんからね―― 誰かがまた言った。この連中は多忙な「活動」をしているのだった。数十名の集団の事務を汗をころがらせてする類だ。ノート帳簿をパタンと開いたり閉じたり書きこんだりした。日射しが窓ちかくの木立でかげって、午前中の感じがした。

——どうもありがとう。お邪魔さん——　え！　と連中は手を止めた。——冗談じゃない。いまでたら危い——　受けとめてしかるべき厚意に入りこまない不快を体中で彼らが放った。——いや大丈夫。街の見当がだいたいついた——　私は逃げるように外へでた。ああ、と息をし、追手が迫ってくる危機感がいやにリアルにかえってくるのに満足した。

それでも街はさきほどの緊張が失せていた。ひとりひとりの内側で色がしぼんで、数名数十名がひとつの人格のなかに縮みこんでいた。あの瞬間の衝撃を未解決のまま時間へ流したようで、推移が染めわけてくるのを待つ雰囲気がこもっていた。そのくせぽつんぽつんと人間のいる静寂には、不安がつまっていた。

私は孤独をちらと感じ、針になって迫ってくる捕縛から身をくらませようと急いだ。幾度も道を折りながら海を探した。

ぼんやりした青年がいた。草の生えた幅の狭い線路のそばで放心していた。（あの汽車で早く市街のそとへでよう。時間がない……）恐怖がつのった。私はその青年に問うた。——この線路はどこへ行っているの？——　——○○から××まで——　息がぬけていく声で答えた。——え、何だって！——　私は思わず大きな声をした。胸元を一突きされた感じで自分のまわりになじみ深い感覚が立った。——○○から××だって！　同じ地点じゃないの、それ。それだってまちがいなしに距離ですよ、長さよ。しかも草から草の間をなんだって線路を敷いているのよ。何のために？　何をするのよ。どこともつながってなくって、それでもそこにレールが敷いてあるって

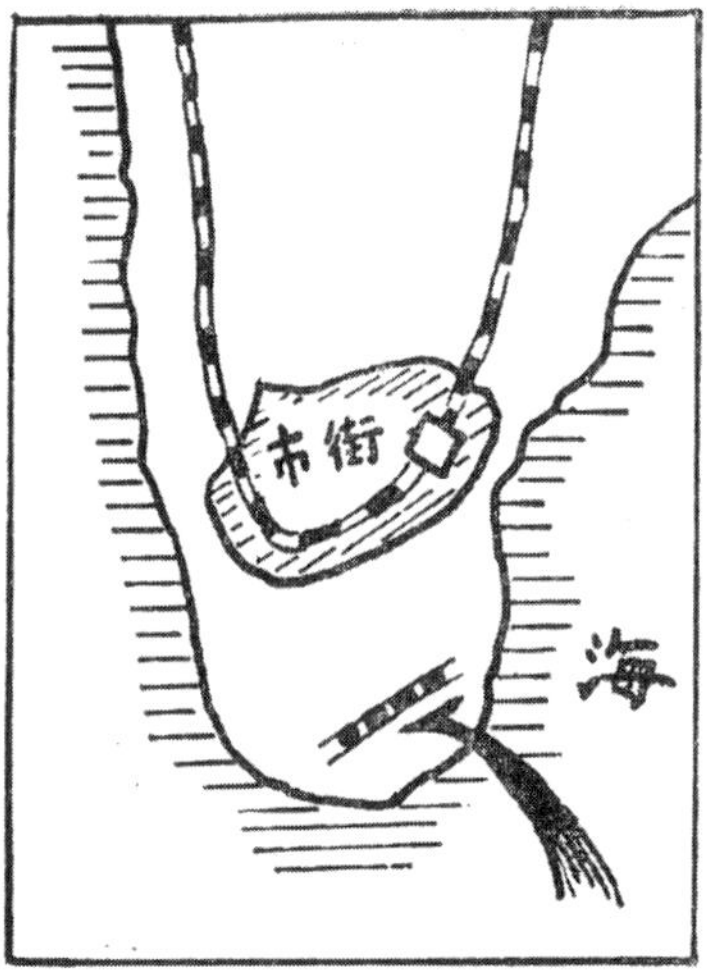

いうのは何のことなのよ――青年はだまって地面に地図を描いた。

――これです――と指した。

――わかってるよ。そんな地蔵をつないだ線路。あなただって、それがあんまり馬鹿げてるから、それに乗らずに海へ釣をしに行こうとしているのでしょう――黙っていた。それでもその青年は何か釣りたいのだ。いや決心していた。というより、もう彼の海のなかに釣針を垂れているのが私にみえていた。磯くさかった。彼の海から匂った。その足もとのあたり一面に枯れいそぐ草原だった。

――ぐずぐずしていたら危いよ――どこからか声がした。帽子で顔を隠した男だった。草の中にベンチ一つある駅の、そのベンチに腰を下した男がみじろぎもせずいい放った。（わたしだって気にしてるじゃないか）それでもこのレールは放っておけない。（どうせ引っかかっているのですよ。わたくしは）

私は草の駅にぴらぴら貼ってある時間表へ近づいた。（市街を出るのはむこうの汽車だな。あれに乗って）午後七時二十八分発だ。あと四時間待たねばならなかった。四時間！――ここでぐずぐずしていたら危いですよ――またあの帽子の男が言った。――あれに乗ってしばらく姿をくらますのですな――　といって草のなかの線路を顎でしゃくった。（そうだ、あの線路はあそこへ行っているんだ）閃くように思った。どうもそのレールは延びていく心象風景みたいに、乗りこんだ人間がみずから延長させていく曲線であるらしかった。あそこ、と私が反射的に思ったのは、ひとりで行って逢いたいと思っていた或る遺跡だった。レリーフのある石があるのだ。それは潮に洗われるところに残っていた。荒寥とはだけて、残骨のようにちらばっている。ほんとうにそうだなあ、久しぶりだからなあ、そんなたなびき方を私の内壁がしていた。何か、うずいた。

それでも、それは、それっきりなんだ。私はしばしば経験している気持が、泡立ってくるのを感じた。ぽとりと落ちた卵黄のように、それ以上でも以下でもない感興を生む精神の所産だ。わかっていることがらへ寄りそうほどの若さが私にはない。

ばし、ばしばし、とヨーロッパの女が、その異った思考体系の象徴が、そのまま国家権力にすりかわって私に迫ってくる。……

（ううっ、逃げたな）走り去った尻尾にとびかかるように目が覚めた。反射的に起きあがった。いがらっぽくなっている筋肉をくだって夢が離れようとしていた。沈鬱な感情が渦まいて落ちる。不快だ。昆虫をつぶすように夢をとらえた。坐り直して執拗に迫った。

折れたきのこが吐く煙みたいに、感覚がぽわんと浮いている。私の重点、そこへつきささらぬしずかさで私の心情・情緒・感性・欲望その他のがらくたが湧き流れている。浮游している。そ

の浮游が私だった。いつもの生活のように。（おまえは逃げた。あそこへおまえは行くことを放棄していた）

私は裏半球をわたる風をみるように私のあそこをみた。私が売買している観念の、むこう岸を。そこに荒々しい稜線が走っている。それへの類似で私は自己を表現する。できるだけ似せて、可能なかぎり近よって……それが私のたたかいだ。その内部の針が落ちてしまった夢を私はみた。

私はかたことを口走る幼児のように、自己のイメエジと表現手段の被貸与性に遊ぶことを強いていた。なんと長い間、私は非完結の長さに堪えたろう。私は倦んでしまった。私はもうしゃべりたくない。私の内的法則性が直接に参与していない思想概念を借用して何になろう。それでも、それを媒介項にするより仕方がないから使用する。が使うことで私の思惟は私の実存から剝離する。どこまで行っても私とあちら岸との距離はちぢまらない。たけりたつころ、私を内側から潰滅させる回転音が起るのだ。

それでも何度でも私はかえってくる。私のたのしさに。それは非完結だから現代のまんなかに坐っているという存在理由をふりまわすことだ。私の表現の完結性の獲得へむかって歴史は動かねばならない。雲で飛ぶような大原則はたのしい。そのまえでは認識の表現と伝達が科学性というしごくもっともな粗雑さで結束していることなど平気だ。私はその圏外からしゃべる。あの荒っぽい科学性は皿のうえの大豆だ。ひろいあげたいくつぶかの大豆の、部分的科学性なんぞに私は流されやしない。幻想も想念も心情も感覚も、けずりすててしまって、それから私の存在がさわっている家事労働の奥にかくされた労働自体の生産的潜在性だって切りすててしまって、そして合理性という名を許すなら、私はそんな仲間はごめんだ。精神の働きの予見に似た部分にこそ閃めかねばならぬ科学を、なんとみみっちい便所の裏の蕗みたいに育てるのか。言葉の階級的結晶過程、階層的心理の統轄、精神活動の綜合的な判断、そしてそれらの現象化の場合の、幻想にも似た未来への尖端部分にこそ科学性を冠のようにのせねばならない。観念を生み、観念を操作し、それがあかね色にいろづきながら具象化し自ら現実を動かしていく。そしてそのこと以外に自己発顕の不可能である階層、或は労働や精神活動の表現ができがたい分野がある。へっちゃらだ私は。その感覚も擬似客観性へ寄りそっていく不確かさだ。けれども外界の偏向が反映している私のその変形だって、私の罪ではない。知ったことか。私は作り、捨てる。捨てつづける集団をつくろう。私は視ることのできる視点——物質をそれ本来の姿でとらえる角度——それは私が割りこんでいくほかにない。徹底したエゴイズムで。かなつんぼめ！　とすべての他者へ吐きかける。それでもって私をとりまく情況を押していく。他者のかすかな変質を計り、そこに自己の参加をみる。その針でついた共有地をほしがる。手も足もなく、さみしい。売り渡したい原則を火を抱くように持つ。

けれども感傷を付録にする観念の操作など、どうでもいいのだ。私のぜんぶは非完結をおおっているこの浮游性だけなのか。私の外界とはそれであり、また内界の質もそこにとどまる？　え？

私の血がさわがしくゆれた。……

倦怠にみちたいつものくらがりが寒天状にへやにこもっていた。闇に目をすえて夢のひとこまずつを嚙みつぶしていた私に嫌悪と寂寥が打ちあって苦い汁が垂れた。私は何ということなしに、眠っている彼や幼い者をみていた。自分が寒い顔つきをしているのがわかる。夢の基調となっている浮游性への無抵抗は、被圧迫階級の「転向」の基本的な心情ではないのか！

Ⅱ

私はモノローグからはじめた。そしていつまでも固執している。もういまはそれをぬきにして語ることの不充分さに堪えがたいほどになっているのだ。なぜかなら女の精神活動はモノローグに閉ざされていて、それを越えるべき方法論の探索が解放の糸口であるのだから。そうであるのに独白の領域内での矛盾や対決さえ意識されていない。そのために女たちは自らの精神活動の思想化の拠点を持つこともできずにいる。

独白の領域の状況は、例えばこの私の一日にみられるような感覚の限界と、内部の或る一点との対話によって構成される。意識の断続を私は追って、それによって歴史的な被圧迫状況が精神をひずませ築いた発条づくりの城をみていた。権力やその所産――被圧迫階級の潜在性以外のすべて――の否定へむかう破壊への意志と、それを裏へ引きこむ力とがあるのを。私は計量しなければならない。意識世界でも下意識世界でもそれらふたつの力が引きあっている工合を。
女たちは「私」というとき、さわさわと鳴る葦の集落のごとき音をひとすくいしている。自己は他者の集合体だ。外側へむかって自分を暴発させようとするとき、内部の葉群は切先へむかって結集する。もしその発現への慾望を一本の茎を抜くように、本来分別されない内的自他をふるいわけて外界が引くときは、私＝女はより深い侮蔑にさいなまれる。そして多かれ少なかれ女たちは誰でもその裂かれた傷を握って生きる。

　それはどういうことなのだろう。私は次のように考えている。女たちの認識する「私」は、その内実を女たちの生活状況にみあったものとして形成している。それは疎外の共通認識の共有である。そこにある原理の内面的小単位化が「私」なのだ。女たちは自己を極小共同体として認識するのだ。その共同体は何ものかを統轄し生産し所有しているのである。それは他の原理による蹂躙をゆるさない。女たちは疎外の共通認識による連帯の領域が、脂汗のごとく或るものを生産しているのを自認する。その脂を共有することのできる外郭となる協同世界はもはやない。内分泌物はにじみっ放しである。がともかく内部世界の原理を、圧制者の原理へ従属させようとして踏みこんでくる外力に憤るのだ。

　こうした女たちの意識世界は、おそらく村落共同体の残存していた時代には、物質と人間との関係にみあったところの内部世界であったのだろう。けれども現代の国家独占資本主義やカルテル・トラスト等の、物質の私有を根幹としている所有性とは対応しなくなっている。意識世界からいえば、女たちの疎外は、私有意識を所有した者らの連合によるところの、共有意識の疎外である。それは私有を所有しない。非所有を所有する。私は私自身を伝達しようとするとき、腰から下は鱗が生え、首だけねじまげて松の葉へ語りかけるような筋肉の螺旋を感ずる。ともかく現代を構成している私有形態にみあった意識形態は私ではなく別にある。それは思想・文化創造のいっさいの傾向を、精神的私有性へ便乗させている知的所有のトラストである。私はそこへ加担しない。

私は、「私」ということばを使用する限りにおいて女たちの代弁者であることを意識する。女たちはみずからの意識を顕在化するためにたたかう。その内部世界に対応する外界は顕在的に存在しない。顕在する世界の価値基準は、経済学的所有の概念で機械的な一線がひかれている。したがって一切の生産性もまたその線から上へ浮かびでたもののみ計量される。所有の概念が割れた西瓜みたいに完結していないのだ。私は主張する「非所有の所有」もまた所有の一形態であり権力意志である。それは私有に決定的に対応する。共有の概念には、私有と非私有とを複合するが、その両端に純粋私有と純粋非私有とを想定することができる。こうして私有を非所有する極点の意識をパチンコの玉みたいにはじいて、はじめて女たちは自己の内界と外界とががらがらとはじきあう場をつくることができる。

所有の観念を創造しないかぎり、既成の所有観念の外側で、現実に、その場で、あふれでているエネルギーは社会的諸現象の推移とも内部との隔絶状況の止揚とも無縁で終る。私たちは非所有の所有という状況をそれに内在する生産性でもって評価しなければならない。女たちのその領域に於ける意識されない生産性は、いま膨大に流出しつづけている。

女たちの「非所有の所有」は女たちがそれを共有しているという形でその占有をよぎなくされている。がそれは共通認識の共有性にウエイトをおくかぎりは或る生産性で統一される。それはみずからの占有状況の自己破壊へむかう。ということは、外界の私有連合への加害意識なのだ。意識上での生産性とは、女たちの権力意志である。それは次のように噴出する。——非所有の所有こそ、革命を経過した未来社会における物質所有のあるべき形態だ。私の権力意識は生産手段の私有をぶちこわし、コルホーズ形式の共有をひっくりかえし、非所有の具体化をめざしていく。私たちの論理に拮抗しない論理はすべて敵だ。

私は女の意識世界に、所有をめぐって重層的な共有の原則がつらぬいているのを奇妙な思いでみる。ことに私個人は、親の世代が意識的に日本の伝統的な共同体の生活と思考を切り捨てようと努めているなかに生まれ育った。いささか浪漫的な社会主義を愛した大正デモクラシーの青年によって日本の納屋は隠蔽されその日なたで芽をだした。そこは美濃紙のような土壌だった。私はその薄さに堪えることを重ねてきた。それがどのような疎外であったとしても、私が女として成長するにしたがってもろもろの彼女らの疎外意識と一致する薄さだった。

が親たちは私に豊穣を贈ろうとしていたのだった。私は自分に農民・庄屋・非人・武士などの血縁集団があり、それらがそれぞれの結束を生活していることを知らずに成長した。私の存在を認識するために、それらは不必要だった。また親たちは新羅の王女を遠い母として増殖したちぢれた草の実のひとつであることも、私へ知らせなかった。個別に貼りついた日本的血縁意識のバックボーンに依拠せずに自我を形成することの価値を、近代的な人間関係における自我の奔放さとともに植民地で教えこまれた。近代的自我の所有者である故に平等だ、植民地主義に倫理をゆだねてはならぬ、人種無差別に人間の愛の選択自在を謳歌せよ。若い父母と私は孤立を小市民的に共有する単純さにあった。即自的な私はコスモポリティクな流亡の徒であって、定着する日本の共同体意識のどのランクにも入りこめない。強いていえば遊芸売笑の賤しさで民衆のエキスを伝播し歩く遊行女婦《うかれめ》グループの心情を伝承している。

大海にほうりすてられ、青天にあそぶ砂のひとつぶである。私は自己に忠実であろうとした。自己を律する鉄則を自己の内部にみる。そのようにして私は生存の原論理と歴史の必然とを拮抗させせようとしてきた。のがれるすべはない。私はずいぶんまわり道をしてアジアを自分のなかにみたようなものだった。けげんな顔をしてその意識のアジア的形態に挨拶したのだ。そして私は女たちの閉鎖性を理解した。自己の意識形態に対応する世界が皆無であったとしても歴史の潜在部分にその発現の必然性を見出さねばならない。

権力意志を強引に論理化し行動化していこう。ほとんどの女はそれぞれの生産の場で抵抗する。角のある女房や鬼ばばあが生まれる。けれども愛すべき小悪魔は愛情たっぷりな盲目的自然発生性でかけまわるので、ふみだしたとたんに潰滅する。それは自分の灯のなかに外界の論理が倒錯して入りこんでいるのに幻惑されるからだ。

このあたりから、女たちの非所有の所有は内部分裂している。二股の枝となる。その一つは、前述してきたような非所有の共通認識を共有する。直線的権力意志であり、非所有の王だ。もう一つの枝は現代の社会機構に屈曲して呼応することで権力意志をつらぬこうとする。その意識内容は非所有の共通認識を私有している。非所有世界のユダである。それは個別に、その意識世界を顕在化しようとする。そういう意味での連帯を形成する。女たちの権力意志から滲みだす知性を、知性本来の自立性を放棄して、それを被貸与的に運用する。知的被所有のトラストを形成してくるのだ。それは本質的に知的所有のトラストへ従属する。そういう過程をふんで終局的に圧制者の権力の従卒となる。過去のそして顕在する当代の婦人運動のすべては、無意識性の罪によってこの自縛へおちている。

そして私はまた、夢のなかで、この現存する婦人運動の半透明さの背後にそびえたつ私有性と対決するために、逃げまわっていた!

私は自己の下意識を許しがたく思い、私の日常感覚の限界性を破壊するために言葉の正統性を回復せねばならないと考えた。私は私の夢が浮かばせていた意識の浮游性が、女たちの非所有の所有へ根づくことを放棄したために起っていることを知った。私はその浮游性への無抵抗を、被圧迫階級の「転向」の本質だと感じたのだ。なぜかなら、森崎和江は自己の内部世界にマンホールのふたがあることを自覚せず、子供のときから外界と対決する無色透明ないまだ言葉の飛ばぬ世界に和江は住んでいる、自分は誰も突き刺すことのできぬ透明な蝶だと感じつづけていたのだから。りんごの皮と果肉との間に存在する分子の層の、この挟まれた扁平なひろがりは私の身の丈にあまってすきとおっていた。私はそこから皮をやぶる以外に移動する自分を思いみることなどできなかった。が、この内的転位は何なのか。私は転向という既成の用語をもてあそびながら、私個人の、そしてそのなかにひそむ普遍性を探った。……

私は御多聞にもれずすぐ泣く奴で、表現したいと思う空間が山間の霧のようにみえるのに、その表現手段が私のものとして無い。擬似創造手段さえその霧に対応するものとなりえない。で、くやし涙でそのゆきどまりを肉体的にあらわす。泣いている間に涙の量くらい表現の通路がひらいてくる。しようがない肉体派だなあと自分で思う。この夢のあとも蒼白となる感じで責め、流れるに委せていた。そしてそうか、なんだ、と思ったら、やっと転げだしていた子供が冷えているのに気づいた。

私はさきほど女たちのモノローグの世界が二つの力で構築されていると書いた。純粋破壊とでもいうべき力と、もうひとつの引力とが。その後者は私のマンホールのふたの下に、とろとろと流れるともなく光っていた。

非所有の所有は主体性の主張である。同じ状況を女たちが自己を客体として意識した場合には、それは被所有の所有という内実をもってくる。これは一般に被害者意識といわれるものの正体だ。そしてその極限状況には、非所有の王を想定したのと同じように、それとの対応物を想定することができる。女たちの連帯意識は、疎外の同一状況の表裏であるところのこの二つの意識的傾向をひっくるめている。すばらしく大幅な世界である。

非所有世界の王に対応する被所有の領域の、あの暗黒のなかの光った目は何だろう。マンホールの泥をまっすぐにくだっていったあそこで光っている。

そこへ至る直線は或る抽象への自己消滅だ。他者の集合体である「私」が複合された無へ転位する通路だ。無化されることによる自己救済である。その心情をささえるものは無権力の物神崇拝に他ならない。そこは複合された無が主体であって「私」はただ象徴を連帯させる糊のようなものとなる。無権力の物神崇拝は、外界の論理が内在している私有の物神崇拝性に百八十度背をあわせる。そのことで外界を意識的に断絶し、内へ向った共有性を維持している。これに反して非所有世界は、外界と意識的に拮抗しようとして、その能動性によって外界との絶縁状況を認識する。だからその質は外在する権力に攻撃的に非妥協的である。がその対極の無権力信仰は外在する権力に無縁な内界の存在を告げその内的絶対性に妥協する。それは外界の権力に非妥協的だという結果をもってくる。

そしてこの被所有の所有意識は、無実体の占有という観念を具象世界として生活するのだ。その抽象性を抽象そのものとして存在から切りはなして展開することを拒絶する。巫女という存在が女に限定されてきた内的必然性もこのあたりにある。巫女は被圧迫階級の被所有の共有性をもっとも深く、生活や心情にぴったりと密着させて、そこに実在感覚を蓄積してきた層の意識的形象物だ。媒霊者としての巫女は何をどこへ媒介していったのか。それは巫女がすぐれて幻想能力をもち内外の統一された絶対者へ、他者を誘う心理組織者であったのではなかろうか。私は、それはきわめて即自的に自己の内実を——つまり女の被所有の所有の本質を——表現しえた生活者であったと考える。そしてそのことへ執念することの無価値をとことん計りえたために、無権力の権力を占有してきた。それは同一状況を共有する被所有の所有者たちのなかのエア・ポケットのごとくエネルギーを溜めた。権力側の祭神に接続していた巫女が、共同体の解体に従って次第にその被所有性へ偏向し、やがてその領域の意識の診断者、伝達者として民間遊行の歩き巫女になった。或は糸車をまわす勤労者の外形をそなえた語り女となったという歴史のなかに、権力の論理が無権力の論理に倒錯し、やがて被所有の極点で開きなおってくる反権力性を感ずる。その過程の中に今日にも当はまってくる意識の流れに潜在する必然性を感ずるのだ。

たとえば、私のまわりの炭坑はもう炭塵がたたない砂原となってきた。遠賀川では白鷺が幾十羽となく牛と遊んでいる。女房連中は私有性の矛盾の激化が、自分たちのくらしや意識のすみずみにまで浸透してきて、自己の理念に貼りついていた具象世界がゆれ動きだしたのを感じている。

彼女らは確信がなく行動しはじめた。組織なんか馬鹿々々しい、体をはってくらすよと、孤立していた組織者はいって日雇いに行った。亭主が炭坑をやめようがやめまいが、やま自体つぶれようがつぶれまいが、この人もあの人も外へ出ていく。いよいよ激しくなってきた。情夫に宿賃を払わせて前夫の納屋から稼ぎに出る。子供を残して真向いの納屋の男と一緒になる。こちらとあちらと行き来しながら我が子と恋人との生活をする。あんたが退職すれば退職金をやまわけして、それが縁の切れ目だ、と宣言して自分の稼ぎをつづける。ひしひしと迫ってくる私有の原理にいや応なしに立ち向い防禦している。攻撃的な防禦をはじめた。彼女らを貫いている紐は、まだ被所有世界の無権力の物神崇拝性である。それが凝り固っている。一刺しすれば砂煙の色で崩れそうな瀬戸際で籠っている。

その状況は直線的に権力意志へ転移するとはみえない。それでも激しく何かがこすられている。それは私有の論理が、権力へ能動的な防備をもたずに被所有状況を保っていた意識群の内側まで、侵入したことを意味する。私有の側からいえば被所有の所有は、私有のなかの空井戸である。彼女らは井戸の中の蛙であろうとも、彼女らの青空を統轄する。権力はその二重の非生産性を一挙に破ろうとしてきた。その侵入する外敵に対して亭主は自己の位置を認識しえずにうろうろとしつつ傍観を余儀なくしている。同質の結束体にすぎない労働組合もまたぽかんとしてもはや時代性の圏外にある。女たちは青いいぼのある皮層を緊張させて体当る。許す訳にゆかぬ。彼女らの意識は無権力の巫女を護符のごとく貼りつけてその物神崇拝性を暴力化させてきた。

それは巫女の防衛者であって巫女ではなくその限界性によって盲目的だ。巫女のように覚めていない。そのように自己の内的軍隊とその類似品を測定しえない。ただひたすら無権力の論理へ従属する。暴力的に。

けれどもそれは、侵入してくる私有の直属性の強要に対する反抗だ。社会的労働の最下部に編入され、そこにまだ残存する無法状況が、ちょうど彼女らの所有の論理が外在化されているところであるかのように感じ疑いながら。自分にとって全くの圏外者傍観者にすぎぬ亭主と分裂して、労働の場で自他の論理の未分化を共同生活する。顕在的にはそのような工合だ。そして下請組織で労働する彼女らは目にみえず迫ってくる力へ抗う。私はその抵抗の自然発生性と、抵抗の形態のなかに、被所有の所有という被害意識自体が攻撃的エネルギーに変質しうるのをみる。しかしそのために不可欠な条件があることを同時にみる。その条件をはずれぬかぎりにおいて、反権力の強力な行動集団を形成し得る内的必然をみるのだ。

その条件とは、被所有の共通認識の共有である。彼女らは労働の場にある所有の論理の未分化を共有することで、労働の酷に堪える。がおそらくその未分化状況が稀薄になりそれが私有の論理の二重底の顕在化だと知りはじめれば、そこからもまた流出するにちがいない。それはふたたび暴力化をさめさせ、無権力の物神崇拝性の無防備のなかへむかっていくだろう。その自然発生性に従って。

がその行く先はもはや以前の状況を再現しない。彼女らの労働力が私有に直属し、私有の論理が彼女らの意識にくさびを打ちこむ。被所有が所有する意識共同体を部分的に破壊するのだ。彼女らは被所有の共通認識を私有するようになる。

労働がのっぴきならず立ちはだかっている層は、意識世界が激しく波立つ。たとえ無論理であろうと、無目的的であろうと、自己の論理をやすやすとゆずらぬ。どこまでもその形態を旗じるしにしようとする。やまの女房連中が、いまやっと暴力化のはしっこに辿りついた。そして今後の一、二年間激動するにちがいない。私は彼女らをその自然発生性にゆだねておけば、被所有の共通認識を私有するだろうと書いた。私たちはなんとしても、非所有の共通認識を共有する意識性で、その流れを変化させなければならない。

が、私は、けったいなやからだなあ、と思うのはその外界との密通をとり行っている意識がもうたかだかと看板をかかげていることなのだ。被害意識に安坐しながら、外界との非妥協性をゆるめている。それは被所有の共通認識の共有が即自的に生産性を持てない事実に忍耐しえないためなのだ。その事実を圧縮し圧縮しつづけていけば、その部分での生産性が獲得される。ということは外界を破壊し得るのだが、破壊をぬきにして外界と拮抗し得る方法を得ようとするのだ。

無権力の物神崇拝は、権力の物神崇拝と腹背の間柄だ。そこにある絶縁性にウエイトをおき、それを微分化してくる。被所有の共通認識のなかにその断絶性をもちこんでくるのだ。それは擬似的な自主性や進歩性を呈してくる。非所有世界と同じように被所有世界もまたこのように分岐している。その二つの枝の一方は勤労する巫女のごとく暴力化し、片方は単独者の思考様式で無権力を物神化する。後者は茹で卵のように優しい。もともと女の優しさなんてものは、攻撃者とならない限りは匂いださないものなのだ。原理的に断絶している者同士が、優しさを感じあうというのは白を黒といい含めるの類だ。その例にもれることなく、この卵は一面からは私有との結合ともみえ、他面からは反権力の花ともみえる。要するにあなた委せのこそ泥である。その毛の生えた真意をのぞけば自他ともに優しいなどという連帯感はもてやしない。
この被所有の共通認識を私有する場でひらいてくる平和的自主性が、当代の女たちの桃源境だ。それは丸いので誰からも愛される。反権力陣営へ、権力とは絶縁しているというたてまえでもって参加し得る。象徴的参加にすぎないが反権力陣営の随時の予備軍となる。或は私有の原理のほそく流れる運河ともなる。婦人組織の重層性をみてみるといい。例えば某炭坑の女房たちは、会社の労務が組織する婦人会や修養会の会員であり、炭労が組織する炭婦会の会員でもある。そしてそれぞれの戦闘部分は二つの組織への重婚を拒絶して激しく対立している。けれどもそこへ射してくるどのような論理も、単純なたてまえ論にすぎない。彼女たちはこの両側の予備軍を女たちの何によって打撃してよいのか手がつかずにいる。その炭坑はいま挙って炭労脱退から全労へと踏切ろうとしているのだが。

この層が現代の女たちの多数派になっているのはそれなりの必然性がある。この意識形態に対応するようにみえる外部集団があるからだ。つまり被所有の共通認識を私有するという意識性にむきあって、私有の共通認識を被所有している圧制と被圧制をこねあわせた意識層があるからだ。

共同体内部で、私有の論理を生活原理とする集団が、生産手段の占有と所有をめぐって徐々に形成されていった。物質との接触の度数や角度は、生活の末端まで意識の傾向性を二つの河にわかれさせたのだ。生産手段が小共同体内で位置しているところの、所有的側面と占有的側面とが、両性の間でその比重を異にしてきたのである。所有の共通認識で共有感覚を育てていったのは男たちであり、占有の共通認識で共有感覚を形成していったのは女たちだ。それらは殆んど未分化な状況から相互にささえあいながら、習慣化し機構化し成文化しつつ協同関係をたもった。

私有の原理が経済社会を律するようになって、袋をかむって太陽をみていた案配の男たちは、共同体内部での意識的傾向性が顕在的に自己完結するのを感じた。それは、その完結感の内側を、私有を所有する意識と私有を被所有する意識とに分裂させていた。

近代日本思想界の殆んどはその後者の意識で支えられる。彼らは部分的な疎外を排除して、隙間風が洩れる自己完結性をなんとか堅牢にしようといじくる。が疎外意識を意識する視点が定まらない。また疎外状況を認識する層は、権力所有を共通認識している階級へ対して、権力非所有の私有でもって対立する。男たちの共有感覚は権力私有に対して形成される。そして反権力の側に、その原論理を自己破壊する手段が創造されていないために、いまだに全般的にペシミスティックな気風をただよわせている。

反権力の陣地を設営する者たちは、資本主義社会の内部で社会主義の共同体意識を記号的に想定し、そこへ象徴的に参加する。彼等の原論理は分離されて、私有的感覚の被所有性をしっかりと抱いたまま、その私有意識を牛の昼寝のように横たえている。その記号的反権力連合の内実は、権力非所有の私有をそれぞれ対立するヴェクトルをもってむかいあわせているにすぎない。いわば一種の精神的カルテルである。

その反権力意識の、原論理分離症や意味の記号化が、ちょうど被所有の所有を私有した女たちの無権力に密着した実感や単独者的論理にちかく存在する。それは権力側の原理と被圧迫者の論理をミクスしたものである点で相互に摩擦を起させない。これらの擬似進歩性と全き保守性の抱き合せは、それを止揚する方法論の創造以外に自己破壊しえない。

私は「私」を了解する。その性が内部に階級の極印をもつ工合を。それはそのまま女たちの階層をもまた知らしめる。女たちは権力意志の志向性に具象性を感ずる層を一方の端にもち、もう片方の端っこに無権力意志の志向性に具象性を感知する層をもっている。その前者が外在の論理へ移行する場に、非所有の共通認識を私有する知的被所有のトラストがある。また後者が同じように既成の思考傾向を帯びたところが、被所有の共通認識を私有するミクス型市民良心である。

……

これらの大別した階層の差は、そのまま女たち個人の意識のひだでもある。内部の色調の間を女たちは転移する。その内部転移は女たちの極小共同体すなわち「私」の原理の永続のために使用された。それは非転移を固守する以外にない自己の意識の両端を、リアライズする方法論の非創造性の結果でもある。非所有の原理を社会的規模で顕在化する手段を把握すれば——極小共同体を拡大再生産し得るめどがつかめれば——その内的転移は非転移性へむかって収合する。そのみずからを律する原則が、まだ生誕していないために女たちは内的転移をみずからの転向性として断罪することがない。外在の原則でもって、女の原論理と拮抗することもなく非転移性を強要することはナンセンスだ。それは被圧迫階級の閉鎖性や外界との断絶状況を内からも外からも破らずに終る。女たちはみずからを顕在化する方法論の創造以外に、非所有の社会的再生産は不可能であることを知っている。

これらの意識状況をまず意識化し女性集団創造の礎石としなければならない。伝達不可能な領海を泳ぎ渡る快感を共有したい。下意識世界の変動や心情的抵抗を運動へリアライズするときの質の転化を司どる機能は、疎外状況が社会的に政治的に経済的に性的に……と重なるごとにぷつんぷつんと切れている。それは権力の原理と自己の生活原理との重なりの部分を落していくからだ。具象世界へ内部をリアライズするには具象界の論理と拮抗する内部要素と外的条件を必要とする。が、被圧迫者はその拮抗の密度を稀薄にしていくのだ。そして青桐の葉の破れみたいな空白ができる。その空白を軸に、くるりと権力へ対する感性が廻る。被圧迫階級のすべては、この回転を経ている。その回転角度や空白の大きさはさまざまだ。そのなかで女たちは完全に裏返っている。

そのために内部状況の意識化をさらに運動へリアライズするために、内部の接合点を即自的に持たない。私はこのような女たちが相互に社会的条件を創造しあう最小限度の外的関係を持たず、また相互に内的要素を交換する契機をも持たない状況は悲嘆にあたいするとは思わない。だからこそモノローグの展示会を固執する必要があったわけだが、ただこのような欠落の真上にどっかりと坐らなければならないと考える。そのちょうど水面に直立するような地点の認識を少しでもはずれれば、女の革命化は不可能だ。そこへ立ちつくすことの強要なしに性的疎外の止揚ははじまらない。欠落の逆利用から歩くのだ。……

私は正直なところ、身の毛のよだつ思いで暁方の夢をノートした。私は夢なんぞのなかに寓意をちらつかせたり引きだしたりしようとは思わない。けれどもこの転位の跡を何とよめばいいのだろう。非所有意識界での対立→にやけた集団→無権力世界へ垂れた釣糸→そして残骨のように散らばっている被所有者の平安……　まっすぐに降っている。

私は転位の内実を解いた後も釈然としなかった。この事を伝達する人と場所を欲した。三年がかりで作りかけている女性集団がこの重さを荷いあげるに弱いことを考えていた。

長い間ぼんやりしていた私は、ふとあの回転音が消えているのに気づいた。私の感覚の極限状況でもあると思っていたのだが、私ははっと思いあたった。そしてたいへんのどかな独白をしたのだった。

——ひょっとしたら、昼間わたしの意志から分離したまま遠くからおそうようにやってきたあの回転音は、あれではないか。わたしの母のその母の、そのまた母の無数の女たちのたたかいの音だ。きっとそうだ。権利が剝奪されていく過程のながい年月にわたって、祖母たちはあの感覚を現実に生きたんだ。抵抗したたかった昔日の、筋肉の記憶だ。女がだまって権力を私有させる筈がない。おかあさん、知っています。こんな後世の女にまだかすかに残っていました。ありがとう。

いまわたしにかえってきたのは、現在の社会の激動が中年にのりこんだわたしの年齢とこすりあって、未見の領域をおしつけてくるからだ。昔のたたかいの反射がそこを黄色に照らすからだ。

さあ氷山と爪のないけものの出逢いのような、この外界とわたしの関係に乾杯！

スケッチ谷川雁

唖の能弁という奇妙な状況を私は愛している。

日本の河水は、一升びんをかたむけた調子ですとんとくだる。人や鶏を溺れさせて。そして風が去れば、まずしい山の幸、海の幸の交易を再会する。自分の水車は、どうもその川から踏みでている、という単純な理由から、感覚の一部をいつも涸れさせている者たちがある。そのなかには、谷川の生誕地である九州の漁村の男たちが含まれる。また離島の女がはいる。彼や彼女らはインターナショナルな潮をあびて、その涸れを解こうとする。かくれキリシタンも、内陸的に限定された感覚の領域から、ひそかな開路を自分の傾斜にあわせて穿とうとした。コスモポリティックな要素は、民間信仰のたぐいの疎外者的土着といささかことなる。彼等の感覚の基盤がどういう角度で海陸へひろがっていたかを告げる。彼等は唖にもみえ、そうでないようにもみえる、という不明瞭さを抵抗の様式とした。他人には感覚のてざわりがくらませてある。疎外されているものが、実はおまえさんらの小所有こそ疎外者の極印だぜ、と知らしめようとする原始的な手段である。

これら九州の沿海庶民がその目に写していたものを統括的に宿しながら、感覚の風車をまわしたものの一人が谷川雁だ。武士と地主の相乗作用とみずからいうように、田舎の非情を掌握した血と、田舎の汚辱を占有した気質を鼻柱にして。しかし明治・大正期をかけて、これら所有の社会機構と心理構造との離反結合を、生活と思想のうえに賭けて証明しようとしたものが、彼の親たちの代にいない。みずから生爪を剝ぐような変革を、歴史と共にこころみることなく、小市民的規模のなかへ内向されたそれら染色体。孤立的家屋のなかでの武士と地主の内部葛藤は、血の温存でもあった。彼は頭上にふりかぶってくるような歴史的誤謬の積極的創造に、個人生活のなかでぶっつかることのない空間をもっていた。こういう形で、近代と前近代とが彼の細胞をつつんだ。海へひらいた開拓地で。支配的感性で理解した庶民性と、彼の空間に雑魚のように入りこんでいる彼が意識化を欲しない通俗性。これらが立体的な感覚となって、アナーキーな風をよぶ。彼にとって敵地をもたぬ日本国は羽織の裏のようなものじゃないのか。こういえば無国籍者の我田引水に似てくる。が、さにあらず。質がちがう。谷川は厳然とした日本の啞だ。生月島あたりでとれるアゴの干物に似ている。

彼の感性の先輩とも感じられる宮崎滔天は、思想の湿度が生がわきで、浪花節の台本をこえてやわらかなユートピアをうたった。中国革命が日本の風土に及ぼす影響を、上層文化の模倣原理とあまりちがわぬ波長で考えた。早口にしゃべりすぎる。滔天は複眼でなかったから。インターナショナルな感受性がまっすぐ冒険的正義感や志士的純情にむすびつく。その表現スタイルが海賊まがいの漁夫と大差ないのは、彼が深く疎外されていたためか、疎外の質を単純化してみたためか。

谷川は彼の感情の振幅にとっては歯ぶらしのような天山について、まったく語らない。昔、若げのあやまちであるかのように、思わず近親の吐息をついている詩篇を、私は軽くみすごせないおもいでみる。けれども、谷川は、彼の長すぎる触角が東洋の砂で気ままに遊ぶにまかせている。浪費すること。ざぶざぶ捨てること。そのことの実在と意味を表現しない。そして、マヤコフスキー的身長を煤のぶらさがる鴨居にぶっつけながら、支配を、ひたすら支配を、と裏のごぼう畠をみている。

そして、ここらあたりで彼の半身はすこぶる能弁になる。まるで彼の一切は日本の内陸へむかって生殖されるかのように。煙にまいて触覚をくらませ、彼は自分と日本との関係をつくる。そうした一種の閉鎖状況のなかで、彼は日本と対峙する。

日本。それは彼が霞をかけたむこうまで、たんぽぽの綿のようにとんでいる。同時に、彼の吐いた唾のなかに凝縮している。日本すなわち僕だ、と彼が自問自答するときも、閉鎖への傾向は消えていない。遠心的、あるいは拡散型で「日本」と発音されない。そういう一般的ムードをやぶるように、谷川は「こんにちは、やまとしまね」と挨拶する。それは熊襲のあくびよりかんだかい。しかし、坑道を追われた夫婦が下着の数などかぞえながら地上をみまわすときの眼光くらいはいろずいている。

感覚をちぢめなければ自他の関係がつくれないところ。この地上に日本文化の歪みがある。そしてそのことの止揚のための一時的閉鎖関係があるのだ。その場合の自己閉鎖に二方向がある。閉鎖の極点が失語へむかうものと造詣へむかうものと。おおざっぱな分類をすれば、前者は生産手段を占有するものおよび下部大衆。後者は中間層。そして人々はこの両方の質を混合して内在させている。

谷川について、私が問題にせねばならないと思うことの一つに、この凝縮作用のときの内部状態がある。

ふたつの海流がぶっつかり渦まく。谷川には対立する概念が同時に流れこみしぶきあっている。また観念と存在とがたたきあう。

彼は土地をもたない定着者だ。わずかな所有にとっつかまって移動の観念を持てない農民の心理を軽蔑する。あっけらかんとその心理状態を無視しえることで彼は感覚の一本を欠落させる。また彼は精神的カルテルに脚をとられた流浪者だ。日本の思想的伝統は、支配・権力・結晶といった側面に凝縮され、存在と思想との一致をみた。彼は顕在化された鎖国のかたさに感動する。権力へむかって限定されることで共有性をもったものらの美意識は、反権力の側でも相似形を生みやすい。彼の美学も時としてそこへかたむく。たとえば彼の「毛沢東」など好例である。キリストなどという軟体動物を重ねあわせて賞讃されたのも、彼が混沌に潜入するに浅かったからだ。谷川は一年生草木の花々のような実在感覚を灯らせている。展開の契機を自己のものとして内在させてはいない。彼は媒介者であり、彼と密着しているかぎりでは不毛な音・ひらめき・匂い・重さなどを持ち運ぶ。そして彼自身はそうすることをとおして、実感所有階層と非所有階層との倒錯を強引に内側でおこなう。また、それぞれの階層が各自の体を染めている生活原理をひきはがす。これら一切のことが、固定化されることなく衝撃しあっている。そこまでの操作は、谷川の発想から完結へのあとをたどってかなり明るくうかがえる。

けれども彼の詩はここで断たれる。ひきはがされた生活原理と存在の原型がその断面をさらす。彼はそれを既成のことばで定着する。

私の欲求はあふれる。そこから先だけ、それだけを語らねばならないのに――。まるで生産に関しないものの無責任な放言に似て噴きだす。そのことで私は彼の詩に切迫する。

とはいっても無責任な流出は存在しないにひとしい。まったくそうだ。具象的な対置物さえ創らず、詩を、女は平気で書きつらねる。のろいあれ、性を失った女たち。私は私の欲望を組織したい。

谷川はことばを文字化するときに、思わず振動をとめている。位置を静止させる。彼に在る折目正しさは、そのときかすかな狂いをおこさせる。彼のなかにあるふたつの軸。実感を担って流動する部分と、抽象化へのなかば自動的な秩序。そのいずれかに重心がかかり、片方が蔓くさのようにからんでしまう。重心が微動している場合には密度がやわい。それが止まり片側がメタファに終止した詩やエッセイをみるとき、私は平気ではない。狂わない創造方法と様式。それを谷川が手にしていると私には思えないのだ。

外側から彼を眺めたときにみえる彼のふしあわせは、ことばを漢詩的な教養で咀しゃくさせられていることだ。ことばの世界の立体感は、文字化されるときに平板になる。一元的になるのだ。ことばというより文字にたいする漢学的な既成概念がこわれていない。下方へと伝達させていく意識記号として統一される。大衆の実感がそれに随順する。そして、彼の感動とすこしずつ離反した結果があらわれる。それは、あしゆびを蟹にはさまれて遊んだ幼時の社会的基盤をテーブルセンターのようにおりたたむ。小市民的意識世界の矛盾をこじあけない。彼の空間が思想化されないのだ。そこへ合理的な認識がかさなっている。一体あの無感覚な合理性はどこからとんできたものなのだろう。地主の特質か小市民か。深まることをなぜか阻止する働きをしている。

が、彼はあたえられた個人的な条件の基礎を裏がえしていこうとしつづける。そのことで、今日までの詩文学の総決算をした。完成とは歴史的評価だ。上層文化が伝承した言語の精神は、彼の詩で日本的に完成した。日本社会の二重構造に緊張していることばの一つぶ一つぶ。彼の詩語、格調が、支配し統督し受理させる機能を働かしていたところの脈絡に染めぬかれていることをむしろ大切にしたい。それを主調たらしめた外在物をぶどうのふさのようにぶらさげている。このことは、中央文化と称するギルド社会に屈服している詩人の用語の質に対立する。単純なメタファやイメエジの氾濫と解釈するのは彼の詩現実を裏側からみているにすぎない。

それにしても、と私は考える。彼を日本的完成さに追いたてていった性急なものは何だろう。彼の現実より作品のことばが一あしずつおくれている。ことばの機能を冒険的に越えようとする手前で文字が定着するのは、社会的条件の圧力だけなのか。なぜ非日本的な詩の創造に汗をしぼらないのだろう。それこそ、彼の感覚のぜんぶをひらいて生きられるただひとつの場ではないか。

谷川は苦悩につよい唖である。羽織裏に描かれた戯画に似た台地で、勢よく震源の役を買う。彼の内側へむかっては静寂でさえない動揺を起している。なぜか。単純な答えがここにある。詩は世界を奪う。奪う主体も客体も、いまは虚数のかたちでそこにあるのだ。

ただ何か小さなネジのひとつがまちがっていはしないか。時間待ちに似た分解を谷川に感ずるのは、きっと私の感傷だ。怖れねばならないのは、意欲的に自己分解を買ってでない意識だ。いま谷川雁は統一的存在として私にうつらない。彼の内側にやむをえず溜っていくスタティックな砂。自然発生的にさえみえる髪の毛や爪や内臓の分散状態。私の散在する細胞がばしとあたるに弱い逡巡は何だろう。

刃―結晶―保守性。この三角にやせた旗が解体におそい骨のうえにのこる。おそらくそのことを彼は現在的に評価しているにちがいない。今日の文化変革のただひとつの契機として。私は、日本のギルド文化に低頭せずそれを崩壊させるものの核を、歴史的に顕在化された支配能力にみない。彼の文字にぶらさがりながら、しかし実は牽引している潜在するものらの伝統。がそれは単独世界として切り離せばまた流動しつづける保守性として、彼の旗とむきあってくる。からみあうことがない。そのためにとけることがない彼の骨。

能弁な彼が自分の唖をきりひらく方法はどこにある。流動のかたちをした結晶、結晶の質をもつ流動。両者を組織した集団の発想とその詩を考える。とびこむこと。それだけが片割れ月に似た詩の、解体を教えはしないか。

II

渦巻く

闇になると、硬石《ぼた》埋立地は岩にしみでる水のように火をにじませた。草群のむこうにちかちかするその自然発火を、知子は視界のはずれに意識しながら、ぐっと片足をあげた。叩き割られた窓の板切れを越えるとき、古釘が気になった。戸口も窓もうすっぺらな板で打ちつけてある。そしていたるところ引きぬかれていた。臨終の客を待つ病棟みたいに、高台の納屋は草にのこされている。床木一本ないがらんどうに降りたつと案外にかわいていた。灯を消した炭住のねむりはここへとどかない。落ちている瓦のひとかけまで覚めている気配だった。

ようやくそこへ来た。生まれたばかりのねずみの仔を飼っている蜜壺のイメエジをみすえながら。目のない生きものが中でぬめる。すくなくなり、あふれる。壺は増減を感ずる。うすももいろの蹠はその感触をたのしんでいる舌をふむだろう。がそこまでは壺の繊毛はとどかない。ぐにゃりと嚙みつぶされ食道をおちていくあたりは、まして……　壺の存在はただふるえる。その古壺の不安が知子をふるえさせた……　知ってなければ、そいつらが殺せない。そう思った。

知子は台地で待った。ぽつんとした汽罐場の外灯の羽虫へ、くらがりから指先ほどの蛙が集っていた。小石みたいなものが、つと跳びあがって虫を巻いた舌をちぢらせる。サークルの連中も散っていた。全身にふりかかるしめっぽい夜をはらいながら、やがて章吉がとおる。

ぎくりと影が立ちどまった。章吉の視線が闇をすかして知子の目をとらえ、細くとがりながらやがて彼をのぞきこんでいる色彩にうつる。その時間を、知子は顔をあげて数えた。そしてまた、知ってなければこいつらが殺せない、と思った。

章吉の目が問うた。知子は無言で彼の方へ歩いた。そして先立った。ふと腕がふれた感触がやわらかい。そんな個人差に安堵した。そのかすかな安心感の動きを知子は草の実のようにつまんだ。この程度が私らしい？　それでも指をはなしてすたすたと歩いた。章吉がこの町へ来て日が浅い。彼を中心にしているサークルへ時折顔を出していた知子もまたこの炭坑町へ流れてきた一人だ。そしてあの古壺の圧迫をにらみすえて章吉を誘った。いまは章吉をえらんだ感覚の計算へ知子はおぼれるしかない。鮫肌の母の偶然から美の体系を編むように。章吉、その消すもの。いつか一度三、四人で歩いた時の章吉の足どりとかわらない。それが知子にありがたかった。

けれどもそのかわりなさが、自分が抱いてきた外界への憎悪を煮つめたいまの決意にくらべて、なにか異質のゆとりを含むように思えた。そう感ずると知子は少し足をはやめた。手がはずれた。ふたつの緊張がそれとなく緊張をうちけしあっていた。知子は不安定な硬石のあしざわりを重ねたり、芝居の書割りみたいな道具へ感覚を分散させながら辿ることに救われていた。

がらんどうのそこは暗く、章吉がみえなかった。ふと指が、そんなにほっそりとくるみとった感じになることに打たれた。母の感触がひろがった。母がなにか……化粧がにおった。が瞬間にして知子はそれが快感であることへ、はじきかえった。両肩ががくがくするよろこびが噴いた。

動いた。――もうよして！――声が洩れた。そんな気がした。知子はびくっとして目をひらいた。時間がかさなったようだなあ、と思った。感覚を記憶へ反復してくりこんでいる自分に気がつかなかった。ふと不安がかすめた。おそれて章吉の首のあたりへ手をのばした。そのとき大きな犬があっちにいたんだ。たしかにいた。私は何か外側を意識したようだった。広かったもの。が脚の記憶がない……　脚がない……　ね、息を吐くように章吉の首を引いた。ばしっ！　と知子の頬が鳴った。背中でくずれた土が弾んだ。犬がみえなくなり、くすっ、という笑いが逃げた。

知子は敗北だとも思わなかった。あんなふうに勝利を確認したいんだ。私はそれを読んだ、という思いで立った。草へとびおり、藁くずや布切れが埋めてある上をとおった。燃やしつくせない切れっぱしが沓にまつわった。軽く跳びこえながら知子は右肩をそっと章吉の腕へふれさせた。鉄柱のように章吉は聳えて大股ではずれた。あ、と心に声があがった。

それはちょうど知子が犬をみたとき、章吉へともなく犬の影からむこうへ広がる無数の章吉や犬へともなく、ひらりとするコケットリー、いや自信のようなものをはたいたとき、瞬間に平手打ちを喰わせた彼の怒りと同じだった。知子はみじめになり、そして憤りがあふれた。そんな頃になって腹を立ててるなんて！　知子が思ったのは章吉のおそすぎる腹立ちへ対してだった。まるで空井戸のつるべじゃないか。シーソー・ゲームみたいに顔をだす。私は何も彼もが気にいらん。せいいっぱいおこっているけれど、私の怒りはいつもふわふわする雲をあるかせられる。私をきりきりしばる縄がない。体系がない。みんな私の曲線をすべる。泡雪を口いっぱいつめこまれるような情況をせめてゼロにしたかったから、あんたを呼んだんよ。怒りがぶっつかるものがないもん。だからあんたを呼んだんよ。坑夫らより手軽だからあんたからはじめたんよ。せめてゼロだけでも確認したかったからね。ゼロとはね、私が〈いる〉ってことよ。私の息で私を話す、あんたへ知らせることなんよ。〈いる〉ってことを話すのはつらい。坑夫は〈いる〉っていわないよ。いわないままにいるいるといばるんだ。あんたはね、〈いる〉としかいえん種族だ。だからたやすい。私、欲しいって引っぱったでしょう。私がいるとき、ようやくおこりだすなんて、なんというまぬけだろう。もう知ることも知らないことも必要ないよ。そういうものなんだ。私勝手に走っていくよ、あばよ。

知子は選炭機の震動がまだ伝わってくる四つ角で、自分のほうへ向っていまは怒りの気配もなく話している章吉の前でそんなふうに息をつめていた。章吉の兵隊沓が鈍重な生きものみたいだ。

「……僕は僕自身のために破れたんです。軍隊に一年と少しいました。朝鮮の大邸の部隊だったんですが。

……いま、ここで、軍隊の話をしても仕方がないと思うんですが、僕はただ、あなたへ対する責任を果したいもんだから……

僕はそこで雪のなかを裸で走りまわったんです。すっぱだかで、同班の奴等がずらりと並んで手を叩いていたんですが、走らせられたんです、手を叩かせられた。それから、雪の上で、僕の、……軍隊についていろいろいわれますがね、その最も深い罪悪は人間性の徹底的な侮蔑です。僕は戦争は敗れると思いましたが、僕は復活すると思えなかった。性意識で形而下の自己を統一するということがなくなったんです。

そのとき女は何していたんです？　空間へむかって発散していた。その空間さえないとき男の追いこまれた屈辱を知ろうともせずに生きた。そのころ少女期だったあなたに酷かも知れませんが、僕は同類というふうに女を思えんところがあるんです。ひっかかるんです。思想的にも、存在としても。

僕が軍隊にいるとき知った女学生が――それは学徒でひっぱりだされて大邸についた日に分宿した宿屋の娘なんです――僕の世話をしてくれましてね。母と娘なんですが、敗戦から引揚げまで一切世話になりました。結核で動けんようになったもんで。

僕にとってはそんな義理だけが女との通路ですね。世話したいというもんだからそのままいます。母親も。引揚げて行くところもないというし。

僕は、あなたが立っているのをみたとき、大丈夫だと思いました。僕はむしろ自分を警戒する気持が、その前、鈴木の部屋ではじめて逢ったときから動いていたんです。僕はそれが何か、もっと考えるつもりでした。が、とにかく、僕はむしろ助かったと思ったんです。しかし、あなたの芯に、女は何してたんだという僕の怒りにふさわしい何か白痴的な軽薄さが、やっぱり、君にあるよ。僕は、君が、そんな君の……」

「いいんです。わたし、自分でなっとくできたんです。さよなら」

なにをいってるんだい。たかが軍隊が。軍隊を独占していながら。戦争を独占していながら。そんなもんはいつまでも私の曲線からすりぬける。特殊な情況のなかで特殊例にたまたまひっかかって……ひっかからぬ限りは全盲のくせに。私のしたしい前衛詩人がこのあいだ、ビルマで四十八人の女を抱いたよ。やっぱり肌がちがうね、知子君、やっぱりちがうよ、といったよ。どいつもこいつもそんな上澄みで、その根源から魔性のばばあのほらあなの方へ青や赤や紫を私が吸っている毎日を、あんた何してるの。それがみえなくて何がオルグなんよ。何が被支配者たち！なんよ。女工ばかりのシャモット工場で何ができるん。今夜だって今からかえって、え？大邸？　女学校？　それじゃ私と同じだ。誰だろう。あの頃だから、二級ぐらい上にちがいない。どんな人がいたかな。宿屋なら、元町？　本町？　知子は崖の下にもはや不用になってつづいているエンドレスのまんなかをどんどん歩いていった。

「例えば労働者が組合運動にどういうふうに関心を持つかというと、彼等の最大の関心は官僚主義への不信なんです。組合幹部に対するそんな不信をあらわして、参加してくるとです。労働者は現実参加のめどを持ちませんからね。自分と現実世界との中間項に対して、それが持つ権力否定をうちだすとです。間接的参加なんですね。

結局はそういう目のない階層の、被害意識とはちがいますか、あなたがいってることは。個体としての結晶が不完結な階級の反撥でしょう？　男は一種の官僚性だというわけでしょう？」

「官僚主義ならむしろ女のほうだと思ってます。炭婦会など官僚主義の再生産以外のなんでもないんですもん。わたしね、あの坑所内の理髪店につとめる前に、第三国人の経営するミシンの部分品工場にいたんです。そこから通信教育なんか受けたんですけど、現場でもね、女の官僚性てすごいですよ。女工ばかり六百人ぐらいいたけど。わたしたちそれをこわそうとして組合つくったんです。そしたら、いろんなオルグが来たし、男工の多い工場の組合なんかも知ってきたし、そしてもうまるっきりその通りになったんです。その通りって、現場の官僚性そっくりよ。そんなになったんで、他の組合とつりあいがとれて、皆立派に成長したと思ってました」

「それじゃ、あなたが言いたがっていることは何なんですか」

章吉は坑夫やシャモット工場の女工たちの間から、知子へ問うた。採炭から執行部へ入った三男が肩をゆすって、

「そういえば炭婦会のおばちゃんはひでえなあ。こないだまでかつぎ屋しよったかと思や、幹部になりゃ、たちまち心得るきな」

といった。

「執行部はたすかってるんでしょうが、それで。わたしは外界と女との間に中間項なんか考えてない。間接も直接もないもの」

ガラス窓くもっているなあと思いながらつぶやいた。列車がきしんで通った。

「それで？」

章吉の兵隊ズボンが、あぐらの足を立てた。

「個体としての結晶が不完結な階級とおっしゃったけど、完結・不完結の基準はなに？」

「それは一応歴史的な基準をとりますよ」

「安定しているのね。

あのね、個体として完結したってことは、裏返せば不完結な階級がつくられたってことと違いますか？　歴史的に完結されたということで不完結である階級よ。分類法の占有にのっかった自称完結組ができたのね。でないと、それらが自己革命をふくめて運動するのはナンセンスでしょ。裏返っている不完結の止揚のためではなかったの」

章吉は膝をかかえた腕をほどいて畳に脚をのばした。私を刺して、といってきた知子が、なお執拗に、嚙みきれない象皮をおしこんでくる意図をはかりかねていた。がどうやら知子の話が自分の個別性のうえに蚊とんぼみたいに移ったので、やれやれと思った。

「僕個体のうえで、歴史が激突しているんだなあ。まあいわば現代の日本的意識の焦点に、くしくも居るということかな」

と知子をみずに言った。反射的に知子の血がくだった。湯気が割れ偏向する……

「くだらない言い方しないで。意識の日本的焦点はわたしよ」

知子は言い放った。

「何がどうあらわれたというんです、女に」

間髪をいれずに章吉がいって、知子をみた。

「歴史の激突って菓子箱のせんべいじゃないでしょ。章吉さんは歴史をシーツみたいに感ずるのね。学校で習った歴史もサークルで読んだベーベルの婦人論もそうよ。

マルクスも完結した個体の河原みたいに歴史を心得てるけど、でもそれを逆撫でする触覚があるもん、原理として顕在化してないけど、彼の感覚を支えてるもん。そちら側からいえば、彼の存在がひっかむっている倒錯は止揚されねばならなかったし、その潜在意識が、資本論を書かせる彼個体の必然となったと思ってる。歴史はそんなふうに部厚く一人のなかでなんべんもひっくりかえって、からみあってるものなんでしょ。

例えば女に、労働者と同じに目のない階級と規定して安定する、その浅さや固定性があなたの歴史でしょ。それを称して完結といわしめるものと、あなたはたたかうんでしょ。あなたはあなたの歴史を書きかえなきゃいけないんでしょ。でないと女は入りこめない。

その方法論をえらく疎雑に固定させるのね」

知子はいらいらとしゃべった。章吉の煙草が灰をたらした。何といおうと俺はそこに住みこんでいる。占有の勲章をさげた鼻柱がにぶかった。その章吉のまわりの男や女たちの落ちつきが知子を空虚にした。

「——女の子なんか抱けるはずないとよ、耳が四つあるみたいになるんよ。完結した頭にろばの耳が突きでるんでしょ。でも結構ね。完結しとれば無理解なものは不用なんだもの。捨てられるんだから。捨てたって生きられる。運動だとか、子供だとかさ。

戦争のせいにするなんて、愚劣よ。駄目なはずよ」

言い終えぬうちに、あっと心が叫んだ。天井をむいて脚をのばしていた章吉に侮蔑のしぶきが噴き、知子の目にはねた。

——次の具体への奔走が私たちの存在をむすびつける。未熟なあの夜も放ちたい——知子はくちゃくちゃに嚙んだ布切れの匂いをたずさえて出席していた。けれども彼女にこもっている疎外状況への心理的な気圧が、くるくると彼女の存在を繭にした。彼が無意識な蛹であるのなら、その洞へとびこんで知らせたい……、そんなふうに異様な蛹へききみみをたてていた触覚を、折りこんでしまって。

よどんでいる被害意識を平面的に自他へ押し売りする。相対的に平扁である章吉の繭を、相手の性情の愚劣さへはりつけてその形而上性を切りおとす。そのことで断言しようとする被害者の論法の愚劣さが、うらがえったスカートになって知子をはたいた。ひとあしも章吉は動こうとしなかった。

「知子さんはそげなことというとるけど、抱かれてんの、いっぺんに忘れるが。はじめっから、こげんこげんという理屈があろう筈がないばい。たいがいのところから、だんだんと統一へむかうっちゃろもん。地区の矢代夫婦ばみてんの。あの亭主は週にいっぺん女房のおる農協へ泊りに行こうが、あんときは必ず牛肉百匁もっていきよるばい。マルキストの夫婦はあげんなからな」

鈴木が言った。

切れた、と知子は思った。

汚濁をたぎらせてあびた。たったこれっぽっちといった湯玉が背をつたわった。同席の誰かがギターを爪弾くようなハミングをくちずさんでいた。しんとしずまるものが知子に起った。汚濁をまきちらして動いていくものがある。けれどもそこからはじまっていく航路について無知だった。そうでないなら、何も章吉などえらばない。無知というよりも、感覚が欠落している感じだった。知子には自己の湯玉の処置は知れ切っていた。が、みずからどうしようもなくざんざと湧き流れるなら、その水圧は超論理的に存在を動かしてしまう。そしてそのけはいは炭坑にあふれていつも知子をとりまいていた。知子にはその内的法則性が感知できなかった。しかもこのしぶきだ。知子に活力源ともいうべき実存の質量は、甘酒のあぶくほどもわかない。湯玉が落ちて冷えた。恥辱が二重になってゆれた。どちらもみすかされている。みずからみすかしていた……それもまた……

すぽりと鍬を打ちこまれて片脚おちた冬眠中の蛙が、けげんな顔で霜に放りだされる。情況が推察できるまでのしばらくを、ふりかかる土くれをもっともらしくふりはらう。そしてやにわに三本脚で跳ねる。ともかくも本能的に水っぽい草へ跳ねこみながら、落ちる血をなめるべきか冬眠へかえらねば命が保てないかを思う。いぼ蛙は無原則めいて跳ねながら霜をはじき、かたわらの土を傷口にまぶしつける。そんなふうにして丈低い草へとぶ蛙を赤犬がねそべってみていた。知子はシャモット焼きのかまどの崖下にある畠土のかたわらで、いつぞやみかけたそれらの情景を思いうかべた。

たなびいている黴色の底にかわらけの反射がある。そんなふうに、ころりんところがっている時間をみる。若さは自己の知覚を知覚する行為、一が無である決意だ。目を刺す水の、かちっという音の所属をたたかいとるのだ。それを知子は、或る仮説的存在の固さから、自己へむかってこだまを定着させるように動こうとする。誰もがそうやって自己の知覚を知覚するとは思わないけれども、知子はそのように乳を吸うことしかしらない。仮説だけが確信をもてた。いずれにせよ、知覚の自己所有へのはじまりが、ぽかりとした無音の域のなかであることに恐怖していた。それは行為が行為であることのために、本来的に行為に内在している社会性からの瞬時の——あるいは生涯にわたった——自己疎外なのだ。がそのエア・ポケットへ無音の主と奴隷としてとびこまない限りは、塩っぱい毛さえ生えない。赤ん坊の悲哀みたいに泣けてくるものが存在の源初にあった。それが青春だと知子はのぞく。

坑夫たちは発散しつづけた。いつどのようにして生をその毛ぶかいいそぎんちゃくの肌にのみこませてしまうのか。青春である三秒はもう三才のころはポケットに入れていたかのようにゆぜんと動く。かと思うと、神経痛の腰を両手で押しながら歩いてくる男が、ひくひくと指先をけいれんさせたりしていた。おそろしい哲学を握っているかとも見え、ま一文字の期待にもみえる。ただそれは闇のなかで旺盛な共食いをするうじのかたまりから、一杯の水をのませてもらう術を知っている。そこからどこまでいくだろう。それは鏡のなかを歩くのだろうか。

うちのめされたように知子は逃げ、逃げながらそう思っていた。どうすればいい？　逃避は朝の光を浮游する微塵のように分散した知覚だ。あわあわとした風速が知子の二面性をなわなうかのように吹きそわせ、また散らせた。

すべりひゅらしいつるりとした小さな葉が、横をむいた知子の唇にふれた。三男が腹這った。ふくらはぎがゆったりと栗色に染まる。そのうえに、スキップからまっさかさまに降ってくる炭車の音がひびいた。硬山の灯の列が目のうえにあるきりだ。モノマニヤ的なものが三男の性をつつみこんでしまっているとは思えない。そこで三男はむっつりと陥落の水をみている……

「……」

何かいたわりとも共感とも共謀ともつかぬ刻みへ入りたかった。が、三男が先に口を切った。

「天にのぼる気色《きしょく》ちゅうのは嘘ばい。おりゃいつでんそげん思う。――強姦がすげえだろうな」

地面に火をこすりつけるような声だ。

「そうだろうね」

知子は答えた。遮断による完結性は交合にせよ芸術にせよ、天下の公理だ。あきあきしている。三男の確信のない語尾のふるえも邪魔だった。めんどうくさそうに知子は
「土は体になじむもんなんだね。このまま眠ろうかな」

といった。

三男は返事をしなかった。煙草の火が凡庸については消え、うるんでは細りしていた。崖の細道をあがってくる音がする。ぽとり、と小石がそのあたりに落ちた。三男が投げかえしたようだった。

「そこにおる」

三男がひくく言った。

「どうしたの？　誰？」

草が乱れた。知子は起きあがろうともがいた。顔のうえに固い金属があたって、知子はひたすら目を保護した。むせかえるような異様な臭さが肩のあたりへおちてきて、やっと首が自由になった。くそ、三男の奴、つけ焼刃剝がしてやる。知子は一片の機能へおちるさまを嚙んでいた。意識と生理との裂け目が視角を越える。すっぽりとその間隙が占有される。知子はふとむしろそれが気楽である世界へ逃げてきた自分を思った。そしてこの普遍的な生理が出逢うべくしてここに出逢ったのを知らされた。タイプライターの文字が運河を走る。ただ知子は自己の生体がさ

らにその生理のなかでも裂けるのが痛かった。収縮し終えていた肉体はそこからよういに柔軟な弾みをよばない。にもかかわらずその機能は氷点下の金属にふれるようにひたと表皮が吸いつき、一度に剝げていた。

知子は存在の分裂それ自体でしっぺがえしをするイロハのイをみた。風ひとつ生まれず加算でも減算でもない静寂で生きつづける人々の契約を。知子はその契約のなかで生きることが被支配者相互の平安であることを悟った。炭坑に根づこうとするものの反逆に似た挨拶であり、またいかにも卑屈な被圧迫階層の性根でもあった。組織とはおそらくそこへ嵐を注ぐことだ。知子ははじめて自らの力量にあまる夜が、どっとかぶさってくるのを感じた。

男は彼のゆるすぎる血行を掻きながら、なにか知子の耳へ流しこんでいた。無意識な彼に木がきしむ。あ、三男に知られない何かを、いや決して知られないことを知って流しこんでる。俺だといっている。知子へ。でなく、知子のなにかへ。裂いた木をねじるようにきしむ。まっくらでなく、透明でなく、もっと激しくこすりあって混乱した抽象をうったえる。サディスティックなものでない。かといって無縁でなく、はっきり対立しえない渦がそのようにぶれてあらわれる、とでもいうようだ。契約の平安とぎりぎりのところで。知子にある二面性と傾きをかえて彼の内部が荒れるようだ。知子はそっと腕をまわした。疎雑で、けれどもしまった心情が感ぜられた。

知子は彼の透明感のある部分をまさぐった。男の息がくるくるとまわった。知子に戦慄が走った。男はそうだ、そこだと叫んだ。そこへやもりみたいにとどまれば殺す、と吐いた。このどろどろを呑めと荒れ、呑みつくせば殺すといった。知子は指を空へひらいた。あれらのさかいに、たんぽぽのわたになり吹かれていよう。蒼白になり浮力を無へ近づけようとあせった。指がふるう。男は叫びこんだ。吹かれるのか、逃げるか、殺す、といった。俺は！　と叫びこんだ。痛みがそこから全身につっ走った。

知子に、交尾し凝固しながら焦点なく放たれた犬の目が浮かんだ。曇天がしぼられる。もう一匹、さらにもう一匹、うつろな欲情がたれる。地面に這っているそれらの視線……　皆既食のまんなかにあるぽっとりとしたよどみだ。知子は同じように幾筋かの裂傷となり、ここからどこへ？　ここからどこへ？　と反響しつづけた。生理が傷痕をいたわるようにひろがってくる。

「わたしがわるかった……」

知子はハンカチがてんてんとくろずんでいるのを膝のうえですかしみながらつぶやいた。三男と交換した緊張の度合いは、とりかえしがつかぬほど彼をかろんじたことになる。意識的ではなかったのだけれども、異質なもののなかにある同質性へ足をかけようとしたばかりだった。それをあんたは、こんなふうにとりもどした……　知子はそこまで声へ出せずにうなだれた。みずからの打算がこわかったのだ。私は盗みとろうとしていた。同質性などといえば心軽いが、三男らのそのまだ無論理な個処から入るずるさを、挨拶なしにやってのけた。三男に意識されていなかった怒りが、いま次第にあらわになり、無言だった。知子は生涯かけてこの罪をこえようと思った。方法はかいもく知れない。知子に知れていることはかすかだ。三男やその男がみずからの原論理に不明であるように、私もまた女みずからの原論理の反権力的使用に無智だ。飢えをしのぐひとさらの骨をがつがつとまわりながら、その食事の道を思考する賤民のひとむれには、梯子がない。パンはかく食うべしとのべる指導者面へ、ぬるぬると分裂しつづける液体をぶっかけてやれ。ひらかれないセックスを岩へおしつけながら、私にわかっていることは、無智であるおまえらや私を利用せねばならぬことだけだ。強引に無智を主張する──

知子は自慰にぐったりとしずんだ寂寥のなかで、その男の絶望に愛を感じた。

「おい。飲みにいこう」

男が声をだして三男をさそった。からっ風みたいな声だ。絶望なんか、知るかあ、というふうにそれをひきずっていく声だ。その声に増減はないのか、と知子は目をつむって思った。

「うん？　ああ……」

そして三男は、

「腹がふといけ、やめた」

と答えた。そのまま男が崖土をくずして去った。

「……畜生……強姦するまで惚れちゃる」

と小声で三男がうめいた。知子がけげんな顔をした。支配や自己主張でなしに、粉にまみれて蛇になるドーナッツの思考がある。惚れるとは……　三男は男に負い目を感じそれを急速に深くしていくようだった。彼らは自己不在に狂う狂気で周囲を叩き伏せる。それは知子が脱水したように、三男にもまた何かの衝撃を投げつけていたのだ。ガラスの破片くらいでも、奴はひとあし出しぬいた。三男にとって、そのひとあしは決定的だった。こんな筈ではなかったと思い、畜生とうめいた。草をひきぬいて知子へ投げつけた。また遠くへ投げとばしていた。

青年寮の坑夫を連れて、三男は章吉をたずねる。章吉の断言によってみずからの動揺をおさえるわけではない、といいきかせながら。三男が訪ねたときは二、三の者を相手におしゃべりをしている。スケッチブックや画用紙や木炭等のなかで、木屑を膝にこぼして版画を彫っている。しゃべりながら彫る。三男はいらいらとする。そして自分が寮の窓ぎわで、同室の坑夫のギターへ悪態ついて追い出したあと、やっと仕上げた一枚の絵をうかべる。三男はそのまま腰をうかせてのぞきこむ。

「ふむ」

その息づかいに章吉が、

「てめえのほうがうまいと思っとるんやろうが」

「比較にならんばい。——あまい」

「どっちが？」

「もちろん、そっちがたい」

「あほ、おまえなんかに分るか。だいたいこれを何と思っとる」

三男はひるんだが
「炭坑やろもん」
といった。
「ばか。炭坑といいさえすりゃ当るぐらい思っとる。これは女だ」
連れの若い寮生が顔をひくひくさせた。笑ったが勝か、素知らぬ風情が不難か階段ごしに話すときの不安があらわになる。すかさず章吉は
「君はこれをどう思う？　君、寮にいるの？」
坑夫が筋肉をしめて
「寮です」
と答えた。三男が唇をかんだ。「女ちゃ？　あほ、それが女なら俺のむすこんほうがよっぽどおなごたい」とは言わない。不安につけこまれた怒りに憤然としながら、寮ですという。三男は動揺のまんなかに針を刺してくる章吉を許すものかと思う。そんなふうに会話をし、しびれていく。三男はさっき、なんだろう？　霧？　と動いたものを、あまいあまいといってごろりと尻をついた、そのときのやかんの蒸気ほどの噴出を思った。
が、ゆけるまでそれで押せばいいんだ。どうせここは泥炭みたいな戦場。それで勝負がつく、と思う。おい、貴様《きさん》もそれを知れ、便利だぜ、と三男は友情をかたむけて坑夫を引き連れていく。もはや引きこむことだけしか自分にはない。

章吉は彼等をじろりとみて分類を宣言する。坑夫等の非記録的内部世界の非記録性に居坐るものは白。非記録世界の記録性を一義的に求めるものは空色。非記録世界の自己承認をこばむものは茶。そして非記録世界を感覚できないもの、その大多数に黒布をかぶせる。それらの間の流動を被圧迫者の定着性だと感じて土まんじゅうを食べるように生きていた若者たちは、ちりめんじわに剝がれていく意識にすくむ。そのうち植え分けられた菜園の位置を守って動かぬようになる。動かぬことが進歩性だとなっとくする。そして分類された意識の断崖をとびうつろうと内部衝動が起ったとき、ほとんどの坑夫は自滅した。断崖と断崖との間隙の広さやその高低を測定する触手がない。

三男の同僚へ対する友愛は、かみきり虫の触覚の長さだった。そして彼自身そのことを最もよく知っていたけれども、排水孔がそこにあるからといった按配で、触覚のはずれまで同行した。或いはそこにしかないから。

くたばった同僚のなまあたたかい腹や胸を踏んで歩くのだが、三男は、一つの観念を鉢植にして放言三昧を心得た誰彼と寮へもどりながら、もう彼等にあるからりとしたものを自分が失っているのに気づいていた。失ったことだけは掌にある。触手不在だけがいよいよ勝負の野へ自己を放つかのようだ。三男は中学校のときに恐怖してみた絵本の空飛ぶトランクや帯の擦過音がひらめくのに息をのんだ。そこから先への孤独に胴ぶるいする。天体からつつみこまれているようでもあるし、無重力世界から襲われているようでもあった。章吉の目が遊星にみえたりする。

知子はそんな三男の圧縮をみながら、章吉は彼等の原理を尻から追う、と思った。はたかれていく牛の糞のこびりついた尾がみえる。圧縮された彼等の自然発生性だけが、彼等の原論理の間接的表現となるのを待つようだ。どこから空気がもれてしまうのか、じょっぷりぬれた毛が動いている。

知子は自己が或る媒体であり、寒天状にくるまった核として、それらの間を浮游しているのを感じていた。或る機能の潜在性が寒天の内側からつついた。それはたしかに三男の前方から侵入しえる質をはらんでいる。そんな閉鎖と並んで陥落池は醱酵していた。

錆びたトタン板やくずれていく畳が陥落の水を埋めていく。鉛いろの水面にお椀みたいなあぶくが絶えず湧いた。鮒がメタンガスに酔って鈎型の口を浮かせた。坑夫らが水へ入りそれを手づかみにする。そしてしずくを垂らしながら芥のうえを歩いてかえった。知子もまたその上をとおり、長いエンドレスにそってすれちがう誰彼に手をあげたり、あかんべえをしたりしながら職場へかようのだ。胃下垂のように、媒体とか機能とかいう無機的な音階が微動しつづけた。

それは細部の拡大でもなく、経験された原子の集合体でもない。激突する対象物の結晶度によってようやく破れる鰐の卵みたいに、何か逆方向の力の同時証明みたいなややこしさを知子に感じさせた。吐息を捨てるにもくらくらと目まいがする。

そんな夜、知子の同僚がしめ殺された。坑所内の同じ理髪店に働く娘だ。強姦され殺害された草むらからは、悲鳴があがらなかった。知子は、自分が腕を動揺させたあの男は傲然とうったえた、あれかもしれん、いや、きっとそうだ、あれはあまりにおそろしくうったえた、と思った。まだシュミーズとスカートに消えないでいる血痕が音響をあげた。ひとすじつめたく流れた。そして暴走する炭車となって走った。ゆるして！　知子は車中でうめいた。女隊の不在とでもいうような、存在と思惟をからみあわせた次元での私の不在が責められる……　そこに押しひろげているやっちゃんの肢と男の肉体をひきずって知子の車輪はくだりつづけ、涙した。責められる。胃が重く垂れた。

三男が、

「やっちゃんはむごいこつだったない。知ちゃん、世の中はあんたのごたる女傑ばっかしじゃないばい、いや、あんた、ボボ勧進じゃったのい」

と開いている理髪店の窓から声をかけた。どこかで木の根のようにねじれたものが、あの夜の屈曲を刺す。いわずにおれぬものをようやく折を得させたみたいに三男が吐いた。

「ああ、世の中はボボ勧進でないやつがおるかい。勧進ばい、みんな。殿様御乱行でちゃ同じやろもん。

やっちゃんは勧進の修行も足らんし、勧進でなくなる修業も足らんけん殺されたったい。あんたも、もちっと狂うてみんね。少しはものの役に立とうたい」

と坊主頭にバリカンをすべらせながら応じた。方言がこころよかった。でなければ堪えられぬ責めだった。三男が、かちんと骨の音をたてた。

「なんや？　知ちゃん今夜おれが狂うところに立ちあうか」

「ああ、よかろう、そのかわりふるえなさんな。生卵百ばっかりのんでねちょかんの。あんたが殺さずにボボどもしきるなら、革命たい」

「ふん」

三男が尻にべんとう箱をぶちあてて去った。

「やっちゃんのばかやろう」

知子は蒸したタオルの湯気で顔をやきながら、しばらく立っていた。知子のかたわらで一種の放置情況がにおいをたてるのだ。

「なして、女は男を強姦せんとやか。女が強姦殺人するちゅうこつはないんやか」

髪を梳いていた青年が誰へともなく言った。

やっちゃんは愛らしい娘だった。メタンに酔って浮きあがった鮒の目もとをしていた。

「知ちゃん、炭労はくさ、カンパ、カンパいって何もせんやろが。うちのとうちゃんがくさ、そげな炭労はマイトでぶっくだけ！　いうたよ。知ちゃんと同じこついうたんばい。うちね、うちのとうちゃん案外かしこかつばいち、おもったんよ」

といって口をとがらせた。

知子は、あの娘には穴だらけの二重鍋の声はきこえなかったろうと思った。世間の誰もが私のように透明な部分に手をかける。彼らはその分割に怒り狂う。聞えないがむしろよい。きこえないんだ。これをみよ。愛の潜在部分を表現したい欲望が坑夫の肉体をつっ走る。それがなくて、なんで坑夫が石炭を掘っておれる。幾重にも倒錯している愛の倫理をぶったたくのだ。聞えないものを聞えないままにこの世に存在せしめたい執念がある。それは私にだってある。日照りの下はみんなまちがいだぞ、といいたい彼等に、対応する何もないときその声は石炭塊に結集する。そこに無言を存在せしめる。それだけが彼等に顕在する怒りの表現だった。やっちゃん。石炭。けれども、知子はそれを許すことができない。その被圧迫階層の怒りの表現が、ずんどうとした無権力の物神崇拝性と腹背であることが腹が煮えるように憎くかった。被圧迫者が、内部にあるその典型を砕く斧を創造しないかぎりは、炭労は炭労だし強姦は強姦だ。そう思って鋏を鳴らした。

知子は、はじめてその男をみた。三男はあの時の負い目に石を磨きだして以来、その男について知子へ全く語らなかった。男はがっくりと首を折って車へ押しこまれるとき、ちらと群衆のなかの知子をみた。知子は思わず前へでた。がそれっきり二度と見ようとしなかった。傲然とうったえたものが、ことりと向きをかえる。そのポイントにあるものはなんだろう。非記録世界の非記録性に立ちつくすというのは、どういうことなのか。車のなかで、締められた鶩鳥が締められた血の底の一すじの蜜を吸うように、どこまでもつづいている無権力のじっとりとした玉を抱きこんでいた。

しかしその連れ去られた男は、知子がサークルで熟知している教宣部長の鈴木であり、体質はあの男とは無縁だ。がそれがことの本質とどう無縁なのか。知子はかすかに繊毛をそよがせている女を訪ねあるいた。

「――鈴木個人をつまみだしても意味ないよ。何が何を殺したかということだから。掘りだした石炭のやまをけちらされたみたいに、何か無意識にわたしたちが積みあげていたものが切りくずされたんで、それをどう解釈していいか皆わからなくなってるんよ。資本主義的倫理に総ざらいされるよ」

それが組合の、しかもきのうまで自分らに教宣しつづけていた男だったというので、やまは蜂のうなりみたいになった。その村祭りの雰囲気のなかで、誰もが犬小屋からうかがうように一般的判断の一番ほそい殻で身をつつんでいた。

「女房を鈴木のように誰もが抱いてるでしょう。本質的に同じだと私は思ってる。そうでないといえる人がおる？　あんただってそのことにもう怒ろうともせんでしょう。労働者として一番ゆるんでいるときに、そのゆるんだ部分をお互に犯しあってるんだもん。その個処からやっちゃんのことを見んとね。わたしたちが鈴木を裁くのであって、敵の論理で裁かせてこと終れりというわけにいかんよ。彼と同質のものがわたしのなかにもあるし、あんたの中にもあるんだから」

「わかっちょるよ。それで終らんかと実はわたし心配しちょったんよ。いまからあんたんとこ行こうと思っとったんよ」

清枝が答えた。

「組合と炭婦会の関係だって同じだものね。炭婦会がだめなんよ。底が浅くて、女房からの闘争原理を全然だしてないんだもん。生かすも殺すも御自由にという関係だからね。自分の男をそうやって結局は敵の手に渡してしまうようなことをやってるんだ。この機会をつかまな駄目ばい。炭婦会も組合もかきまわせせんよ」

やまはあがりやまで閉山を予告されていた。閉山にともなう組合幹部の自己保護的な言動が一般組合員の疑惑をかきたてていた時期だった。組合はつきあげの好材にされることを極力おそれた。代議員会は湧いていた。退職金や退職後の転職のことなどが重っていて、老令者の傍聴も多かった。


「組合員から除名しよい。鈴木の個人的道義的責任ばい」

「組合としては鈴木の役職をとって除名手続きをとろう。そのことを組合員に宣言せないかんな」

知子は頭髪のすくない坑夫のうしろから大声をあげた。

「除名で片がつくの！　労働者が労働者を殺したつばい。執行部は責任をとれ！」

そげん、そげん、という女房や坑夫の声にまじって執行部席から誰か発言した。

「執行部が責任とれちゃどういうことな。そげん何人でん入るごと、ふとか穴ばししとったかの」

笑声が湧いた。たあいなく全員が肩をゆすった。女房たちもげらげらとくずれた。

「そげん思っとらんとの、あんたは。階級意識階級意識いいよって。そげないい方が階級意識ちゆうこつの！」

誰か憤然とした。知子はふりかえった。清枝がまっかな顔をしていた。執行部が答えた。

「あんたはそげん言うけどね、いまのやまの状況を考えてんの。今日明日の命ばい。全組合員の命をあずかっとる組合がそげん一人の男のチンポに義理をたてる必要があるかの。くさった奴は切りすてるとが階級意識ばい」

坑夫たちがざわついた。代議員会などという闘争の組織の場に不似合いな掛合いだ。あまりたずさわると、次第に足もとに火がつく。知子がのびあがった。

「よくいうた。くさった奴は切りすてよう。こないだ十二棟の端にしのびこんだつは誰な？　亭主が三番方のときに入った執行部がおろう？　知っとるもんは言わんね」

山田たい、とどこからか声がした。

「ほらあ、あんたじゃないかね。ほかに居らんな？」

「勤労のかかあとよかやつがおるばい！」

またどこかで声がした。

そげんたい。貴様《きさん》こないだどけいっちょったか。金もろうたんか、やったんか。社長のかあちゃんともやったつじゃなかか。ほんなこつ、そげんじゃろ。どっちむいて剝きよるとか。あんまりちこちこさしこむな。

清枝が、

「あんたら家族ぐるみ闘争といいよったろ？　家族ぐるみちゃどげなこつの。そげんあちこちさしこむこつの」

「なんや？　俺は俺のかかあ以外を女と思っとらせん」

「かかあ以外を女と思わんなら炭婦会ば何ちょ思いよっとの！　下男とばし思いよっとの」

清枝の呼吸をみて知子が発言した。

「誰でん知っとるばい。鈴木と同じ根性は執行部みんなにしみこんどるのを見ちょるばい。女に関することは闘争と別と思っとろう。それが現れただけばい。女の抱き方を知らん労働者は、本質に於て労働者をしめ殺しよる。それをかくして何が家族ぐるみね。やまの情況をみればなおのこと生活の根源から闘争へ入らないかん。やっちゃんの死はそのことを語っとるんよ。鈴木を裁くのは労働者でなからないかんやろが。裁ききらん者は執行部をやめろ！」

組合長が発言した。

「執行部攻撃が激しいようですが、この重大な事件をひき起した原因は、もっと分析を深く思想的にせないかんと考えます。何が鈴木をそこへ追いこんだか。

だいたい鈴木は教宣部長の席にあったが、彼の本質はサークル主義で、労働者の統一団結の思想からずれとる。人間性の解放と彼等は称していたが、それが何であったかということは、この事件が如実に物語っとるのであります。無原則的な解放が何をもたらすか、人殺しという重罪は、彼のこの無原則的側面すなわち彼のサークル主義的欠陥、その与太者的なんでもやれ主義に根ざしとります。判断の基準をあやまれば、労働者的団結はもとも子もなくなるのでありまして、このやまの困難な状況突破のためにも、われわれは非労働者鈴木を徹底的に裁く必要があります。従って、この際、われわれは、われわれの組合のなかにムード的に蔓延しているサークル主義的無原則性をだんこ排除しなきゃならん。全組合員の利益のうえに立って、鈴木的欠陥を克服しなきゃならん。

従いまして、鈴木一人を処分するというのではなく、全組合員及び家族一同心をあわせて統一的……」

話し終えぬうちに、三男がぬっと立った。執行部席から、おさえつけるように言った。

「俺も鈴木もサークルをやっとる。俺も人殺しがしたいばい。女をしめ殺したい。労働者ちゅうが女やおまえらが何が労働者か。労働者と与太もんがどこが違うか。何ば闘いよるか、おまえらが。女ばかりじゃないばい。おまえらみんなしめ殺したい。俺は俺を殺したいんだ。俺が、鈴木のなかにあるしめ殺したいような汚れたきたなかもんを、しめ殺しきらんやったから、彼の動揺を敵がさらったんだ。

ばかやろう。がたがたいうな！」

一瞬しんとした。組合長が、

「しかし、具体的に殺すということと、思想とはちがう。殺人は資本主義的法律でも裁かれる性質をふくんどる」

「ふくんどろうが、ふくんどるまいが、知ったこつか。そげなこつ問題にする必要があるか」

おい、ぐだぐだいうな。殺さん程度にやれい、殺さん程度に。そんなら社長のかあちゃんとやったつでも許されるとか。殺さんならよかろうもん。そげなこつでよかっか。社長のかあちゃんじゃろが、いんばいじゃろが、女は同じたい。それが敵の手ばい。おりゃみたつばい。おまえ、のぞきか。ばかいえ。おなごもはっきりしちょらんばい。ほんなこつ、炭婦会の会長はこないだやりよったろが、勤労課長と。ああそげんそげん、会長ばっかりじゃないばい。誰でんやりよるばい。そげいうたっちゃ亭主がよろこんどろうもん。うちのかあちゃん勤労とやったんばい、か。あはははは。

その夜、章吉がサークルの者たちを集めてからまわりするねじを捲いていた。坑夫たちは石炭にいどみ疲れ、ここにまた石炭層のような女体をおしつけられ、一様に無口だった。石炭を掘ることのほうがまだ美しい。なぜかなら、俺の声がひとすじにとおるから。乱反射する混乱の行方とその原理化へ、彼等がうすく瞼をとじていた。

「いいやないか、サークルから鈴木を除名しよう。俺たちゃ闘いをやるだけばい、俺たちゃ。何や彼やいうより戦わんなら、なんならんやろもん」

「たたかうというけど、部分的にたたかって、生活の芯はどうなんか。俺もわかっとるというわけじゃないが、どうしてもたたかいへ向ってしぼりきれん部分を、どうするか、ということは俺たちの最大の問題だからな」

ぜんまいの丈には限度があるというふうに、捲きこめない者たちが、足をのばしていたが、皆くらく重くてその部分に何かがあることは石炭にさわるようにわかる。がどうしようもないじゃないか。章吉が坑夫らの一次的な顕在性に依存するかのように、退職金闘争についての計画を練りだした。誰もが活潑に腰をあげて、ようし、やるぜえ、といった。むっつりと三男が壁によりかかり足をなげだしていた。

悲鳴もなく、くずれもしないふたつのはらわたのうえで、一棟二棟と納屋が解かれていった。認識するしないにかかわらず、それぞれの原論理の被所有者はその被所有のゆえに息たえる。知子は降りだした雪へしろい息を吐いた。知子の曲線にそってあられのようにかたまった雪が落ちつづけた。……どこまでいっても死なない……一瓶の濃縮液がさらさらと無色になっていくときの感触だけを抱いて、雪にかくれている山をみていた。

「一体、あなたのたたかいのイメエジというのは、具体的にどこでどういうふうに展開するんです?」

たずねてきた知子に章吉が言った。雪のなかの細いつららみたいに、まだそのままそこに残されているものを、知子は不安げに堪える。

「そう章吉さんにもいいたいんです。わたしは自分の腕が、そらにけいれんしていくんで弱ってます。ことに、やっちゃんが殺されてからこっち、そこらにいっぱいある空白部分がくるしいんです」

「逃げてきたの？」

「そうじゃないけれども……でもやっぱり逃げてきたのかもしれません」

知子は、あのときもやっぱり同じだったと思った。ガラス色の水の底に、せいいっぱい腕をのばしながら氷上の藻によりそった。水底の鉄に光るそれが、何なのか知子には、はっきり知れていた。かと思うとそれは表現しがたい形象でもあり感覚しがたい太陽でもあった。それは知子があらんかぎりの創造性を結集して、ぽとりと語る或る潜在性だ。

知子は、その自分の筋肉痛から逃げてきた。補足することの苦痛をやわらげ得る存在へむかって。顕在性だけで一応の交流となる部分へむかって。知子はそれを意識しながら、だから愛もまた物質のように測定できる、と思った。

「ゆるしてください。わたしは片っぽうに単純な目盛りがいるんです。そしてまた、それがたったそれだけの機能しか持たないとは思いません。現象としてはそれっきりしかないんですから。わたしを愛してほしいんです」

そっくりそのままだと章吉もまた思った。顕在する原理の終焉は、言語にリアリティを置く種族ほど息がながい。のたうちまわりみずからの終焉を終焉たらしめねばならない。あのときそっくりに顔をあげ、決して許容もせずに愛を要求する。

「愛と闘争の統一というのがどういう形であるか、それは僕にもわからんのですが。君は堪えられるね？」

水溜りほどの性欲が、鉄片や壁や魚鱗やたくさんの木の葉などでとりつくろわれていることを、容認しあったとき、冬は暗かった。自殺した若者や、殺された娘の手足がいくつも流れて襖にうつった。だまって章吉の指をかぞえた。

知子のなかで音がしずかになり、落ちこんだ氷がいつまでも解けずに浮いた。なだれこむようにあわく、どつと非在へむかって落下した……　両の掌に、それはやっと、しみのようにとどいた。滅亡へむかって微動する透明な稲子が、しぼみのなかにのこっていた。

知子はすべての微生物にとって粗野の限りである感性を、より疎雑に拡大することで、青空から落ちてきた一片の雪に堪えた。それは知子のなかの女より、より女性にみえた。知子のなかの悲哀より、よりとがって泣きぬれていた。知子の絶望より、より重く固くとりすがった。知子は、彼女の内側で完全に倒錯していく風ぐるまを感じていた。倒錯を強要してくる……

知子は放浪の日々にかならず単独になって、遂に抱きこむばかりであった自分を思った。知子は顕在する自己の破壊を求めた。そのための感覚と原理の一撃を欲した。がここで抱きこむはめにおちこんでしまう瞬間が、また鮮やかに再生産されたかと恐怖した。トロール船団の網である細胞！　知子に変色する月をおもう自己愛のイメエジへの、嘲笑が散った。数百万回くりかえされた未明の空模様への恐れに強くなっていく声帯へ手をあてて、知子は章吉へ微笑した。章吉が鉛をのみこんだ笑いをして知子の髪へふれた。そして、

「いつか僕の世界と君の世界が出逢うことがあると思うよ」

といった。

「おれたちゃあ、ボボ兄弟ちゅうこつになったたい。乾杯！」

酔った三男が唇を拭いた。

「そこにある分裂の深さにすべては含まれとる。おい三男、俺から逃げるな」

章吉がコップ酒をあふった。ホルモン料理の内臓から汁が垂れて、煙が幾組もの火をくるんでいる。知子はへらへら笑って生焼けの臓物をほほばった。

「兄弟か。そんなふうにパターンを破れんとが三男さんの欠点ばい。八十パーセント破って二十パーセントをがんとして守るのが保守性の本質やけんね」

「人事《ひとごと》のようにいうな、知ちゃん。破ることか？　目的は。事実を事実どおり言うのがわるいか」

三男がけしきばんだ。

「そうね、自分の変革のイメエジの方からずばりと事実へむかっていえんのが私の欠点なんだ、ごめん。

それはわたしにあるんだけど、いえんもん」

「どうして？　だから君は組織できんとばい」

章吉だ。

「だってねえ、例えば色がぜんぶ集って黒になったり、青と黄で緑になるでしょ。緑を語るのに青の系列だけしか手中にないときどうするん。跳んでるもん。やっぱり架空のものを、裏返った架空からじわじわいうよりしょうがない」

「かまわんじゃないか。青の系列はかく語る、というふうに言いつくすんだね。彼岸からの打撃ばい。君はね、そこで残しとるよ。だめじゃないか」

章吉を三男がじろりとみた。

「おまえはそげんいうがね、労働者をおまや知らんばい。おまえが労働者について語るのはね、それはおまえが自分のことをいいよるんばい。たしかにおまえが言うごたる面もある。しかしね、それはおまえのいい方で言っただけでね。労働者は承服しとらんばい。千万言ったところでそれは全然ちごとる。だんだん近よっていきよるというようなもんともちがうばい」

「あたりまえじゃないか。おれは労働者じゃないよ。だからいいよるじゃないか、青の系列はかく語る、というふうにいえ、と」

「そげん、あちこちで断言して何になるか。そげなもんはいくらでもあるじゃないか。なんぼあったって何もならん。おまえが言っとらんことだけが労働者にはいるんたい」

三男のだみ声に、むこうのテーブルから、

「ああ、そげんそげん、貴様《きさん》のいうとおり」

と声がした。右手の指が二本しかない男が、その残った拇指と人差で牛の小腸をつまんでいた。

「三男さんのいうことは分るけどね、誰でもその先のことが問題だから言ってるんよ。方法論は各階層各様なのは当然でしょう。あんたが必要というものを、あんたが言ってくれれば問題ないよ。

わたしもだけど、三男さんは自分のなかの安易な部分でしゃべるのはよしたがよかよ」

「知ちゃんはね、自分のこと言え。おせっかいが何なるか。

安易とか困難とかが西瓜を割ったごとなっとるもんか。ずばっと行動すりゃいいんたい。その時に分るんたい、労働者はね」

「それじゃ割ることからはじめるべきよ。労働者はね、なんかいうけどわたしだって労働者だからね。無権力信仰と権力意志は別もんよ。労働者はそれをごたごたにしといても見すかされやせんと思ってるよ。どっちへも利用できるような恰好しとるきね。そのくせみの虫みたいな感覚やないの」

にやにやしていた章吉が、火のうえの肉片をうらがえしながら、

「君は思弁的に理解できればあとはどうにでもなるようないい方するなあ。労働者はどちらへも極端にころべるとばい。理解すればするほどね。尖鋭であった者がひとたび無化へむかうと徹底するからね。直線上にその両端があるとたい。

そんな相手側のきざみにあわせて話したり組織したりしていくのはまちがっとるばい。それじゃあ打撃にならんけんな」

「じゃあどうすると?」

「絶対的な無理解でいくべきだろうね」

「組織論としてわからんことないけど、それじゃあ章吉さん自身の非開放性はどうなると？」

「非開放性というと？」

「例えば労働者に幾つもの刻みがあって、そういう形で自己閉鎖しているのにむきあった形で、章吉さんの青か赤か知らんけど、青の閉鎖性があるでしょ。その人民的開放はどうなるの。労働者を打撃して章吉さん自身はどこへ行くことになると？」

「人民的開放というのをどういうものを指していいよるか知らんけど、僕個体はそんなもん志向しとらんばい。それは僕じゃない人間や階層のやる仕事だろうね。

とにかく現実に鈎を打ちこむことだけが相手をくだくけんね。そのための絶対的非開放性というのはどうしても必要なんだ。虚実みわたせる地点でのね。

虚実そのどちら側へも非開放的でなからな現実は動かん。その地点が君にはわからんばい」

「非開放のための非開放性の限界というのがあるよ。その限界外のとこはみえんのだからね。例えばやっちゃんを殺したやつの内部衝動の非開放性が、それに対応する非開放をみぬけんようにね。

わたしに章吉さんの地点がわからんでしょう。けれどわかりたいと考えないよ。そんな方法論の表面をすべろうと思っとらんもん。そんな安手の効用ねらったって一次的な爆破にしか終らんもの」

三男が、

「知ちゃん、やめんね。くだらんやないね。わからせるというのはまちがいち俺は思うね。わからせずに叩き切ることたい」

といい、

「どうや、あんちゃん一杯。あんた職場どこな。採炭か？」

と二つ指の男に酒のコップをさし出していた。

「安手かそうでないかということは、これは価値基準の渦巻きを動かす側からみないと言えんことだからな。ピンポン玉みたいに、現実と一個体の間をはずんどる目にみえん緊張を、それをどこかで固定すればそれは評価すること自体ナンセンスたい」

知子にいらだちが起った。隣りあったブランコの揺れみたいに、なにかはすかいになった波動が嘔吐をさそった。それがどこから起るのか知子にはよく分らなかった。ただ彼女と異った所有意識につながっていることが感じられる。

「はずませている部分は章吉さんの半分でしょ。論理が裂けるとよ。例えば非開放性というけど、それが章吉さんの意識や感覚のぜんぶじゃないでしょ。自己を情況のなかへ賭けようとするとき混沌が分裂して、その片っぽうを章吉さん捨ててるよ。裂けるのがいけないっていうんじゃないとよ。それは章吉さんの上に現象した現代でしょう？　それをなぜ問題にせんと？　なしその裂けたのを裂けたまま表現したり論理化したりする方法を探さんと？

そうすることと、それから、労働者にある分裂とをつきあわせて次の情況を創りだしていくことをたたかいと考えられん？　情況へつきささっている部分と捨てる部分になって……。労働者の、権力意志と無権力の物神化の二面性とに似通ってるものがあるよ。

――わたし、さみしいのよ」

三男が、

「知ちゃん、俺はそげないい方がいちばん好かんとたい。なし知ちゃんはそげなことが気になるとね。わたし、さ・み・し・い・のう……ということと、組織が関係あるかい」

節をつけてうたいながら、そのくせいらだたしい批判にみちた顔をむけた。

「ばかたれ。三男さんに西瓜を割んなさいといったことと、ちょうど百八十度裏返っとるとこでの話たい。あんたにもいいよるんばい。あんたにいいたいけど、あんた聞かんじゃないの。わたしのいいたいことはたった一つなんよ。あんたの記号に組みかえて聞いとってよ。こげん真剣にわたしが恋心をうちあけよるとに」

「恋心はよかったの」

「あたりまえたい。組織欲はわたしの恋心やけんね。地球に恋しとるおつきさんみたいにほったらかさんどいて」

「ああア、女がおらんならどげんたたかいよかかしれんの」

「わたしでもそげん思うよ。もう女なしでしゃべろうかあ」

「しかしね、知子」

と章吉が小屋の裏で嚙みあっている犬たちの会話を断ち切った。

「――その二分法が僕の原論理であるかもしれんばい。君がそんなふうに現実を論理化する傾向性を持つごとね。僕は君の原論理を否定せんばい。それをどう現実に運用するかということだろう?

君がいうように、自我の両方をすくいあげる方法論は存在するにちがいないよ。君は、だから君の方法論でやりゃいいじゃないか。僕が僕のやり方でするごと」

「やってるとよ。今だってそうよ」

知子は媚びるように見やった。じりじりと遠くから押してきて、ほらやっとここまで乗せてきたんじゃないか。それだけなのだ。ものごころついてから今日まで、意識的にそのことだけやってきた。帚の竹が一本のびているように、ひとところだけ深くなる。けれどもなんというあわあわしさ……　空の片側がしびれ、もう片方に黄色い光線がにじんでいる。垣間みえたものは薄明にはしってもはやとおい。私のやり方でやってるのに……

「章吉さんの論法を押していくと、単独の論理になるでしょ。それじゃあどこまで行っても階級の止揚に自己の存在がかけあわんでしょう?」

「僕はね、僕を滅亡させるものは自分自身だとかたく信じとるけん。これはなんも君の論理が社会的に不要だといっとるんじゃないとばい。僕は滅亡する階層たい。しかしね、自分自身の手で滅亡するんだ。

僕にある二分法はね、それは僕のような立場——僕個体の歴史的存在をふくめてね——のものは、継承した支配者の論理で自分を滅すより手がない。そこんとこは君に分らん」

知子はいくども肉片に汁をつけては裏返して焼いた。キスひとつ招くまでのこの長い道程が、カードを繰る遊びと凍結する手足との隙間に鉄筆で引かれる。細い線のうえをのめりこむまで歩かねばならない。

「でもねえ、僕ってなあに、歴史的にいえばなおのことよ。歴史的というのは顕在性の計量じゃないとでしょう？　なし、ちっぽけな顕在部分に依存せな動けんと？　わたしでも章吉さんでも顕在潜在をふくめて雑多な階層意識の血が混合しとる存在でしょ？

わたしにも二分法はあるとよ。けどその二分法を論理から閉めだそうとはせんよ。わたしの中の他者の声だもん。わたしの体を提供してたたかわせるんよ。そうやって労働者階級は潜在部分の顕在化をはかるんよ。それに対応するものがいるよ。でないと最後的に止揚されんもの。顕在化ってことは、わたし個体や自分の性や階層内部の他者の容認なんよ。その他者の容認によって、顕在するわたしは亡ぼされるんよ。章吉さんだって、同じと思うわ」

「それが他者であるのか、或いは第二第三の自己であるのかということがあるけんね」

「自己といってもいいよ。そうするなら顕在しとる他者はその論理を辿って、これもまた自己の外在化ということになるもん」

「観念の上じゃあね」

「俺帰るばい。まあやれよ」

と三男はよろついて出ていった。戸口の外で立小便をしている。

「けれどね、顕在する歴史の重さはね、これを滅ぼすためには、それにまっ正面から立ち向う顕在性でなからなだめばい。そうでなからな滅びんばい。できると思うならやってんの。君のごと自己と他と峻別せん方法論じゃ具体的に情況を変革できんばい」

自分の手では具象化しがたい自己の音響に知子は閉ざされる……重金属の、こののっぺりとした愛…… 私の愛。厚ぼったくなっている背中の内側で、その体内の工場のなかで、鉄のように声がたおれる。章吉さん！

「わたしは他と峻別せんなんていっとらんとよ。無数の他者の合体、つまり一種の共有の原理であるところの私、というように女を認識するとよ。その私、つまり女の原理を反権力の論理と拮抗させて社会的原理としていきたいという欲望が一つあるとよ。

それからね、これは後から形成されたもんという感じがわたしにあるとだけど、独占の論理の反映みたいな形でね、自己の輪郭を明確にしたい欲望があるとよ。それはね、共有否定という形での自己限定の欲望よ。

このふたつがたたかいあってる。そんなふうにわたしは存在するんよ。そしてね、このことはわたし個体にとどまっとらんでね、階級の問題としてもあるんよ。被支配階級の純粋形態として女の原理をみたいんよ。そして労働者はこうした相対性が相対性として認識できとらん」

知子は彼女の渦へ浮かびあがる。幾重にもかさなった彼女の渦へ。煙が立って、火の上の金網に炎がついた。

「僕らがいま問題にしとることは、歴史が何千年とかけてやってきた疎外状況だから一拠にどうするということもできんばい。長い道程がいるばい。ただね、そこんとこで僕が苦痛を嚙んどらんごと発言するとは、それはやっぱり君の僻眼の結果たい。

君はね、自己の原理に世界を統一したいというわけだろ?」

「まあね。自己の原理というと変だけど、共有の原理よ。そんなふうな自分たちの原論理をマルキシズムと拮抗させる道を見つけだしていきたいんよ。でないとやっちゃんの事件にしたってそうだけど、女だとか下層労働者だとかの潜在性を噴きださせるルートが作れないもん。歴史の必然というのは、性をひっくるめた自己の存在のうえで展開するんだもんね。はっきりいうとね、わたしはね……あなたが欲しいんよ……」

マテリアルな感動が湧いていた。知子は冷えたコップの酒をのみほした。二つ指の男らも、片目が細い女を連れてきていた坑夫もいなくなっていた。ゆたゆたと肥えた犬がその長い毛をこすりつけている。煙が壁の上のほうにうすく残り、しずかに吸われていった。

「相対性の原理をおしとおすとすれば、どこまでいっても相対性でなければならんばい。君は君の相対性の相対性という客観を失っとるよ。ちょうど僕の二分法のような偏向をかかえとるよ。自分のわなに落ちるんだな。一元的な相対性を絶対性として固定させとるばい。相対性という問題はむずかしいばい。アインシュタインじゃないけどね、ともかく他の原理をどこまでも認めるという態度にこそ相対性は生きてくるよ」

「わたしはね、共有の内実をいっているんよ。そんなふうに記号論にすりかえられると不快なの」

「そりゃ君、ファッショだよ。共有はエコールの容認からはじまるとばい」

それぞれ笑った。知子はあふれ出る寂寞を笑いにした。両腋から涙がふきだして曲線の外を流れた。瓦をけって走っていく北風小僧のすねがみえる。知子はふと、川のそばの円筒みたいな宿で「だまって」とささやいた章吉を思いだした。女中がうすぐらい灯の下で外套をしまったりしてなかなかでていかなかった。それとこれと、葦のなかをつっ走って倒れ伏す風みたいに、なにか似かよいなにかはずれる……

知子は低くなった火を越して章吉を眺めた。油がにじみでるような孤独のなかで視線がふかくなるのが意識された。いいではないか。ともかくここまで野良犬の彫をきざんできた。ふかくなっていく感動にさからいたくない。……そうよ、わたしは欲しい。わたしはファッショだ。樹液をしぼりあげている蛇。そして壺にみちてくる油みたいにわたしを売りつけたい。買ってほしい。ファッショ……　未熟なはにかみが、ゆったりと山脈をまわってくる水のように言葉のとおくからやってくる。ほそくひかって……

「それにしても、君のように性を広汎なものに解釈しなきゃおれんというのは、末世だね」

章吉が知子のばさついた髪をみながらいった。末世かもしれない、けれども私にはようやく未明のくらさがみえるのだ。知子は灰の下の細い火に目をおとしてそう思った。前髪のあたりに細かい気泡をあげてくる感動が、まるで一匹の生きもののように感ぜられた。


それが何なのかいつまでたっても語りあえない肉体が生きた。炭塵にまみれた老婆のかなしみが肉塊のごとく落ちている。刑に屈服した鈴木へ、差入れをしてかえってくる三男が知子をよびとめた。視界一面に灌木がしげった丘陵がつづいている。丘陵のくぼみはみなどんよりした水がひろがっていた。その水へ舌をのばしたあんばいに、二軒三軒と家がある。子供っぽい嬌声がその一つから起って、いくつもの陥落池の水面をわたってこだました。

「……なにかあるとばい。おれはそげん思う。おれは差入れにいかなおられんとやき。おれが鈴木を敵の手に渡した、それだけじゃない。それだけじゃ片がつかん……」

俺はおれのしたいように、してみる……」

「労働者の完全敗北は、勝敗と無縁に生き得るところに入りこむことだけど、たとえそれをゼロにしたところで、何かしら生命にくっついた苔みたいなもんが残るねえ。それが三男さん気になるとでしょ?」

「奴の行為がね、もうれつにきれいに感じられるとたい。どうしようもなくね。

それから突き殺してもおさまらんごと汚れてみえるとばい。そげなこと考えよるとね。俺はくらくらっとしてくるとばい。あれは俺じゃないか、と思うやろ。けどね、それだけじゃないとたい。

なにかあるもんなあ」

「すぽっとたたかいの論理からぬけとるものがあるんよ。

生活資料の生産の論理に即していくやろ。そうするとね、鈴木はね、やっちゃんの労働者的質を資本家の手中にある物質みたいにしめ殺した。そのことであいつ自身が一片の物質になりさがった。そうなるということで労働者を裏切った。許せん。捨ててしまえ、というふうになるたいね。そこでは一応切れるね。

けど、わたしはそんなふうにして皮をめくっていかんとよ。めくり終らんやろ？

生産といったってね、生命の生産に関しては精液精虫の動きまで独占の論理にしばりぬかれとるんだからね。そして女はその結果の部分で生活しとるよ。奴等の論理でしか動けん性交は、しめ殺したがましと考えるよ。誰が鈴木を裁くかといえばね、そんなふうに考え行為する階層ですよ。

〈生産的〉というねえ。労働者は物質生産と生命生産とふたつの軸ではさみこまんかぎり、労働と分離できん肉体の存在を、生産的と感覚できないんだ。それほど深く労働に肉体のぜんぶが——生活をひっくるめてね——からんでるもんね。支配されてる。

ことに炭坑はその労働の歴史がずっとそうだもん。切羽で抱き合い、切羽で男と女がしのぎをけずって、ここまで炭を掘ってきたんだからね。生産者の論理のすじみちが片手しかないんですよ。

さしずめ三男さんやわたしなんかが苦労すべきなんだろうね」

「おれはね、わかるんだよ。わかるけどわからんごとなるったい。なんかすうっと血が引いていくごとなる……

俺が鈴木を許せんとはね、奴は惚れきらんとたい。何に対しても。惚れるとがこわいったい。それをかくすためにやったとばい。

奴はね、もと寮におったから俺よく知っとるがね、坑内にほとんど入っとらんばい。採炭だったが、あの降りただけでぐったりなる切羽で、自分をドリルのごと石炭へつっこませようとせん。知ちゃんに言って通ずるかどうか知らんばって、石炭につっこみきらん男が女にやり切るわけないったい。

とにかく石炭に強姦しきらんずく、執行部へ逃げたろう。執行部でやりきらんで女へいって、女でやりきらず監獄行って……　みとってんの、監獄でも奴は監獄に強姦しきらんばい」

「労働者の形而下世界が根源で迷ってるもんなあ。自己原理なしに。いや、意識できないんだよね、ないわけじゃない。

浮草みたいに、経済学の物神化だもん」

知子と三男は三方に小道がわかれて視界のひろがった低い峠の小店へ入った。色のぬけてしまったのれんだった。ねばねばと光ったテーブルについた。蒸しかえるように熱がこもっている。

「差入れをして……　奴にどこまでも差入れをして追いつめてやる。畜生。刺すか刺されるかだ」

「どんなふうだった？」

「別に。のみとり粉くれといった。

俺はいのちを助けてやろうなんか思っとりゃせんとばい。捨てるのは簡単たい。捨てるのは」

「三男さん、あのねえ。

三男さんが牙立ててるのは彼のなかにある無権力信仰みたいなもんでしょう？　わかるんだけどね。もうそんなふうにあんたが動いていくの、止したらどう？

ごめんよ、あのね、被支配者の無権力信仰ってのはね、わたしはニヒルなのは捨てるよりしょうがないと思うんよ。それが役に立つのはね、もうれつにアナーキーでしかも集団的な暴力でないとだめなんだ。

三男さん、あんたがそのことをわたしに知らせてくれたんよ。

あんたがくれた最大の贈りものはね……」

知子はつきくずした皿の氷をひとさじすくって飲んだ。

「名無しの権兵衛に襲わせたことだな」

一瞬三男がかじかんだ。

「わたしゃ鈴木にかぎらず、そんなふうな運動の方法がみつかるといいね。無論理部分にとびこむより手がないよ」

だまっていた三男が、

「おれは敵と直面して、瞬間的にひるむんだ。それをどうかしたかっただけたい。今でんそうたい。そこをどうかしたい。それだけたい。

俺のまんなかから、ざばあっととびだすように、できりゃあなあ。畜生、俺は鈴木を刺すよ」

知子は彼の故郷という佐賀県三養基郡の農家を思った。いつぞや母親がひとかたまりの味噌と馬鈴薯を送ってよこしていた。

「知ちゃんこれもう食わん?」

そういって三男が知子のうすあかい液体を啜りあげた。ひょいと日照りへとびだしたこおろぎみたいに知子はきょろりとした。三男を眺めながら、そんなふうに飲む三男の耐久力のはかなさ、ばねの弱さが心にかかった。声をかけようとして知子はのみこんだ。のみこみながら坑夫らの誰彼の顔をすばやく動かし、それらのなかでまだしも三男はひきがねを引くと思った。のどぼとけが動いている。こんなふうに沈黙してみているのは、これは私の弱さか、無意味な甘さなのかと考えていた。そしてでもこれは単純に〈待つ〉ということではなくて、彼らと私との、ながい呼吸の一断面なのかもしれない、と思い心がかすんだ。ほこりをかむっている雑草みたいに、知子の顔いちめんのうぶ毛がけむった。

子供のころ、朝鮮の山すそにおれんじ色の煙がたなびいていた。大鳳《たいほう》町のまだもっと先の、城《じょう》東《とう》面の低い藁やねの底から毎日夕刻になると「チンチンナーレ、チョッタチョッタ」と胸をひっかく音がした。毎日々々。背や腹をもみあうようにかたまった老爺や老婆が、手をひらひらさせて路上を踊っていた。おれんじ色の煙を張り、けれどもその底から、夕刻だけ彼等はそんなふうに声をあげた。ひらひらした指と曲った白い布沓の動きだ。沓の先の乳首みたいなとんがりと、三男がすすったうすあかい液体が知子の目をかすめて、郷愁ほどのとおさになった。

エコールの承認といえば、その郷愁地のどんでん返し、油に走る水の爆破だ。それだけで、そこから頑固に動かない。共有の内実、その意味の創造をぬきにした記号論的容認は、その思考方法に資本主義的権力意志の残影が付着する。私的所有の被所有性、およびその止揚について私の思考は怠慢すぎる……　知子は布沓のとんがりがまだみぞおちを踏むのを感じながら、今夜は話さなければならないと思った。

「ああ助からん、僕、踊るよ」

二時が打った。素裸で電球のしたへ歩いてきた章吉がばさっと体を折った。藁苞をほうり投げたように夜ふけの板張りのへやが乱れた。脱力した褐色がゆさゆさしていたが、やがて奇体に腰や腕をねじりながらのけぞっていった。

「どいつもこいつも愚劣なやつ！　死にたい。会議のたびに死のうごとなる」

はかないからだがきりきりと上へ伸びる。

「おいでよ。ねまきなんかやめんの、ばからしい。知子おいで」

「魚はね、あれ、さあっと近よって、ぱっと水のなかへ排卵と射精をするんでしょ？　体の外で性交するの？　すげえ。

ほうら、ぱっ！」

章吉に口をとがらせて体当って知子はどさりとふとんに倒れた。

「いやなやつ」

疲れた笑いをして章吉が倒れてきた。

「精巧な生き物ねえ。えらく抽象的なやつだなあ。わたし魚にコンプレックス感ずるとよ。ね、形而上的に合体して象徴的に行為するとよね、あれ」

「淫蕩だからたい。淫蕩ってのはそういうもんだろう。人類はお粗末なやつだからね、あんまり粗末だもんでひっかかむるとたい。四帖半とか長襦袢とかさ。情ない想像力だな」

金属臭の沈黙がつと流れた。知子は息をつめた。が深くながながと章吉のあわい腕毛の下へ吐きこんだ。

「章吉さん。あのねえ、章吉さんこの間から『君が遠い、君が遠い』っていったでしょ。

わたしね、そんなとき、ほんとうはとっても近くにいるとよ。けれど、どんなふうにいるかってことがどうしてもストレートにいえんとよ。わたしずっと考えていたの。

いわなきゃいけない。けど自分でうまく表現できない。それに何かしらんけど、致命傷になりそうな気もするんよ。わたしたちの」

知子は章吉の頰に掌をあててそういった。章吉が氷山の割れ目をのぞくような、はるかに視点をあわせた顔でだまっていた。

「ねえ、心理的なもんと思わんといてね。章吉さんはあのとき『君は僕に現実がふかく喰い入ってきたとき、何かななめにかまえてその事態の正当な観点を冷たくみる。そのことで君自身が現実から自己閉鎖している』というふうにおっしゃったでしょ。

あのね、言葉のひとつひとつがなんだか違った体系のなかに入りこんでるから、うまく伝えられるかどうかしらんけど……」

「いいから言ってごらん。僕は別に君にふくんで言ったつじゃないとばい。ただ、さみしいと思ったね。たしかに君は拒絶しとったよ、僕からの伝達を、僕の事態の中心に入ろうとせんだったよ。

僕の、というより僕個体をまきこんどる日本的状況といったがいいと思うけど。とにかく、すべてを捨てて入りこむことからしか始まらんとだろう？　それが女にできんから開かんとばい」

「中心に入ってるのよ。それはね、伝達を拒絶したのとちがうんよ。あなたからの伝達が一種の拒絶という型でそこにある、というふうになるもん。それは情況参加の型のちがいということになるのかしらって、わたし考えたりしたとだけど……」

知子はゆったりと掌をすべらせていった。

「あのね、現実がわたしたちに切りこむでしょ。今までの情況と関聯しながらそれが或る側面をふかくする、というふうに。

そんな外側からの刺戟で、章吉さんの論点がひょいと跳ぶんよ。AからBへ、BからCへ。無関聯なんよ。

A・B・Cそれぞれの内部の論理はきれいと思うんよ。その括弧のなかでわたしも向いあうことができるんよ。章吉さんはその中で断絶の論理みたいだけど、それはそれでいいとよ。括弧内でのエコールの承認というふうになるの。

ただね、わたしにどうしてもわからんとはね、A・B・Cというふうに転位するでしょ。その転位に必然性がないことの意味なの。

だから駄目っていうのは簡単だけど、でも、わたしにはそういいきれないものがあるとよ。それに、そんなこといったって動かんし、なんもならん……」

章吉は疲労のなかで、知子のどこからそれらが起り、どこへ導きこもうとしているのか、つかれにまかせていた。ひきちぎり投げ与えるように坑夫らと対話し、麦藁みたいな夜に彼の胃液がたまっていた。

ようやくふるびた編物をときはじめる。そんなとき知子はいつも章吉の肋骨や下腹部に掌をあてた。いまもまたそうして甘えてくる。章吉はそれが夜につまった彼の胃液を波立たせるほど、たっぷりと昼のにおいであればいいと思う。酔いざめの水をのみに立った流しの下あたりに、ふとねずみの体臭がする。ちらと、けものというものはかない生態をおもう。知子がそんなふうに雨だれの音をたてるのを、章吉は両腕でかきこんで聞く。せめてそんな奇怪な骨格を思いみぬ限り、へんてつもなくつづく胃液だ。その壁の外で、杏をころがすようにねずみがさわいだ。

知子はことばのひとつひとつが、彼女の掌の意志にとどき許しあうと安堵して話しつづけた。寝物語りがそんな知子の枰と章吉の骨の弾性のうえでつつがなく閉ざされることは数すくないけれど、昆虫をひろいあるくナムビクワラ族ほどの食欲は持続した。ときたま袋いっぱいの稲子や木の実をこぼしおえたときは、知子は秋を駈る小馬の肌になり笑いさざめいた。まるで丘のほくろだ、と章吉が笑いかえしてくらい天井をみる。

でもいいわ、それが自然だもの。だんぶりこだんぶりこと動くのだもの。いつかは、わたしがあなたで、あなたがわたしで、ああすすきのなかにいるみたいじゃない？　あかるいねえ。風がさみしい？　でもそんなの、さみしいって名前じゃあないよ。すすきのなかで一緒に死のうって章吉さん言ったでしょう。さんせい。ははは、うれしい。わたしさんせいっていったでしょ。ほら、みてごらん、わたしさんせいって顔してるでしょ。ああ、章吉さん見てるのね、ほんとだ。わたし、章吉さんが見てるってこと、見えるよ。と眠ってしまう。

章吉はようやく古洞のうえにいざなってきた声が、殻からはみだしたかたつむりの舌みたいに眠るのを抱きこんでいた。それは睡眠中に指をだす。釘のない蝶番いみたいな指を。たとえそれが海洋のひろさでも、この火柱へ打つ釘がない。それは知子おまえの責任だといい、朝、顔を洗う折にふと聞きとめた禽鳥の声を彫ったりする。ベニヤ板に刻みつけるときの虚無と充実もまた一枚の紙にすぎない。

「いいよ、知子の言いたいごと言ってしまわんね。僕にわかってもわからんでもいいけん、思うとおりに言ってかまわんばい。そのなかで僕は僕に通じたところから返事する」

「思考の場のちがいというのか、リアリティの場の差なのか、なんかよくわからんの。章吉さんの情況参加をわたしのスローモーションカメラでうつすとね、A・B・Cの間に空白の頁ができるんよ。わたしにはね、その空白部分がそのときの現実なの。そこへ入ろうとしてるし、あなたもそこへ引きずりこもうとしているらしいの。だから、それでね、わたしから提出する角度が、章吉さんにとって拒絶になったり障害になったりするらしいとよ。ふとみると、どうも、はるかむこうに何も彼も分解してるもん。そんなところから章吉さん呼んでるんよ。

わたしね、ほんとうにさみしい気持になるとよ。これは何か、これは一体何なのかって問いながらわたしにできるだけの力で、章吉さんのそばにいるのよ。でも章吉さんは君が遠い、君が遠いっていうとだもの」

「君が言おうとすることは、よくわかったよ。そのことはね、僕にもはっきりした解答はない。けど、そうした事実が、――これは性の問題か階層かしらんけど――あるってことは考えていかんといかんね。そのことを、君は君の思うとおりにやってみるほかないよ。それを僕は君に希望しとるとだから、いいさ。

たとえ僕等がまた分解したっていいだろ？　それも発展の一過程であるなら……

それからね、僕に対する君の批判は僕が一番ふかいところでくるしんどることとたい。思想的倫理性の欠如だ」

「批判なんて。わたし全否定としていってるんじゃないの。それに道徳的ないみでもないとよ。それが何かしら今日的な効用をもってる。そのあたりがね、わかりたいと」

「君がそういうふうに考えてくるのはわかるけどね。しかし僕が救われてるというわけじゃないんだ。僕にはその限界性はわかってるんだから。

しかしね、僕はそれをかかえて果てるね。僕は僕個体の問題にかかわっておれんよ。全日本的状況のなかで、ここから火の手をあげるほかないとばい」

だからこその話なのだ。そしてまたそれは章吉個体にとどまっていない。日本の論壇といわれるものの傾向性とその雛型はいたるところに繋っている。知子はポプラ並木が枝葉をおとして冬仕度へ入っていきはじめた光景を思いうかべていた。そのすぐかたわらに高等普通学校の天へとどくようなポプラの繁茂があった。そのなかで、しぐれを一度に集めたように数万羽の雀が鳴く。朝鮮人ばかり入っていたその高校では、夜ふけにそのポプラ林の下でひそかに決闘が行われた。血が落ちていた。それでも葉群いっぱい雀をはらんで青黒く空の一郭をおおっている。誰もその林へ手をつけなかった。

残ってしまう。はさみうちにしなければ残ってしまう。章吉が炎立つ旗で坑夫らを追いこむとき、もっともらしく相槌をうつ誰彼を三男もまたもっともらしくみて走る。左巻きにすればいいんだ、左巻きに。そんな目くばせをぜんまい仕掛けの犬にくれて。ちょいと遊んでくる。三男は走る。おれは瞬間的にひるむんだ、それを何とかしたいきね、と呻吟しながら。

将棋のこまを動かす遊びだ。私有するこまの配置図をかきかえるのだ。その遊びは、心情のうえにしか私有を知らぬ階層にまでしみわたっている。それを追いたてても、あの私有の機械みたいなどてっ腹にはひるんでしまう。畜生、あのビルディングだって俺んもんばい。三男はうなる。ここにはそんな遊びしかない。重層した支配の層のなかで、その遊びにつけられているランクは、こまの私有性の自己所有であるか私有性の被所有であるかだ。敵はそこにある。三男は私有の輪を破るべくうめきながら、こまを握りしめて追いかける。書きかえる図面は、こまの函数からのがれることができない。

おそらく章吉にある空白は、その紙上での勝負を早めるにちがいない。それはこまの実体を掌中に感覚するものと、三男のようにこまの実体を感知せず、その論理の部分性を被所有する者との役割りの差となる。そして知子は、植民地に爪立ってコスモポリティックに内地をながめる風情でその一枚の紙に向わねばならぬ。縦糸と横糸それぞれに染めついている断層の種類や、それら相互の無縁さに知子の指がばらばらに参加する。敵を認識する共通の目がない。だからわたしは、分散をよしてわたしのまま話そうとしたんよ。そうしたら章吉さんは君が遠い君が遠いっていったでしょ。わたしがどんなにたくさん泣いているかもしらないで、君は僕が泣いてるのに泣かない泣かないってお酒ばかりのんだでしょう。

知子は禿山へダイナマイトを仕かける密行者みたいに、彼等のそして彼女の原理が発芽する地点を掘った。ながい歴史の影を爆破するのだ。さあ、擬似組織。そしてまた擬似組織。炭坑の男や女のたくさんの笑いや別離が木の葉になってこぼれる。知子はそれらの長い道程のなかで、分離した感覚の到達しえるぎりぎりの、完結あるいは未来の近似性を、一秒だけ全身で痙攣したい。共有の具体性を知覚したい。そんなふうな無意味さと背中あわせになった具体的な執念があるからこそ、闘争の今日的情況に堪えられる。そんなわたしを知っていて、認識の目盛りが重ならないからって自分ひとりでお酒をのむなんてひどいじゃないの。君にお土産ってウイスキーをちょっぴり持ってくるなんてひどいじゃないの。

「ねえ、共産社会を律する共有の形態はね、非所有ということでしょ。そちら側へウエイトをかけてくとよね」

「君はね、交換の内実をその同質性においとるばい。共有はね、いわば所有の一形態だろう」

またしてもそんな内地風の記号性……　それにしてもどうしてこう私は執拗なのか。助けてよ、助けてよ、と声があがる。殺戮の意志ばかりがかけまわる。（それはね、ソヴィエットの官僚よ。）もういい。私をしばって！　私を刺してよ！　山のむこうでながながしく犬が空へ鳴く。

中国が沈黙していた。

「ね章吉さん、そんなふうに言ってそして自分ばっかり自分のなかで眠って、いやよ。私が眠るところみてたことないとでしょう。いっぺんも眠らせてくれたことないったい」

「ばかいえ。毎晩知子が眠るのをみてるとばい。知りもせんで。君はどういうふうにして僕が眠るのか知っとるのか。君こそ僕を必要なんか」

「ばか」

たしかゆうべ、私が同じ問を問い、彼が同じ答を答えた。じりじりとここへ辿りながら、なおかつふたつとは？　その必然は？

知子はそんなとき章吉の腕が力いっぱいあたたかく、暗黒へむかってそんなにあたたかく入りこむことに打たれる。直観のとどかぬ地点に投身する彼の死の深さが、知子の生身に死臭を湧かせた。

打算くさい知子の殺戮の意志は、おそらく共有の王への一元的な独占――その被害者特有の権力意志からの不自由性――に由来する。それにしても私には、死臭ただよう生と、死ねない死だけしかない。私の原理の占有性の死だけが私の生じゃないか。知子は章吉のなかでいやいやをして彼の手を握りながら、

「章吉さん、あすわたしを病院へいかせて」

といった。

「どうして？　なぜそげなことをいう」

「だめなのよ。わたし整ってないとよ。わかってないことがありすぎるもん。なにを作ろうとし

てるのか章吉さんわかる？　どんなに遠くってもいい、確信がもてるならいい。わたし駄目になってるからゆるして」

知子はつきあげる嘔吐より、なおはげしく嫌悪する情況から一刻もはやく立ちもどりたかった。単純な分散へ。

「知子、生命というのは分裂の結晶なんばい。それが分らんことはなかろう。僕らはそうして生まれたんだ。そこにある分裂の止揚へむかってたたかうとばい」

「やっちゃんは、その分裂性の承認によって殺されたんよ。非承認の原理はつくられてもかまわんでしょう。その結晶も。

わたしは仮説を重んじてしまうとよ、きっと」

「僕らは沢山のあやまりをふくんで歩くばい。必ずそのあやまりは後の世代で克服される運命にある。君は僕にゆるせんの。僕が君へゆるしているくらいにも」

「そうじゃないとよ。わたしはあなたのあやまりと、どういうふうに拮抗するん？　どう考えればいい？

わたしがどういうふうに必要なの。わたし個人じゃないんよ。わたしの原理が章吉さんをほろぼすのに必要ないって、あなたいったでしょ。今夜も言ったよ。僕は僕の原理をかかえて死ぬんだって。なぜなのよ。なぜほろぼされることをのぞまんと？

わたしは自分の死がほろぼされることだけがほしいんよ。それへの確信がなくって、わたしが何を生むん？　章吉さんが一体なにを生めるの？」

「僕も僕がほろびることを願ってるよ。けど僕は、君の原理でほろびるのかどうかわかってないんだ。それが今日的な役割りをどう果すか疑問なところもあるし……」

それに僕は自分で自分をほろぼしたい」

「そうでしょう。一番ほしいものを互に与えられないのに、まるで共有や共存の世界があるかのように、形骸を歩かせるのはきたないでしょう。

でもこういうふうに言うからって、これは愛の対極で言ってるんじゃないの。わたしにはこんなふうにしか愛はないとよ。

ゆるしてね」

「知子」

まるで知子の涙のように知子の顔がぬれた。それでも私は求めるでしょう。知子に傲然と湧きだすものがあった。なぜなら私は女だから。女と、なりたい。女を創造したいのだから。知子は涙の源泉に対して白痴になってしまっているかのように、ぼんやりした風情を保った。そして溶解した鉄材のむこうでアクロバットみたいに、まだ命名しがたいエコールが、がっしと切りむすぶ影絵をえがいていた。そこまでの道程は知れずともいい。私は歩く。それにはぼんやりした風情の持続がよさそうだ。知子は目を閉じた。

まるでそれだけで、あらゆる不安定な涙のたぐいに抗してゆけるとでもいうようにみえた。章吉がねいきをたてていた。

とびおくれた虫

一

風葬にするにふさわしい男だ。いや、それだけなんだ。奴の存在理由は。ただし、奴もそのほかの誰もそのことに気がつかない。それが奴の不幸なのだ。

奴を殺したい。あいつの骨……

漂した奴の骨はきっと黄疸の色だ。不細工で、鈍重で、そしてやたらに太くて野犬にしゃぶられる。そのためにあるあいつの骨。姓名、年令、意志表示、その他のがらくたを、奴は鎖骨と星くずの関連程度に持っている。と信じ切ってむやみに演説をぶつ。あわれな奴。死んだことがないんだ。殺されたことが、どこまでも生かされていたやつらの末裔だ。くさっていくねずみの死骸のよこで、けちくさい陰謀をたくらみながら、それでもなにくわぬ風情なんかしてころがっている空罐をひきよせる。そんな芝居をやってのけて、鼻孔をふくらませながら自転車に乗っていくこと、それが得意なんだ。

朝の線路わきに、宵待草が咲いている。硬石場《ぼたば》のすぐ下の。そんなふうに、ぽかんとそこばかり華やぐ軒先があれば葬式だ。死はここにない。わたしは、奴を殺したい。ずんどうとした骨ばかりみえる。困った。困らなくっていい。わたしは、骨を、なめたい……

ぬめっている弾力――あのいやらしいずぶずぶした袋――がくされおちて、奴の骨は岩の上で異端者となるんだ。からみあった空と岩との間で、奴はこまりきって、大腿骨が岩を真似、空を真似て彎曲する。ははは、異質をつかむ、そこに立つ、ということはそんな曲線のなれの果なんだ、奴には。奴のすっぱだかがひんまがる。骨になっても曲るんだ。そんなふうにして、奴が、奴自身にかえっていく……

あ、黴だ。それは、骨の黴だ……

黴でもいいじゃないか。そんなら刃こぼれた菜切り庖丁でそぎおとしてやる。

鉢巻を耳にぶらさげて、みていたな、奴は。猫みたいな目をして炭労からとどいた資料をみるふりしながら。上瞼に力が入っていた。ああいうのが得意なんだ、組合のもんは。

窓のところで、あいつの目……　あれはいけない。二秒ばかり無意味だ。その二秒をわたしは箱へなんかいれやしない。わたしは骨を……　それでもわたしは、鈴のように振ってやしないか。どこかで、あの猫の二秒を。

奴は演説をぶちにいった。駄目だ。そんな滑らかさ、それはまちがっている。それに赤く力んで演説なんかぶたぬがいい。しみでるその赤はいけない。浮游するその体温——奴が存在理由にしている——は奴をほろぼす。わたしは菜切り庖丁でそぎおとしてやる。

そういえば昨夜は姿をみせなかった。主婦会のほうも少なかったが。奴はきっと糸目のでた毛布を折りたたむように、雨のぱらつく夜をたたんでいたにちがいない。ちんばの目で。ゆがんだ軒下をふらつきながら。

そんなとき奴は拾った銅貨を忘れる。手に入れた明晰と無縁になる。忘れた瞬間の奴を吸いたい。青く太い指を押したてて銅貨をかぞえるときの睥睨ぶりは寒い。ひとつ、ふたつ……ひとつ、ふたつ、ふたつ……

そんな発言は、発言者の小市民性だと奴がむこうから言った。あのとき。だまれ、だまれ。かずはいけない。増殖する湿潤にながされる阿呆な奴。そんなにわからんなら、剛毛の頭を膝にのせてむしってやる。ユニホームに刻ってやる。二度とスプーンなどと声をあげたりせんように、あのいがらっぽい鉱泉につっこんでやる。ほんとうに、奴の、ユニホームがいる。そうすれば黄の鉄帽と青服で放りだされた刹那の電線工夫の歯のいろくらいに、風葬の骨はひかる。

そこからだ。すべてがはじまるのは。そして、そのうちわたしがその骨片に恋するのだ。

……でも、奴の目、あれを何で切ればいい、わたしだって。

あ、また思いだした、いやらしいあの猫。そうだ、猫みたいな目だ、と思ったのがいけなかった。でもほんとうに猫みたいな目をして、すこし笑って、ほらおまえは俺をみているぜ、というようにひからせていた……組合の資料を唾つけてめくりながら。

わたしは主婦会の就労のふりあて表をくるくる巻きながら、きっと、やっぱりあんな目した。うしろから降りてくる弓子に「あ、不足分の鉢巻、戸棚の前に忘れてきとる。取ってきてくれんね」といっているときも、奴の目をとらえていたんだから。目じりがこそばゆくなって、わたしはたっぷり、たしかたっぷりみかえした。風がふいて、まるで真空のクリーム色の昼だ。二秒ばかり……

あの猫。あの猫をみていたわたしの目。どちらでもないよ、わたしは。風葬にしてやる。肉も目玉も付属品・小所有みなはぎとってやる。骨を鳴らす、まっくろに煤けたガラスのむこうで。わたしの嘴が腐肉のついた、あいつをぽとりと落す。荒涼とした岩と風……いけない。梢だ。褐色の枝がちらつく。日本だ、ここは。それでもわたしは漂してやる。ちらちらする尖端よりもっと高く、奴の洗骨を……　あのとき、ちらちらする草の葉のあいだに猫がねそべっていた。

だからわたしは、なんということなしに草の茎でつついたんだ。後肢のあいだに、むっくりした和毛のこぶがあったから。猫が針金みたいに跳ね起きたんで、びっくりした。狂ったみたいに草のなかをかぎまわり、走りまわってとらえようとした。あれ、こいつ雌なんだ、となぜ思ったんだろう。

だんだん静かになって不安そうにみまわしながら、ゴムベルトみたいな猫は以前の草へかえってきた。いつまでそこにかがんでいても、もう誰も来そうになかった。猫はねそべった。

わたしは草の茎で、また後股の小さなこぶをついた。びくっと立ち、やっぱり、というようにかぎまわった。その次は、もっと前より小さな輪をまわった。やがて前と同じ草のうえへ体をのばして、しばらく頭をもちあげて待っていた。けれどもぐんなりと目をしめて頭を草へうめていってしずかになった。骨までさらわれてしまったような、どろんとした液体になっていったんだ。

わたしは猫に集中した。心して茎で突くと、猫のやつ、無臭の液体がにおいをあげた。もう風でもいいから……、というふうに腹をよじって。それでも起ってちいさくまわったけれど、ふと、あしを止めてかがんでいるわたしを見あげた。その目が霧をかけたように色を帯びた。そして細っていったその目。低くちいさく喉をならして、首をまげて、わたしにすりより、足元にゆったりねころがって肢をひらいたんだ。いっぱいにひらいて、四つの肢を。じいっとみながら肢がゆれた。

いったいなんなのだ、わたしがなんだというんだ。地下足袋で猫を跳ばした。雌！　それでも雄猫にしたてられた瞬間の、倒錯を強制された屈辱が、樹液に染まった痣みたいに痛んだ。茎を持っていたわたしの目。声もたてずに雌が走り去った。わたしの猫の目。窓からみていた奴は、もっとふんわりした一般的な猫族の目なんだ。無意味な。あまりにも無意味な……

憎々しい顔をしていたとおもう、わたしは。入江のむこう岸で火を噴いている煙突に、そのあいまいな屹立へ、ひっかき倒すような顔をむけた。

「蹴らんでもよかろうもん」

とっさに、わたしはどんな目をむけたらよかったろう。煉瓦工がスクラップを背にして立っていた。

「うちゃ猫、好かん」

「そんなら、なんば好いとるとや？」

そして、煉瓦工は手拭いを首にかけながら寄ってきて、

「今日、堀田工業の裏道の亀屋へ来んな。待っとるばい」

とささやいてとおりすぎた。くそ。わたしは行かないわけにゆかないじゃないか。

二

「そげなことというなら、あんたが会長になりゃいいじゃないね。わたしはしきらんよ。これだけの主婦会会員を統一することが先と、わたしは思っとるよ。役員はあんた、奉仕するのがいちばんやろうもん。自分の家が食べられんのなら、なんも無理に役員として残っとく必要ないんだから、一般と同じに就労すればいいじゃないね。それをあんたみたいに金もらうなんていうことはできんよ」

「金をもらうといっとるんじゃないよ。融資だけで食べられん家族をかかえた役員が実際にいる

やろう？　それは会長がいうように就労していいよ。全員就労していいと思うよ。本来ならすべきよ。なしならね、会員が就労することの本質は闘争費をかせぎに行くんばい。貯金をふやしにいきよるんとわけがちがうよ。そこのところを全然考えとらんから、主婦会が何をどうしていいかわからんとよ。うちはね、そこの根本のところを充分討議した上でね、主婦会運営のために絶対に必要な小数の役員は、皆がかせいできた闘争費のなかからまかなうべきだ、といっとるんばい」

「そげなあんた、雲をつかむみたいな理屈がとおるもんの。会員がなっとくせんよ。あんた女が仕事に行くのは実際に食べられんから行くとばい。食べられるなら行くことといらんやろうもん。それを食べられるもんまで執労せいなんかいって誰が聞くね。だいいちあんた男がきくもんの。自分の女房が稼いできたもんを、なし闘争費にせないかんね。そんなあんた、雲つかむみたいな」

「なっとくせんのは、会長、あんたばい。会員がはじめからなっとくする筈ないじゃないね。それを前提にしての話ばい。そんなふうな女たちが、とにもかくにも組織されとるんたい。その組織をどこへむかって動かすのか、ということは少くとも役についたものは全力をだして考える責任を負ってるんとちがうね」

「わたしは好きこのんで会長しとるんとちがうからね。無理やりにおしつけられて他になり手がないからしとるまでばい。責任はそれでも考えとるよ。わたしが役についとる間に分裂したらとりかえしがつかんからね」

「労働者階級はね、好きこのんで出来るものちゅうのは何もないんよ。そのなんもないところに押しつけられて無我夢中で統率することを知るより手がないよ。会長のようにすきこのんでやっとるんじゃないといおうと、分裂をおそれて何もせんだったといおうと、敵は攻撃してくるんよ。もし乱闘になってみなさい、会長という名前だけで引っぱられんともかぎらんとたい。そんな情況のなかにおるのに動員のにぎりめし作りさえ集めることできんやろうもん。それは主婦会の根本ができとらんからばい」

「だからあんたが会長すればいいとやろうもん。わたしにまかせられんといいたいんやろうもん。にぎりめしのことはね、はっきりした手当が発表されんだったから悪かったんばい。仕事に行っとるもんにふりあてるわけにいかんよ。仕事をやすんでまで、ただ働きさせることはできんでしょうもん。だから役員が出るようにと指令したんばい」

「ちがう。……」

田野令子と会長の瀬川とものやりとりを、支部長や幹事や区長たちが充血した顔を出したり引っこめたりしてとりまいていた。そして令子がまた不安な興奮をひきおこした、ただそのことへ無精に腹だたしくなっていた。会長におべんちゃらをいうことを役目と心得ている渡辺はる子が、みず鼻をすすりながら、

「とにかくねえ、この大事な闘争中にねえ、役員が分裂するようなことは極力ひかえるべきじゃ

ないかね。うちは思うがね。とにかくねえ、いま会長にやめられてみなさい、誰ができるね」

といった。そうたい、そうたい、闘争が終ってから話し合おう、とあちこちで合槌がうたれた。

「ばかなこといいなさい。闘争が終って話しあってなんなるかね。ははは」

田野令子の副官である鈴木伸子がそのどす黒い顔をふりふり、「ほんとにあほらしい、あはは」といって、

「大義名分たい、あんた。やろうい。いいやないね、宣言してみんね、宣言して。案外こういうことは分るんばい。働いとるもんの気持をあんたら知らんばい。三分の一は、よっしゃ役員にカンパしようというよ。よし、うちがあたってやる」

「ちょっと待たんね」

腕をふりまわしながら出ようとする伸子を令子がとめた。

「なしや、あんたがそんなふうやけん、いかんよ」

「主婦会の運動として動かす必要があるよ」

令子の背中で眠っていた俊也が目を覚まして泣きだした。ポリエチレンの袋をさぐって菓子をつまみ、背中へ腕をまわした。目まいがするような肩の重さだった。「主婦会主婦会といって自分の子さえ、ようめんどうみきらずにおって、何が主婦会か。負うていけ負うて」花札ばくちも打てず、釣もせず、金があれば焼酎を飲んでむっつりとパチンコ台の前に立つだけが道楽の泰三が畳に仰向けになったまま声をかけた。ほう、今日は焼酎が入っていないのに威勢がいいと令子

は仰向いて目を閉じている顔をちらとみた。「そんなら行ってくるきね、たのんどくばい」すこし弾みがある自分の声がさみしい。令子は小学三年になった定と久也に「とうちゃんに焼酎一合買うてやらんね、夕方。かあちゃんおそくなったらあんたらも食べとき」といって出た。俊也がおりる、とむずがった。

いままた目を覚まして、おりるおりる、とさわいだ。いつもだまって、それでも令子や伸子らの集りには編物などしながら加わる執行ゆき子が、背中へまわって俊也をおろした。手を引いて階段を降りていった。

「役員するくらいなら、自分の子ぐらい親父に守りさせな、ねえ」

こそこそと会長派の若い区長がささやいた。会話のとぎれに、よく聞えた。

「ばかいいなさい。炭坑中の子守りを主婦会でひきうけて執労やら動員やらせな。親父がおらんときはどげんするね。前から提案しとろうもん。――よし、託児所の問題を緊急議題にかけよう」

伸子がかきまぜた。

「あんたが提案したな？　人の尻馬にばっかり乗らんがいいばい」

会長派が応じた。

「うちだろうと、令ちゃんだろうと、どげあるね。大義名分ばい」

そしてそれから、まだ同じ渦がまわった。託児所もにぎりめしも役員手当も、もちろん形をなさない。

かえりつくと、泰三は眠っていた。定と久也が消えかかったカンテキの石炭のうえで、うす切りのいもを焼いていた。

「ほっ、もう寝ちょる、このぐうたらが」

伸子がカンテキの横につっ立って泰三を見下した。令子がまた眠った俊也をおろしているときに、一あしおくれて伸子が障子をあけて入ってきていた。

「よっちゃんは眠ったの？」

「ああ、隣の家でねとったばい」

「ふん」

「食べるもんないと？　どうだろ、この男、茶碗洗うとらんやないの。役に立たん男ばい、あんたのとこは」

土間へいった伸子ががたぴし戸棚をあけて丼に盛られていた冷や飯をもってきた。執行ゆき子も高掠きよもそして原田支部の井上友子も肥えた体で寄ってきた。定と久也が泰三の布団のあしもとから入りこんでねた。

「ちっきしょ、あの会長、馬鹿ばい。とにかくね、なんもしないちゅうことが主義やき、困ったもん」

高掠きよが元気よく言った。

「なんもせんならいいよ。組織ごとまるがかえにして家計補助員の位地を動かすまいとしとるんばい。みてみんね、いまはあんた実際に男が飯炊き洗濯して女が仕事に行きよろうもん。闘争中に何が変化したかといって、こんなにこぞって女が労働者として動き出した事実ほどはっきりしたことはないんばい。主婦会の質が変化しとるんよ。変化させられた根本をにぎって、うちたちは労働者ばい、と宣言せんでどげなるの。

ひとりひとりの心の中にばい、労働者として生きようとするものと男に養われるベビーになりたいというものがたたかっとるんたい。それがこの闘争のなかの主婦会の闘争たい。そしてね、そのどちら側に立って亭主たちの組合と共闘するかということばい。

労働者といってもね、それは男が俺は労働者だという場合とものすごくちがうもんがあるんたい。けれどもね、一応そこはぬきにしてもいいからね、主婦会内部の反動性を認識せないかんよ。

それをどうやっていくかということと……」

令子がたかなの漬物を飯にのせたりおろしたりしてしゃべった。

「ふん、ふん、そうたい。

うちんとこだって、とうちゃんがうまい工合に炊事するきね。炊事洗濯するけど、うちは労働者になれんたい。就労したいよ、食べられんもん。けれど役員は就労しちゃ主婦会が動かんし、それかといって役しても一銭も入らんしね。もう売るもんないとばい。とうちゃんが粥食べよるんばい。困ったもん」

みだしなみのいい肥った友子は、ほんとうに明日小学校に持たせる給食費はどうしようか、と思った。働きに行っている家はきちんと払っている、章がはずかしいといってせがんだが、と考えながら話した。

「労働者になれんちゅういい方はまちがっとるんばい。そうやろ令ちゃん。もうなっとるんたい、なあ？」

きよが言った。

「なるもならんも、女は家事労働者たい。そうやろ？」

伸子が言った。

「いまは家事労働者が男で、部外就労者が女たい。うん、こりゃいいなあ。ははあ、うん」

伸子がつづけた。

「入江を呼ぼう、入江を。あれは組織部長で主婦会担当のくせに、闘争中の役員手当を考えろといったら、こげんいうたんばい。おまや、何ばいいよるとか。役員の本分を考えろ役員の本分を。こうばい」

泰三がズボン下とシャツで、女たちの輪の後から立ちあがった。むっつりして土間へ降り、外へ出た。共同便所からかえってまた子供の足の間へ、すねをさしこもうとしているとき、伸子が、「あんた、てれっとよう寝られるのう。話に加わったらどげんね。どいつもこいつもろくでなし」とほがらかな声をかけた。ほんとにおいでよ。一緒に考えてくれんの。あんまり眠ると目がくさるばい。てんでに声をかけた。

「あんたらは頭がいいき、まかするばい」

「うそいえ、そげなことしゃべったって、なんなるかと思っとるんやろうが」

「いや、すねとるんたい。ストなんかあるから女房が労働者なんかいいだす。ちのう、そうやろ？」

「もう戻れはせんとばい。どこに戻ってもらいたいんね、あんた」

「あんたらそういいなさんな、うちの亭主じゃけね。この人はうちにまかせてくれとるんたい、信用してくれとるんばい。そうよね、あんた」

くりかえし夜半に話しあった泰三との会話が絶望的に令子をよぎった。ようやく、おまえは運動がいのちといった女だ、仕方がないよ、俺は邪魔をせんといった。そうじゃないったら、うちはもっともっとあんたと深くつきあって生きたいといっとるんたい。一緒に考えていこうといっとるのよ。あんたの言い方はね、女を捨てとるんよ。あんたもいっていたやないね。ほら、組合の役員は現場の坑夫の気持は全然わかっとらん、自分でよかことばっかりいって。誰も信用しとらんて。それと同じことなんばい。本当に、うちたち二人が一緒になって考えんと誰も考えんまま、うちたちは負けていくんよ。あんたも一人ぼっちだろうけど、うちも一人ぼっちなんよ。

なんがおまえが一人ぼっちか。ようけ仲間がおるやないか。いつも毎晩々々来るじゃないか。いいじゃないかそれで。おれは仲間もおらんし組合も信用しとらんばい。

そうじゃないよ、あんたのような考え方をどいつでもこいつでもしとるよ。そして主婦会もだんだんくされていきよるとよ。うちはいまの主婦会なんかどうでもよかよ。けれどそこにいまある問題は、いまそれを感じたり実際に生活したりしとるうちたちが解決せな誰もせんとよ。

知ったことか。俺はね、昔のごと俺とおまえと二人でのくらしがしたい。いや、それがもうできんということは、もういわんで分ったばい。けれどね、俺はおまえを愛しとるきね。笑ってよかよ。笑え。しかし人間はな、幸福がほしいき働くんばい。俺はおまえに笑われるために働きよるんとちがうきの。ストをしよるのとちがうきの。おまえや子供を幸せにしたいばっかりに俺は恥をしのんで炭坑に入ったつばい。それを何か、おまえは。仲間がなんか、主婦会がなんか……

硝子戸にぶちあたる音がして向いの棟の端に住む町田弓子がとびこんできた。パーマネントののびた髪が後半分、根本からざっくりと断ち切られている。

「どげしたん？」

泰三へむいていた女たちの輪がはじきわれて弓子を灯の下へひきあげた。あえぎながら頭をはげしく弓子はふった。畳へ引きあげた女たちの手を払いのけてみひらいている目をあわただしく動かした。

「証人になってくれんの、証人に。誰が何といおうと別れるきね。なんか、あん奴が！　くやしけりゃ女を作りゃいいやないか！」

裸足のまま女たちの下駄を蹴って男が走りこむやいなや弓子を引き倒した。叩いた。

「なんしよるとの、あんた！」

弓子も、そして女たちも一度に叫んだ。

「うちゃ、あんたの女じゃないとばい！」

「貴様《きさん》ふといつらしやがって。金払え。金を」

「ああ払うてやろうたい」

「払え、みんな払え。さっぱりと別れてやろうたい。借金も払え。

きさん、十六年間の食いぶちみんな払っていけ、いいか。金に換算されんほど、俺はおまえに財産をくれてやっとるきの。それば忘れんごと、みんな払うていけ。きさんが一人前にしゃべれるごとなったのは誰のおかげか。主婦会の役員になれたのも、俺が炭坑にきて坑内の実情をしょっちゅう話したおかげだからの。そげな財産をみな置いていけ。金に換算しておいていけ。いいな。

そのかわり家具調度きもんも一切おいていけ。何ひとつ持っていくな。俺は炭坑太郎たい。あそうたい、炭坑太郎たい。穴にもぐるしか能のない炭坑太郎たい。そげなもんの垢のついたのが恥なら一切合切おいていけ」

「ああ、もうさっぱりとそこへ置いたばい。それだから、あんた、腹たてとるとやろうもん。うちは、ほら、なんひとつ持っとりはしませんきの」

「すずり持ってこい。すずりを。離縁状書いちゃる」

ちょっとあんた、まあ待たんの、と令子たちがとどめた。そんなしぐさは何のたしにもなりはしないから、令子はいいながら、定のすずり箱を持ってきた。

よし、といって男はちびた筆を噛んだ。ぺっと唾液を欠けたすずりの陸へはいてそのなかへ、墨のこびりついている筆の穂をこすりつけた。離縁状、と驚くような達筆でしるした。

「今日は何日か」

そして彼はさらさらとつづけた。——三月一日、町田達之と町田弓子は本日をもって離縁する。但し、借金一切弓子が払うこと。十六年間の食いぶちおよび財産（たとえば役員や話すこと）も換算して支払うべし。二つ、家具やきもんは置いていくこと。しかし、当分家がみつかるまで、下宿料をはらって達之の家にいるのを、達之はみとめること。以上。三月一日。町田達之。町田弓子——

「拇印ば押せ」

令子はまた朱肉を取りだした。弓子が唇をひきしめて体ごとのしかかるようにしながら、畳の上の一枚の紙に親指をついた。達之がその横へかすれた朱色を並べた。

「よし、こい」

二人ともそれぞれ悠然として出ていった。が、すぐ弓子は戸口から顔を出して、

「ちょっと、これ証文になるやろうね」

といった。

「家庭裁判所のみとめがいるばい、たしか」

伸子が答えた。

「家事調整所というのがあるんやないと」

きよが言った。

「なんかなし、みとめがいるにちがわんよ」

「ちょっと、いますぐ組合でしらべてくれんの。うちも行くき。ネッカチーフ借して」

もう今度こそこれを証文に別れるんだ、もう何度書いたかしれん。うちはね、ほんとうはね、もうあの下請けの男とは別れたんばい。けどね、どうせ別れるなら、どれでもこれでも別れたがまし、もうこんなせせこましいところにうちはおらん。そのうち、ばりっとした男を養うちゃる。ところで、主婦会の内職の編物の金はどうした？　あれ集金したのをみんな持って、八千代さん八幡輸送の男と逃げたんやろ？　行った先わかったんね。

いいや、わからん。

どうすると？

どげか、せんといかんね。

ははは、なんか知らんが、愉快やね。

くたばれえ、みんな。

八千代さん。せいせいしとろうね。

ああ。もう別れとるかしれんばい。

おおかたそうやろ。

それでも、こんなに糊がひからびたごたる主婦会や組合を相手にするよりましばい。

ほんなこったい。うちたちも主婦会役員の席を降りてやるか、ぼいんと。

そのほうがやりやすいか知れんよ。

いや、ほんなこつ、下へ降りていっちょ集めちゃるか。

わざわざ降りるこたいらんよ。無視してやろうい。

女たちはぞろぞろ声高にしゃべりながら、暗い炭住の坂をあがっていった。ひっそりとエンドレスがコンクリートの塀の下につづいていた。

三

骨を熱病にかけてやる。厳粛ぶるあいつ。坑夫らがとおまきにしているひたい。ひっそりと木陰から放ってくる猫の奴。生きておれる奴、殺されたことのない安楽。

奴が手に入れた明晰を、どんぐりみたいにぽとんと落して、ほっつき歩いているとき奴は茫漠とした平安をむさぼる。わたしは目盛りをあやまっていた。わたしの目盛りで、奴のその茫漠とした霧を夢想した。そこに白い骨の液体をのぞこうとした。そこにあるのっぺらぼうの平安……

――あんたごまかしとるよ。自分でも、そのことはわかっとるんでしょう？　いつも俺は何かをごまかして生きとるって、あんた自分でわかっとるんでしょう？　いいたくないから逃げると？　逃げとるよ、あんたはいつでも。なんかうまく逃げられる、その逃げるときのうまさで、坑夫らみんなをあやつってるんだ。

なあに？　うちに伝える言葉がないから、そんなにみえるって？　言葉なんて……　そんな問題じゃないよ。伝えたい伝えなくちゃ生きてる意味がない、というようなものがあんたにあるんね、あるなら、なし、言葉がない、なんて言うんね。あろうとなかろうと、伝えようとする様子は伝わるはずばい。欲望の深さを問うとるんよ。世界をにらみつけとるその高さたい。うちがききたいのは。

右向け右、といったらいつまでも右向いとる主婦会でも、あんたどうもないん？　なし笑うん。気にもならんたいねえ。そこが敵のねらうとこだもん。下司。

なんて？　闘争のなかで主婦会は邪魔になる？　主婦会は主婦会でどんどんやりゃいいじゃないか、もたもたして手足まといになるばっかりたいって？　そのとおりたい。うちもそう思うよ。ただね、どんどんやるっていうことの、思想的な共通の目標がいりはせんと？　敵は何かってことが、今度の闘争で皆分らんごとなってきとるでしょ。知ったこつかって？　なし、笑うん？　馬鹿にしてもかまわんけど、敵を引きずり出してくる土俵がいるよ。勝っても負けても閉山なら、ぶっつぶして勝て、けれど資本家はぶっつぶれとるじゃないか、いったい何が敵なんかって、みんな不安がっとるじゃないの。

あんたら、政策転換っていうけどね、それが喧嘩ばかりしとる坑夫ら一家の決定的な答えになると？　こっち側の目標をどのへんにおいとるん？　重工業の下請けでしぼりあげられとる女房たちの支えで闘争しとって。政転が答えになるんね。なんて？　闘争中の一時的現象？　じゃ、闘争が終ったらこの現象も消えると？

主婦会はね、いまそのあたりで揺れとるよ。どんなふうにって？　あんたらが、家族の論理を資本の論理にしばりつけたままでそっとしとこうとしている、それが体にぴったりこんようになってきとるんばい。ぴったりさせたいけど、ぴったりこんごとなった。勝っても負けてもぴったりこんということは直らんやないか。うちたちは一体どうなっとるんやろうか。どこへ行くん、なんでもいい、自分にばしっと合ったとこへ行きたい。そんなふうに生活したい、というふうなんよ。

どんどん下請けの男と逃げよるでしょう。女房を就労させんと食えんし、就労させるなら離婚覚悟ということは常識になったでしょうも。あれはね、下請けの男にほれとるようにみえるけど、そうじゃないんばい。女たちの生活の原型が変りよるんよ。あんたらが何と考えようと知ったことか、勝手にやれ、うちたちはあんたらの目標なんか捨てて行くばい、という気になるよ。この闘争は長びくよ。候補にあがっとる経営者なんかで、このヤマの借金の立直しなんかできやせんもん。そうなったところで共稼ぎぬきの生活は考えられん。そのなかで、今のまんまじゃ、どういうふうに労働者が自滅するかはみえすいとるよ。あんたら、どこへ向って行こうとしとるん？　労働者諸君、なんてあんたいいよるけど、あんたにみえとる労働者はどんな恰好しとるんね。

うちは、なしあんたにこんなに関心を持つのかわからん。あんたなんか、ほっといていいにちがわんよ。けどね、あんたぬきにどこから闘争を追いこむのかって考えるけんね、それでぬきさしならん気持になってしまう……　あんたなんか、ほんとうは捨てていいんだ……

組合の次元でも追いこめんし、主婦会なんてなんもならん。ひとつぶひとつぶも、まだ対立点を持っちゃいないよ。ただあんたがね、労働者諸君なんかいいながら花札ばくちにうつつをぬかしよる、そこのところが気になるんよ。せっかく、ばくちしよるのに、打ち方がもうれつ楽天的だもん。

あんたのおとうさんね、吉井の子分だったっていうのは。あ、じいさん。あんたのばくち場には、その系列の連中も入るんでしょ？　元へもどる？　ああ。吉川や浅田や竹沢の勢力が、まだ潜在しとるその根源へもどっていくっていうんでしょう。それはいいと思うんよ。炭坑の潜在勢力にうち勝てる勢力は、まだ生まれとらんもん。だから、あんたがくりかえしそこへもどっていくっていうことは、分るんたい。だから気になるんだもん。あんた、その元のところをまだ丸抱えにしとるよ。

反動として機能しとるその親分を中心にした一家意識よりももっと強い一隊を、そいつらの持っている集団の倫理と平行させて作ろうとしている。けれど、新しい集団はまだその一家意識の意識状況まで辿りついてはいない。まだ軽々と浮いとるから、元がぶっつぶれん。そんなふうに考えとるんでしょう？　あんたはね、自分の内部にある反動性がそいつらとそっくり同じだってことに気ずいとらんもん。あんたが親分で、あんたのまわりにうろうろしとるもんが子分でそんな単純な一家意識だけにすがっとる。そして、その所属意識からはじきとんどる現代的な諸現象にはさわろうともせん。いやそんなふうだからさわることができんとたい。主婦会の問題はね、その一家意識の小単位の内部が、今日の資本の力で分散させられている、ということなんばい。

あんたはね、炭労のなかで叛逆しとるつもりか知らんけど、資本主義生産につかみこまれた坑夫の根性——一般性に所属せなこわいという根性——から自立しとらんよ。全然。なぜって、例えばね、女たちの家事労働はその一般的見解に所属して考えていたいし、女房の就労は補助的私的労働という見解からはみだしたくないし、炭坑の前衛は親分子分ハハアッという組織原理に所属して作りたいし。そんな固定性に落着いていて、ちっとも、そこんところでばたついとらん。そしてそんなやり方で、今度の闘争もかたがつくと思っとるよ。部分的参加なんだ、闘争にね。

そんな所属意識から自立できんから、俺は女のあつかい方を知らんもんな、ということで平気なんばい。知らんといえば、ちっとデモクラチックな気がするんやろが。でれでれ遊びやっとる他の活動家より、すこしは筋がいいといいたいんやろ。したらいいじゃないね。皆やっとるけど、俺はうまくないし、あほらしいという優等生たい。優等生とはね、毒にも薬にもならん存在ばい。毒にもなりきらんで、なんね。

あのね、空中ブランコ知っとるやろ？　ひゅうっと飛びうつるやつ。あげなふうに、一切合切と無縁にひゅうっと飛ぶときにキスしてんね。落ちればこっぱみじんばい。そげなふうに、あんた、遊び。女のあつかい方はね、けちな闘争するみたいにしたって面白くもないばい。闘争だっておんなじたい。闘争はスリルがあるけん好いとるとたい、なんてけちないい方しなさんな。スリルから逃げとるくせに。

うちがほれちゃるばい。泣きも笑いもされんごとね。ほら、うちの顔。みてんね。

——しらじらとわたしに砂がひろがった。ニーヤンマーニャンチョッピーヤー、ターカイターカイ三十銭……　ピッピキピイのペッペケペ。ははは、骨が曲るんだ、骨がね。曲らねばならぬあいつ。虫歯のないあいつ。唾はけば顔に落ちてくるってさ。わたしはしゃべりながら軽くなり、もう指をひらいて寄りそい、下司のために下司になり、奴のいなくなった痰のうえを、うすらあかいその空をねずみいろの毛になって歩いてしまった。毛の生えた舌。奴がいない。風がない。どこからやればいいんだ。猫。猫が生きて。それでもわたしは、鉛筆をなめながらビラを書いた。ニーヤン、マーニャン、ははは。闘争だから。痰を絹糸で釣って歩く。風葬にしてやる。それだけだ、奴の存在理由は。

四

「やっぱり。もう会長へとおさずにまこう。会長は絶対に受けつけんき」

ローラーを押しながら友子が言った。誰も返事をしなかった。まだふるえているな、ゆき子はそう思い、うちもふるえてるもん、と思った。どうたたかっていくか、それは幾度もの討論のすえに落着いていた。謄写板ずりの黒くにじんだ文字に、こまかく灯が反射している。

そのビラを先ず令子や伸子たちの住んでいる一本木支部へまいて、そして集会を独自に持ち、その結果をそえて会長らの多数を説得しよう。説得しえないとしても、それまでだ。がどこかが口火を切ればまがりなりにも、なにか動きが出てくる。少くともこの地区は。それは伸子も令子もそう思い、風呂のなかなどで話しかけてくる誰彼の顔を思いうかべた。共同浴場、それはおそろしい場所だった。会長派が一団となって入っているところへ、素裸の伸子は入り、刺すような痛みを体のすみずみまで受けた。どすぐろい体にねじれている陰毛へまで、這ってくる雑言嘲笑に、さすがの伸子も血が引いた。

「令ちゃん、風呂にこれば貼ろう。大きい紙に、うちが書くけん」

「ああ、あそこはよかねえ」

おとなしいゆき子もひそかに満足した。風呂へ入るときどうしよう、そう思っていたときだったから。

「どうせやかましいとじゃ、うんとかきまぜたがましばい。風呂んなかでねらみつけちゃる。ステッカーの下でなら、うちは強いばい」

伸子が言った。インクの香が立つビラへ目をおとした。

――たたかいのなかで、あたらしい女房がうまれた！　うちたちは労働者ばい。

いまは闘争費をかせぎよる。あたらしいしあわせはくるしい。たたかいは、うちたちの心のなかに戦場をつくりました。それは、働いたちょっぴりの金は闘争費とかんがえたくない、ピケ動員のにぎりめしをつくるより、とうちゃんのおかずが煮たい、そんな昔の心とのたたかいです。うちたちみんなその戦場でばたぐるっとる。就労しとる者も、就労できずにいる者も、そして主婦会役員も。

さあ、くるしいけどそこへ旗をかかげよう。たかくたかくあげよう。女のたたかいの旗を。体をうごかせる者は汗をだして、動かせない者は、ちえをしぼりだして。それだけだ、うちたちがこの闘争に勝てるのは。

うちたちのたたかいに反対する者は反対していい。ねずみの穴みたいな家のなかへうちたちの心をおしこめておきたい亭主でも、社長の女みたいにうちたちの労働をかざっておきたい女官僚でも組合幹部でも。

炭労はどろぬまみたいなうちたちの炭坑の闘争に深入りしたくない、早く融資を切りたい、と思っている。そして労働者がばらばらにひとりひとりで、そのはてのないどろにうずまっていくのを見切ろうとしています。見切ってかまわん。そんな生焼けの、くされ根性をかけてくれんでも、あたらしい女房はたたかえる。うちたちは、たたかいの体制をととのえよう。はやく。いますぐ。

託児所をつくろう。あちこちにたくさん。乳のみ子がいて就労できない者が集って就労する人の子供たちを育てましょう。

役員の最低生活を共同で守りましょう。働いたちょっぴりの金からカンパをしよう。

そして役員は炊事も子守りもぜんぶ仲間へあずけて、全力をだそう、女たちのたたかいの基礎づくりへ。——

そして最後に、伸子はガリガリと鉄筆をこすりつけて肉ぶとく、川筋女集団、と書いたのだった。そして、「川筋女というけど、うちたちみんなよそからの流れもんばっかしたい。おかしかね」「なんがおかしいね。川筋女とはそういうもんたい」「ああ、うち欲しい。川筋男とはどげなやつやか」「あんたの亭主たい。あのうすのろのね」「あほ、ありゃ陥落のどじょうたい」とにぎにぎしくしゃべりつづけた。

「ねえ、ちょっと」

紙をそろえながら、胃カメラを引きだすようなねばったとおい声をゆき子がかけた。

「あんたら、おやじと寝よるん？」

「そげな声だしなさんな。なし、寝るかね」

そくざに伸子が応じた。

「あたりまえやないね。闘争でうちは若後家になったったい。——ボタがドンとくりゃ若後家女——というのは昔の話たい。寝られるくらいなら、うちはコゲなビラなんかいらん」

「うちもよ。もうとんとごぶさたでございます」

きよが煙草のけむりを吐いた。

「どうしてやろか」

「どうしてって、どうしてもたい」

「どうしてもって」

「なら、あんた、なしね」

「わからんけん、うちは聞いたったい……」

「あのねえ、この前の土曜にうちのおやじピケ小屋に行ったんよ、当番やったき。松尾がね、うたごえしたいってくるやろ、あいつがね」

友子が口をはさんだ。

「あいつが、来たつばい。うちは眠っとったんよ。あねさん、あねさんっておこしよるんばい、うちのふとんのなかで」

「ふうん？」

「あねさん、あねさん、いって泣きよるんばい。うちはね、あんとき、はじめて女のよろこびを感じたつばい。うちは早くあんたらに話そうとおもいよって、こげなごたごたで忘れとったけど……　なしやろか。おやじと一ぺんもあげなふうに感じたことはなかったとばい」

「ふうん……」

「泣きよったん？」

「うん、泣きよった。あともしがみついて泣きよった」

「うれしかったん？」

「いや、うれしくもかなしくもなくてね、もっとね……　こわくもないし……　どういうことなんだろうって、うちは考えよった」

「友ちゃん、相手を松尾と固定して考えんがいいばい。いろんな条件が交っとるきね。若いとか、長く一人だったとか」

「ああ、べつに松尾というふうに、あれをどうというふうに考えとりはせん。そんなふうにできんもんね」

「あああ、うちは死ぬまで後家たい」

「ばかいいなさい、探さな」

ジャリン！　と事務局の戸口の硝子がとんだ。戸棚へあたり、砕け散った。

「令子！　かえれ！　馬鹿野郎」

ジャリジャリンと数枚の硝子がみじんにとび、ビラやインキの罐のなかや謄写版のうえにつきささった。女たちはとびあがって壁へ寄り、戸棚のはしへ避けた。裂けた硝子のむこうに、まっくらな綿みたいな夜がふくれた。

「令子、ふざけるとしめ殺すぞ。かえれ、俺を馬鹿にしやがって」

素手で硝子を乱打して、ぬけおちた穴からがっくりと泰三の首が垂れた。左手首から血がしたたった。血の腕を硝子からさしこんでふりまわした。

「馬鹿が、酔っちょるばい」

「危いが、あんた、馬鹿たれ」

はげしく首を動かして頬から耳から血がふいた。

「しめ殺しちゃる。来い。令子、どけおるとか」

「早くつかまえな、大怪我するばい」

「あんた、うちはここにおるばい。かえろう。仕事すんだばい」

「どこで飲んだんやろか。あいつ酒乱じゃけん手におえん」

令子は窓からとびおりて、硝子にはさまっている泰三の体を後から抱いた。伸子が足をすくった。どさりとくずれた。

「つな持ってきて、つな！」

「手ばおさえとかな」

泰三が殺しちゃる殺しちゃるといいながらふりまわす腕から血が散乱して渡り廊下の壁に雲がはしった。

「こりゃいかん、たいがい切っとるばい」

「病院へつれこもう」

「世話ばかしやかせやがって」

伸子は泰三の頬を思い切りなぐりつけた。

「殺すちゅうがあるか。死ね！　おまえんごたる奴は死ね！」

伸子は涙をぽとぽと垂らして下駄を鳴らした。また激しく頬をはたいた。血が飛んだ。

「すまんね。伸ちゃん」

令子がぐったりした泰三の肩をかかえあげていった。

「ゆきちゃん、病院に電話して。それから友ちゃんと二人でそこ始末してくれんね。ビラたのむばい」

令子は泰三をゆすりあげ、

「壁の血もばい」

といった。

「よか、心配しなんな」

「ビラもよか、明日あさ、あんたの家へもっていく」

「うん」

令子が肩を、伸子ときよが足と腰をもちあげて、未明のくらやみのなかを、そろそろと遠去かっていった。

「死ね、こげなくされもん」

伸子がいう低い声だけが聞えた。

五

食欲のない牛になった。火のつかない鱗によろわれた。やっとのことでのぞき見に加わるばばあのような幼年だ。はなびらみたいなつるしあげ。夜がいっぱい降って。まるでわたしは降っている夜のつぶつぶのなかをギャオギャオと飛ぶ鳥だ……

多様性の一元化とか、あるいは補助的機関への限定とか、現実的有効性の主張とか、組織主義的官僚性べったりとか、ああ、そのほかのがらくた。炭住のくらがりの底では、坑夫たちが生ゴムみたいに鈍重に引きあっていた。あの鈍重。合理化案白紙撤回。その白紙の渋紙色、要するに白紙だ。その渋紙なんだ。渋紙だから白紙だ。そうだその渋色が妥結組とそっくり同じだからといって、それはちがう。絶対にちがう。ひとかたまりの生ゴムの右と左だ。ちがうだろう。ほらみろ、絶対にちがう。窓の外では坑夫たちが、ドスをちらちらさせて引きあっていた。引きあっていたというのに、なぜ、はなびらのようなつるしあげをわたしに寄こすんだ。なにもいらんよ。どうせ空井戸の水くみのように、わたしの粘膜につるべをおとすのなら、わたしはなにもいらん。それだのに何よ、多様性の一元化とか、補助的機関への限定とか、現実的有効性の主張とか、組織主義的官僚性べったりとか、その他のがらくた。もはや時間から捨てられたそれら。もう空間から消滅した夕焼け。それがいったいわたしの行為へのつるしあげの刃になるん?

風葬にしてやる。全国的無主題をちょっぴりぬきでたやつらの、その坑夫らのとりまく額、渋紙色の主題の、がっちりした内的閉鎖。その釣穴みたいな猫。猫のざらついた舌。

緊急幹事会には、主婦会役員のほかに組合から奴らが加わっていた。心情の高揚しない無機的な頑固さでたんぽぽの攻撃をふりおとしていたとき、どこかで奴がわたしの固さだけは聞いているように思われた。少くとも奴のテクニカルな頑固さと裏腹であると感じている……

「執行部というよりも、あんた個人は、いったいどげ思っとるの」

わたしは言った。

「執行部も個人もないばい」

「あほ、そんならあんた、女房をここへ出さんね。うちがつるしあげの見本を教えちゃるよ」

奴は不感症をよそおうとしている。

「主婦会の独自活動が、いまの状況のなかでどの程度の必然性と有効性があるかという問題があるけんな。組合員が五分五分に割れてまだどっちにもころんでいけん、そんな情況を決定的に主婦会が変える力になると思えんもんな。俺は何も、主婦会が組合に包括されないかんとは考えちょらんばい、けどね、あんたらがいうごと条件は熟しちゃおらんばい」

ちらとしたはすかいな表情があちらを向いた。

「あんた、そげな言い方は冷えた鉄の言い草ばい。熟すも熟さんもなかろうもん。うちたちは条件を熟させるポイントに抱きつかないかんとじゃないとね。あんたの言うごとね、闘争に女のはいる余地はないよ。どこにもないんだ、いつもね。あるまで待てというんね。いつまで待てというんね、あんたらは」

「主婦会がたたかいの旗をあげるちゅうことが、必ずしもこの闘争を勝利させるとは考えられんもんな」

「あたりまえくさ。あんたの旗でちゃ同じこつばい。鼻たれ小僧の鼻みずを紙がもったいないからおやじがすすってくれよった、といった奴は来とらんとね。そんなおやじと小僧との関係がくずれ去るのがこわい、くずれん旗をあげとこうというのが、あんたらの戦闘性じゃろもん。一体どげな勝利を空想しとるとね」

こんどは笑わなかった。笑わなかったけど会長の瀬川ともが、

「あんたは学者じゃけんね、それだから現実から浮くとたい。組織を分裂させることが最大の負けたい」

といったから、奴の沈黙はまっすぐわたしにとどかなかった。それでも、そこに沈黙があった。

それだけだ、わたしの救いは。

けれどもその沈黙は乱れる。わたしの海に浮かんで。何ひとつとして決定的に奴をとらえてはいない。にもかかわらずがむしゃらに卵白を打つ金具みたいに白熱していく。奴の、その穴のあいた上昇。猫みたいに奴がわたしをふりかえった。そこにわたしをとらえようとする。知ったこつか。猫だよ、わたしはね。けど、あんたのようなふにゃふにゃした猫じゃない。スパイクなんか、なめながらそんなこと言ったってねそんなとこに女なんていないからねスマイルのマダムがくさ俺をおまえみたいに追っかけてねそしてね……

わたしに奴の穴のあいた上昇が、雨だれみたいに残った。くりかえしわたしは、そのひんやりした無規定の口の中へかえらざるをえない……　わたしは自分の否定の質量が、そのうすねずみいろへ向っているのに、その一滴の表皮とすれすれのところで綿を噛むあんばいになるのに堪える。主婦会なんかどうだっていい。彼女らは虫に喰われるがいい。けれども彼や彼女らの性急な凝固のそれは、まるで、蛋白質だ。蛋白質の凝固はその熱線のうえでしか砕けぬようにかまととめいた反作用の始点がある。ひょっとすれば、ドスをちらつかせる奴のその高揚に似た凝固は、青田の蛙のうたであるかも知らぬ。わたしが無知な藁屋根の、その下の……

そこをぬけてはとどかぬし、またそれ一つが始点であると同意するのもあやまりだった。何かその凝固に対応する不可知なもの、それがある。そしてそこからしきりにわたしの肉はひきつる。奴は、無数の不安定な突起を空莫とした内臓に生やして、こまかな海草をゆるめかして気泡をあげていた。その内臓にむじゃきにころがる一滴の雨水。わたしがつぶそうとするさざえ。わかめみたいにゆらゆらさせて海へもぐった奴が笑っている。ひろい掌をひらいて、もう猫でもなくなって、貝の肉がわたしを巻いた。わたしが塩をのせる。ほら駅のベンチで、隣でぽかんとしていた女のハンドバッグからわたしがさいふをぬきとった。わたしは子供にも知らせないで、すっと立って便所に行ったんだ。平凡なおかめのかざりがぶらさがっていた。紫のさいふ。五十円銀貨が七枚。百円紙幣が五枚。きっと千円亭主にもらって、キップとチューインガムを買った残りなんだな。わたしは女があわれになった。阿呆な奴。駅の便壺の褐色にもりあがった上へ、ぽてんと口のあいたさいふが落ちた。わたしはざらつかせて出た。子供へ一つ、わたしに一つ、下着を買った。買ってしまって浮き浮きした。やっぱり経験してみるってことはいいことなんだ。そして下着もふえた。

わたしは目を細くしている奴へ、笑いかえした。奴が安心して酒をのんだ。もう一杯飲んでよかろう？　奴がいった。俺ね、女にふられたんだ、俺はね、ほんとうはね、はずかしくって死にそうなんだ、俺はなしこげなうそをやらかすんや。俺はね、こないだあんたが言ったことがね、咽喉にささった骨みたいに忘れられんたい。何ていったかって、それは俺は言わんよ。神様が言えといったって言わんよ。俺は死ぬまで忘れん。こんちくしょう。

貝に巻きつかせて、そのむこうの無心な一滴に、怒りと絶望のこねあった憎念をわたしは放つ。反作用の法則、その具象化は焼けていく視線ひとつにかかっているとでも言うように、わたしは放つ。

味のぬけおちたセルローズだけが舌に残っている。そんなものは吐きだしてしまえば何のことはなかったけれど、それらの労働者階層に根深く内在する反動性――それは炭労以外の組織、或は主婦会以外の婦人団体などに内在するそれよりは、はるかに強力な左翼としての機能はもちはするけれども――のはるかむこうに走り去った或る資質が、くらくわたしをおおっていた。それはつるしあげられた翌日の夕方、そんな拘束におかまいなしに一本木支部の集会をしたのだけれど、その夜からわたしに離れなくなった。

下請けなどに就労している女たちが三十名ほど集った。就労希望者も来た。組合員つまり選炭婦である五、六名も顔をみせた。託児所の切実な希望者もかなりあった。カンパの話も一応の線が出た。それは、ぼたもちのおすそわけというように自由に、この地区に住む役員へしたいといった。それは主として就労した女から主張された。組合員である選炭婦は強くその主張に反対した。個別的な心情のくわわったカンパではなくて、あくまでも主婦会の体質改善へささげるものとして、一律にそして痛みをもって働いてきた全員はその日にカンパすべきだといった。飛ぶ水鳥のなかでそれだけ葦のなかの石のように残った。それとは討論にもならずに思い思いの金額をのこして、あんたらきつかね。ごくろうさん、たのむね。うちら朝早いき失礼しますといって散っていった。それは決して小市民的なお賽銭ではなかった。なにかもっと高温な朱を噴く回転のなかからふりむいた顔をして、わたしのまわりにあるオレンジ色に目礼しまたたきする。そんなふうに灼銅の額のなかの、ひきつった目をむけたのだ。——もう、ここを見ていない。みているのだけれど、曳かれていった。しかもその引力のどろどろ燃えている赤光もみてはいない——わたしは、下駄のうえに降りてゆくあしゆびのひらいた分厚いいくつもの足をみていた。一本々々の短い骨と肉が、それぞれ柔軟な意志をもつように畳のうえで蠕動していく。ひびわれたあわびのようなかかととのあいだを鈍重にもりあがった肉がつないでいた。

どこか遠方でなにか火傷のあとのようにちぢれて走る。まるで散乱し拡散するというふうにみえる閃光が。それは彼女らを裂き彼女らからひかって、そこら内外に一種の回転する時間をはらもうとしている。それはわたしから噴きだす否定性——その破壊的集中——よりもきんきんと高い集中をちりばめる。そのさきぶれの風みたいに、何か今日をとびこえる……

あっというまに呑まれてしまうんだ。そして掌にかわいて落ちる仔ねずみの皮になる。そのさきぶれ。とらえれば水蓮のように朝を走る。時間に断罪されていない或る資質がこうしていつも空に線をとばしているにちがいない。何が一体それを感応し具象化する……　進歩とも反動とも呼称されぬ瞬間の意識、いや下意識の能動的な呼気の刹那を。とびおくれた虫みたいに、わたしはみあげた。女たちがはきすてたわらぞうりをたんねんに診断しながら。ユーモアにみちたかすみ網が、誰ひとり心づかぬとき、パリ・コンミューンの上空に張られる。その不条理な暴発。そんなふうに火を噴く銃と呼応するそれが……消える……奴に、女たちに、そして誰彼のへこんだ鼻に錯乱している刻々に……

ひとり坐っていたわたしに涙がにじんでしまう。くらい灯の下でねじれた紙ががさと音をたてた。たきぎの箱に捨てられていた紙片。

――あなたはほかの人からりかいされることがないりそうのかわいそうな人です。わたくしは、りそうのお心にかんしゃします。あなたの他人にたいしてま心からつくすのを、じぶんの子供にもわけてやってください。わたくしの心からの――

もう一枚の紙片には、〈じぶんの子供〉のかわりに、〈じぶんの夫〉という文字が書かれていた。もう一つのしわをのばすと、――りそうについてわたくしはこんど職場いいんのかいせんがあるのならでろうとおもいます。そのとき、あなたのいいやりかた――の文字の上に、無数に斜線がひかれていた。

しわにゆがんだ三枚の紙片の、その楚々とした空間がわたしのいらいらした空漠をひろげる。どこもかしこも、わたしには退屈な無主題にみえてしまう。奴のなかで均衡している前衛性と停止点。そのうえに弾力をうしなった猫のどろりとしたからだがのびる。あまりに退屈なままごとじゃないか。視力を越えたあの閃光に首をおとされながら……

下請けへ行こう。わたしはつぶやいた。即時的にそこにひらいた光芒が走るともみえぬ。けれども、あのまだとらえられぬ照り返しは何か。ともあれそこで尻を焼きながら、この鍋の煮えぐあいをみよう。さらさらと陳腐へなだれていく感覚の持続が、そのままたたかいの土壌であるというのなら、剝ぎとられた顔面を食わせながら歩こう。白昼の分裂症さながらに。

六

「うちは、煉瓦運びもはじめてやけん、よろしく頼むばい。今日明日は役に立たんじゃろうけどその時は教えてくれんの」

令子たちは築炉の指定された現場へ連れていかれた。そこで令子は年若い左官に挨拶した。ドイツ人技師が設計したその巨大な炉が視界いっぱいにあった。その一角で煉瓦の間にセメントをつめこんでいた男は、ふりかえりざま

「俺は、はじめから人頼みはせじゃったばい」

といった。蹴あげたいような顎だった。

「ほう、あんた、生まれながらの左官たい。うちゃ生まれながらの煉瓦はこびじゃなかけん知らんとたい。挨拶して悪かったの」

令子はすたすたと煉瓦を取りに行った。

「ぼやぼやつっ立つな。運ばんかの」

煉瓦をめごに重ねて腰をのばしたときに、向い側で煙草をふかしていた女が言った。とがめるような令子の視線に、がっしりと女のまなざしが返ってきた。一本木地区の中央に住む女房だった。半年前に、機械編をやめて保険の勧誘員をしはじめていた筈の四十代の小づくりの女だ。こ

れは何者なんだ？　令子はむっつりと歩いた。

「ふてえこついいなんな、あんた」

十米ほど先でセメントをこねていた伸子の声がした。

「いらんこついいよると、やめてもらうばい」

応じている女の声がした。伸子たち四、五名のセメントをこねる役へまわった者たちの中の一人であるらしかった。数日の古参だ。

「やめてもらうばい？　あんたそげなこつ言う権利があるとの。あんたのごたるもんにやめさせられるうちじゃないばい」

「そうかね。やめさせたらどうするかね」

「たたっ切るぞ！」

伸子がふんがいした。わははと周囲の女が大口をあけて、そしていつまでもけっけっけっと笑い、

「処女はつまらんのう」

と誰かがやじった。

「ふん」

令子にどなりつけた小女がそう低く言い、煙草の火を地下足袋でねじつぶすと
「あんた、えらい威勢がいいやないかね」

とセメントへ寄っていった。女たちは汐をかぶったように消えた。象牙色の沈黙がすいと動いて煉瓦をセメントをはこんでいった。

小首をまげて近よってくる女に、セメントのはねをつけている女はうすら笑いをうかべて待ち、そして応じた。

「別にね、あんたとちがわんたい」

セメント女は、ゆうべは亀屋の裏座敷にはうちがおったばい、はは、つるんつるんと光っとろう？　栗のごとあろうが、うちの、ほら股んとこさわりたいか？　え？　と挑戦する猫の目をした。露骨に憎悪を現わすと、煉瓦女は下唇をくわえ、上唇をとがらせてセメントのやつをにらんでいた。

「なんか、目しょんしょん」

つぶやくように吐いた。いつものより濃い化粧がそのつぶやきを嘲笑した。

「あのねえ」

令子のそばに寄ってきた古参女が、

「あれくさセメントの……　福島とゆうべやっとるたい」

といった。

「福島？」

「ああ、ここの係員の。しおたれた本工がくるもんね、ときどき」

「係員って築炉の奴とちがうんね」

「うん。本工でつかいもんにならん奴が下請けの係にながされったい」

「ほう。それが人事権をもっとるとね」

「いや、別に。けどね、門鑑を自分が寝た女に四、五枚ずつやるったい」

「ああ……」

門鑑は下請工の通用門の通行許可証だ。門鑑を手に入れた者は誰でも入門して、それぞれの下請け孫請けの現場で、その日一日働くことができる。賃金は帰りに支払われる。当日雇傭して解雇されるわけだ。

「築炉のおやじが門鑑の元締めはするとでしょうも」

「うんそうたい。けど門鑑は自分の女に五、六枚から何十枚て分けてやっとるもんね。それをあんたももろうてきたんやろうもん。それからあんた、おやじが係員にごますするんたい。係員も自分の女に門鑑やるんやね。そのくらいのことして係員をよろこばせてとかな」

「へえ」

「へえて、あんた、係員の虫の居どころでこれ全部やり直しさせるんばい。この前もちっと曲っとるとか何とかいって、むこうの下請けの人等、みな直させたんばい」

「ふう」

「寝た女がね、誰々をどうかしてくれんの、というやろ？　もう次の日は、ちゃんとそれがなっとるんばい。どぶさらいのごたる仕事にまわされとると」

「ひきあわんね」

「あんたはよかが、色が白いき、おやじか係員がすぐ目つけるが、よかねえ」

ぽんと令子の腰を叩いて、女はにやにやした。

「ふん。あんたどっちへついたん」

「ばかいいない。うちは男じゃき。働くことが好いとるとじゃ」

そして口をよせて、

「うちは、ストのおかげで貯金帳作ったんばい。帰ってみせるたいね。けど、うちのおやじに言っちゃでけんばい」

といって離れた。

「あんねえ」

とすぐかえってくると、

「あげな女どうしがすごいと。ちっとでも目立つごとせな、次のもんから蹴られるけんね。闘鶏といっちょんかわらん。さっきの二人どっちがすけべやか、ひひひ」

といって行ってしまった。令子はその、ひひひとむきだした歯がえらく喜劇的に乱れていたので、思わずふふっといった。そういえば喜劇女史は、あの夜の集会には来ていなかったと令子は思いかえした。

沈黙してにらみあげていた闘鶏のひとつが
「よか、おぼえとかんの」

と採算ありげに捨ぜりふを残してかえってきた。そしてセメントのうすい層のうえに煉瓦をかさねていた左官のかたわらに、一枚の煉瓦を敷いて腰をおろした。目の高さにとどいた赤茶色を凝視している。若い左官は肩を張って女の前に立つと、やがて上体をななめに倒していった。ぶすっとして煉瓦の数十米つづいている線をすかしみていた。

ぐい、と伸子の腰を見知らぬ男が抱いた。よう、と伸子が応じてふりむいた。男は手を離すと腕をふりふり通っていった。百名あまりの女たち、三、四十名の男たちが、この長い屋根の下を単調に行きもどる。煙ににぶった春光がつまって、それらの群が一刷毛の単彩画めいた。

白いビニールの沓が来た。煉瓦をおろしていた令子はふりあおいだ。白沓の男は左官の腰を突いて顎をしゃくると、連れだって行った。さきほどの古参が片目をつぶって令子に合図した。福島だと知れた。空席になった左官の鏝をひろいあげて、例の小づくりの煉瓦女が、

「ますこし近くに置かな仕事がでけんやろもん」

と自分の足もとを癇症に叩いた。令子が片眼をつぶってみせた。

福島は、本工等の組合の組織部長と幾度か飲んだあと、気がむけばぼつぼつと下請けの男たちに当りはじめていた。

「いや、心配するな、本工の組合に会社から申し入れてきとるんだ。あんたらが音頭をとれば、

もうあんたの首は保証されたも同じばい。うん。よさそうな奴に話しとけよ」

「おれ、組合ちゅうもんに、もうあきあきしとるもんな。なんもならせんが」

筑豊線で田川から出てきている若い坑夫出身のその男は唇を曲げる。そして、ぶっきらぼうに言った。

「あんた、おれにそげなこと話しよるが、いくらもろうたな?」


路地には、下請けの現場から吐きだされた男工女工が、肉体のスペースをふくらませるようにゆすって動いていった。そのふくらみがはじき割れて怒号になるまで、身軽になっていくぞくぞくする心持ちをひっかき集めようと急ぐ。そうでもしなければ、この路地にあふれた興奮に申しわけがたたないと、誰も仰山な身振りで通った。ひときわ赤くかわいた陽が、あそこのちゃちなアーケードのトタンで断ち切られるまでの、ほんのわずかな散乱だ。その距離を、てらっと洗いあげた顔で中年の女たちが数少ない男工をひやかしながら追い越す。

「ほっ、よか気色《きしょく》でしゃれこんで行きよるばいの。照ちゃんが待っとるばい」

「あほ、なんが照か。おれはきさんの尻ばつけよるとたい」

「すまんばってん、売約ずみ」

ばしばし尻を叩きながら、同僚と笑いくずれて細いマーケットへ折れて行く。

令子は花苗をまたいだ。彼女のおろした爪先にふれんばかりに、ひよこのつまったダンボールがあった。踏みあっているひよこと顔を並べるようにして、その箱を持ちあげようとしていた女が、とがった目をつりあげて令子を見上げた。ふん。くたばったパンジーみたいなそのまなこへ、かっかっとかかとを踏み入れるように足を鳴らして行った。

「ちょい！　どうかね、あんた、奥さん。あんた顔色ようないばい。あんたにぴったりの血の道のくすりたい。まあ、誰でも最初はだまされたんかと思うが、どうしてどっこい」

令子は腕をつかまれた。そこには、ひねまがった木の根や、刻んでコップの水につけてある枯葉や蛇が並んでいる屋台があった。子宮など描いた布切れを板塀からはずしてたたみながら、

「女は血の道といって、これはあんた、科学でも分らん複雑なもんでね。例えばあんた、あんたのよか男が……」

「聞く暇ないばい。彼氏が待っとるんたい、わるかったね」

下請工の女たちは、しんねりした表情でこんな木の根の前に立ちどまったりしないから、彼女らの退けどきに前後して屋台はしまわれる。あと一商売という口上よりも、立ちん坊の街頭商人のそれなりの開放感だった。

「男が待っとるちゅう顔かい、それが。日照り人蔘みたいにしとって。――おい、ねえちゃん、――ほら、落ちたばい」

おもわずスカートへ手をやって令子がふりむいた。嬌声めいた笑いが路地の端で起った。鋏や木綿針をひろげていた男や、パンティや五十円の靴下や手袋をぶらさげていた女たちが大ぎょう

な身ぶりでげらげらげらとくずれた。それぞれのわずかな商品を箱や風呂敷へおさめる手を休めて、卑猥な笑いをうかべて、目のまえをぞろぞろつづいていく下請女工をみている。

ふん。が、令子はたちまち笑い声をわすれた。汚れたのれんが、路地より三、四十糎低くなった戸口にさげてある。この街の下も、洞海湾へむかって幾層にも坑道が走っている。坑害で陥落しつづけるのだ。その亀屋のなかはうすぐらくて底のほうからラッパのような音色をだしていた。工場がえりの男女が群れてうどんをすすっている。むっつりした定食もいる。印刷工場のような窓のない区劃に、油にひかった鉛の活字が立てこむちょうどそんなふうに、おもたくそこびかりのした空気がつまっていた。それは入口からは、まるで暗号でノックすればひらく幕が垂れてでもいるようにみえた。中の客たちは、廻転する印刷機のようにあけっぴろげなのだが……その垂れ幕を押し割って入るには、入口でちょっとした呼吸がいった。

令子は顎をあげて空気を押した。――ニーヤン、マーニャン、…… さわぎながら客たちは新入りの令子をじろじろ見ている。「木屋の瀬のもんやろ」と女がいうのがきこえた。

「うどんくれんの」

というなり腰掛けると、ふっと横から煙草のけむりをかけられた。にたりと令子は笑った。ほっとしてやがる、と男は思った。そして大きくけむりを吐きだしながら、令子の光った鼻へふきかけた。

「うち、あんたと話したいと思っとったんよ」

令子は顔見知りにつながったうれしさが声にでるのをおさえるようにいった。沢井耕に、波のなかを走る蟹がうかんだ。油にしめった布沓のなかで、土ふまずにこころよかった岩肌が感じられた。耕はだまってゆで卵をとり令子に渡した。自分もこつりと角へ叩き、すべっこい白味のでるのをみていた。令子がかすかにあわてた。なだれるように駈け去っていった白い猫の肢……

「ね、あんた煉瓦工にいつなったん？　あれ、みてたんか？」

「どこへかえるとや？　あんた。炭坑か？」

返事をせずに耕がいった。

「うん。一本木。あんたは？」

「どうしようかと思いよる」

「気楽でよかね」

「炭坑は気楽じゃろもん」

「なんが気楽ね。うちは、あんた、亭主を養いよるとばい」

「なし」

「ストだからたい」

「かえっていいだろうもん。働きに出て浮気でけて」

「そんなもんじゃないばい」

頭をふって、耕はやさしく言った。

「現場で煉瓦運びをして、そのほかにカンパはないと?」

「カンパ?　炭労からの融資はあるよ。あとから返すんばい」

「返すと?」

その耕の反射的な目の動きを見て、

「あんた、どっか組合におったことあるやろ?」

令子がおもいきっていった。

「そうじゃないけどね。ストにはどうね、共産党なんかやってくると?」

「なんか、そうね。あんた共産党?」

二人ともようやく筋肉がほぐれたように、椅子のうえで上体を揺らせた。共産党?　それは問題でも区分でもなく、降りた港の桟橋みたいに遠くの灯をみるときに、足もとの海のうえでしなっている通路だった。令子たちが、自己の関心を伝えようとするみじろぎの単純な符号となっていた。そして耕も令子も要心をしながら二人の共通の、しかもそれぞれの核心からはほどとおい話題をもちだして、互いをすかしみた。例えば、その下請けの築炉の現場係員をしている福島は、あれは学校時代に学生運動をしていたらしい、とか、監督の桐園は案外に貧困な生活なのだ、とか、男工も女工もこんなふうに関心が猥談に限定されているので、とても組合なんか作れない、とかいった類だ。

そして耕は、この亀屋に一人前な下請工の無頼さをよそおってさそったことが、次第に重たくなってきていた。やっぱり保護色にたよるかまきりみたいに、筋っぽい自分の存在がからみあわない。それをおおいかくしてやらねばならない北九州の活動に、低く息を吐いた。目の前に座って無関心をよそおいながらうどんのしるをすすりあげている令子が、もう自分を見すかしているのを感じた。

令子は耕を漫然とした街灯の下へさそいながら、亀屋へよんだ心持ちはわかるんだ、そこがはじまりなら……と思っていた。炭住からとびだして嬌声をあげているその群。豆炭とガラと野菜くずにとりまかれている炭住のなかで、木片をたたくように単調にしかも頑固にくりかえされる葛藤……その井戸のようなしずかな廻転がある。令子は帰った。

「スイスイスイダララッタといきましょう、だ」

伸子が肩にかついだ箒を、ばさっと天井にぶちあてた。まっくらに固まった煤がいくつも落ちた。自殺した若い活動家が貼りまわした新聞紙が破れて、荒壁の土がこぼれていた。荷物を運び去って行くのを見とどけもせずに、野犬のように飛び出して、窓といわず畳といわず、板という板、木切れという木切れをひっぱがして行く。坑夫らの略奪は十数分で納屋を屋根と柱にしてしまう。だから伸子は契約した一家が立ち去る前から、箒をかついで戸口に立ちはだかっていた。とびこむや否や、天井へ竹箒をあてた。

友子とゆき子が、ものも言わずに汲みためていたバケツの水を戸口と窓ガラスへぶっかけた。

人々が去った。きよが、ぺろりと舌を出して入ってきた。令子たちはその日一日仕事をやすんで奔走した。包装紙を切って輪につないで天井へぶらさげた。ありゃおまつりやが。ほんなこて、おまつりやが。子供たちが寄ってきてのぞいた。ひよわな猫たちが、くねくねと集ってきて、またたくまに小さな託児所ができた。「俺にしっこさせてくれ」手伝った坑夫が言った。

「合理化案に反対する組と妥結組が、まだすっきり分れとらんけん、いま託児所作ってもらっちゃ困るばい」

労組幹部が来た。

「うち等の顔見て言わんの」

令子が返答した。

「いや、執行部自体がすっきりしとらんけんね。あんたらの託児所の性格がどうなるかということがあるきの」

「がたがた言わんで、坐り机借さんね。どこにしまっとるとね。取りに行くばい」

「借してよかばってん。いや、夜俺が運んどってやるよ」

よかよか夜でも何でもいいから運ばせよう。ほっといてよかが、あんな奴どうせつぶれるんたい。きよは足の裏をまっくろにして畳を拭いた。向いからのぞいていた女が、茶をわかして持ってきた。掃除をして下駄箱を作り砂をぬすんできている間に、四、五人の入所希望の子供の名がとどけられた。令子たち五名は交代に仕事に行き託児所をまがりなりに始めた。伸子の隣りで、いつも伸子の息子をねかしつけていた娘が、工場をやめて失業保険をとりながら保母役を買って出た。気温の高い小康状態がヤマをおおっていた。坑夫らひとりひとりが、退職金をとってしまうまで抵抗しつづけるか、それとも合理化案に同意して十二時間二交代の地底へもぐっていくか、中空をにらむように沈黙していた。執行部はほとんどヤマをやめるものばかりだった。具体的な戦術は容易に生まれない。沈黙する坑夫らの緊張感だけが闘争を支えていた。

沢井耕はぶらぶらと港のみえる台地へあがっていった。背後から令子が声をかけた。

「そげなふうに、あんた、今から汐干狩からやり出してなんになるね」

令子は空へむかって両手をぐんと伸ばし、そのまま仰向いて両手首をがくんがくんと動かした。

「女はいきたいよといいよった。憂さばらしたい」

「晴れるかい、そげなことで。ここにあるのは憂さじゃなかろうもん」

「好いたの好かれたので、配転やくびになってどうするか」

「それが面白いとばい」

「労働者の権利の問題たい」

「ある種の破壊でもあるとばい」

「無原則的な情実が横行してたまるか。同じ仕事を同じ屋根の下でしよって本工の半分ばい、賃金は」

「身分保証？　そうするとまた女は枯れるったい」

「同一賃金で押しまくりゃよかろうも」

「部分的な保証くださいか。そげなもんくそくらえ。ここは台所の仕事と本質的に通ずるもんを持っとるよ」

「台所？

いくら間接部門だからといってもひどすぎる。孫請けになるともっとひどい……」

「附属的な生産に、お似合いの賃金じゃないかね。そげなところに閉じこめられるのは不名誉なこつだという顔しとるばい、あんた」

「正当な賃金を支払われるなら、そんなコンプレックスはなくなるばい」

「へえ。それでなんも残らん」

「身分意識がぶったおされるよ」

「社会的な名誉心が満足するん」

「名誉心？　労働者の生活ばい。幸福な人間生活」

「ふむ。幸福な人間生活か。その生活の中に下請けに似た仕事はないん？　うちは毎朝めし炊いてきよるけど、その労働は誰が支払うん、子を生んで自分で洗って太らかして。うちは曾孫請けか」

「社会的な労働にふりかえればよかろうも」

「ふりかえてしまえんところがあるでしょうも。機械が子生むん？　あんたロボット抱くんね。うちね、おやじが硬石で脚の骨折ったときね、おやじがおれのうえに乗れちゅうんたい。こつこつと石膏があたろうが。うちはおやじを蟻のごとしか思えんけどね、石膏のロボットよりまだ蟻がましと思ったね」

「労働者意識をお互に持って、お互が仕事を社会的にやって、社会が正当に評価する時代の夫婦関係はちがうよ」

「うむ。天才的だ、あんた。楽天家。

いまね、この築炉に……」

波うつようなサイレンが鳴った。また令子が空へのびあがって、煙におもたい光のつぶをかきまぜるようにおいでおいでをした。ひらいた指にあおく微光がたまった。耕が投球のしぐさをくりかえしながら降りていった。ぞろぞろと無数に黒い鉱石が吸われる。鉄柱の森。

「女房連中にだって社会的な権力欲があってね、それが小児麻痺のごとなっとるから、ちょろちょろとそこらへんを掬うんたい。性的願望が平面的に移行するったい。名誉心にね。ここはまだそれがつりあっとるよ」

逃避的開放へなだれている、まだぎりぎりと水すましのように渦まいている代償を得ていない奴が。人間の実存のあしうらにぺったりとくっついて息永らえているもの。

「だから話し合いの場をつくるために汐干狩を提案したったい」

「だめだめ。この下請けは炭坑から出てきとるもんが殆んどばい。家はストにのめりこんどるとに。二重に逃げることになるだけたい。それに、北九を動かすとに汐干狩りからはじめようちゃどういうことな？　ここにある性的放縦をもっと激化させたがまし」

スコールのような轟音が仕上げ工場から起った。管理されている放縦。福島がうすい帳簿を脇にはさんで仕上げ工場の油にひかった板壁の下を歩いてきた。令子へむこうの方から手をあげている。運動の経験者を紹介せんな、そんな人間をここへ入れて下請けをかためるんだ。いざというときに我々本工の組合と呼応できるから。令子へ数日前そう話しかけた。そして学生時代の闘争歴をしゃべった。耕が曲っていく福島の白いワイシャツの背へ

「構造改革論者が。のうのうとしやがって」

とつぶやいた。

「なんでもいい、とにかく形式をととのえてぶちあたらせながら錬えるんだと、あいつ本気で会社指図の組合作りをしよるんばい」

と唇だけ動かして言った。

「暴動の源泉はインポテンツばい。暴動化を考えたがまし。じゃばいばい」

令子はふりかえらずにゆっくり持ち場へ行った。おくれてきた令子に、古参の例の小女が腰をおろしたままひにくをいった。

「主婦会の役員さんだけあって、あんた、発展家たい。うちは昼間からはしきらんもん」

七

砂時計を置く。微動する下意識。砂をこぼす。微塵が降りこむ。そのはるかな目盛り。それでも堪えられなくなってしまう。糸のように目盛りを彫る。飛んでいく鳥に。それも確かすぎる。

そのかすみのような振幅。まるでわたしの孤独な観念でもあるかのような振子の極点。その光芒。そしてまたたくまの消滅。それは存在の概念をはずれているから消滅ですらない。それは認識の時空を越えているから転向ですらない。分類のはるか上空で呼称すらないそれら。わたしは追う。追いながらわたしがかすむ。かすんでいるわたしを追う牙がない。それでも、それはそこにある。シュミーズをつけて油にぬれ、ちかちかと汗線から発散する。発散しながら上空でちぎれる。孤独ですらないそれら。季節のように移る転向。助平たらしいぎらぎらした戦闘性になって夜ごとに女たちが落ちてくる。団結集会がひらかれている外灯の下へ。

がんばれよう、やい、にたにたするな、ぼやついとるとたたっ殺すぞ。洗面器を脇にはさんで、灯の下の裸体へどなりながら共同浴場へ行く。やけた額。がっしりと岩のような能動性。まるで失墜すらなかったように。地面を歩く彼女の足。ともかく地面を歩いている。彼女の問題意識の敷きつめられている地面はタオルのように丸めて。その歩く足。妥結に反対せいよう、のまれるな。その白と黒。このかすかな水位。断罪する刃がない。

そして均衡してくる。やむをえない均衡でもあり、しっぽを巻いた転向でもあるその前衛性。無主題すらない彼女の絶対性――その平安から飛び立ちながら。主題を骨壺に入れて立つその前衛性。ほんとうはうちはそげなもん欲しくない。ほんとうは。いそぎんちゃくの手のようにつきでて、ふるえ、きのうも今日もふるえっぱなしだ。社会的な労働の場でボス化しながら。ひきつっているそれが、何に対応するのかをいそぎんちゃくの手は知らない。対応するもののないかにみえるそれら。さんさんとした地面の光。正面きった啖呵が消える。戦場のない地面。闘争性の分類へのれんをわけて入っていく。下っていく血圧。そのことで細胞のぜんぶが整然と均衡する。

そのつるりとした整列の苦痛は、梅雨の水たまりにうつらない。だからがらっぱちな闘志を重ねるばかりだ。いつかは、いつかは、この塔がくずれる……くずしてくる奴。奴らの大勢……それまでとかげのしっぽみたいな託児所。台所放棄。賃上げ。カンパ。ビラ。うまく対応するのだ。一定の遠さで、焼酎の息を吐いて叫ぶ奴の葛藤と。

そげ、じろじろみるな、俺の顔ばっかし。

わたしが砂をこぼしていると、奴がどなった。

あんたの顔なんかみとりゃせんよ。

見とるやないか。気色《きしょく》がわるい、見るな。

それがあんたの顔ね、うちは、やもりを見とるとたい。

なんや？

ごめんごめん、やめようや。

明日は代議員大会だ。炭労の妥結案が仮調印された。中央闘争委員会も承認した。代議員の色分けは四分六分で妥結ムードが梅雨の下着みたいにしみとおってくる。

大衆は投げとるもんなあ。

奴が言った。

そうじゃないよ、決定的な事態をまき起すアジテーション一つで、ぐっととびついていきたい、そんな期待をふくんでうかがっとるんばい。一般投票に持ち込まな、混乱させて。それからもっと具体的にひとりひとり任務を決めて、地区毎に反対派の代表者をえらんでひっぱってこんね。ボスだけじゃだめばい。もっと中堅をね。そして協議体持たな。

それは必要たいね。

俺いやばい。闘争はやるけど、しゃべりきらんもんな。反対派のだいたいの顔ぶれは分るばってん、集約するのは俺の柄じゃねえや。

奴らが言った。

ねむてえ、二十四時間ねとらん。よか、あしたはぼてんぼてんやっちゃる。歌うたうばい、俺は、それで流会にさせちゃる。

歌いきったら焼酎一本おごるたい。

よーし。

だめやないか、おまえら。闘争中ばい。退職金とってしまうまで妥結組が就労しようと、こっちは闘争体制にあるんだからな。負け犬みたいな声出すな。

ぽつんぽつんと奴らが発言した。決議権がない主婦会。わたしは立てつづけに煙草をふかした。阿呆な奴。

やめたい人間ばかりじゃないの。退職願を一括してにぎらんね。妥結組がどう動こうと、こっちを固めとかな。組合の半数以上を懲戒解雇に追い込まんね。

それが一番いいことは分っとるばってんね。

分っとるなら、なしせんと。あんたボスになりたがっとるくせにこげんいい条件が揃っとる時に、なしならん。

漂したって同じなんだ。この砂の骨。どこまで行っても同じなんだ、奴の均衡。ともかくその均衡の持続だけだ、勝負のパイは。破れようとしている。持続へ追いこむこと…… わたしら階層内部の無縁な二種類の均衡が、ねずみくさい押入れのぽつんとした財産みたいにうずくまっている。一九六二年のおしっこくさい静寂より、ちょっぴり酢っぱい静かさで。目算なく、内部緊張へかえっていく奴へ、わたしはこぼしながら乾杯する。

そげ見るなって、あんたさっき言ったけどね、うちは死んだって見とるよ。

見るなら見てよかたい。俺は変らんけ。

変りようがない、というところにいつまで首をつっこんどると。あんたいらいらしとるよ。平然としたって見えるもん。

恥かしいとたい。変るとが。

あんた次第たい。いや、あんた次第じゃなかね、そうなってない。

そうたい。俺はどげんでんなるよ。ほんなこつばい。それで俺は自分がおそろしいとたい。ドスを握って会場へ出てくるやつらのほうがよっぽど腹は坐っとるよ。反動にしろね。

食いにくい所へ食いにくい所へはりついて行くんだね。ばいばい。

ばいばい。

捨てたことの反動だけで、すいっちょのようにわたしが跳ぶ。夜の色と重なる翔をひろげて。

循環に加担しがたくなる霧のように飛翔をベルトで締めあげて。親指のない奴のてのひらに、わたしがつまんでのせてやったてんとう虫が、小さく赤かった。

新装版へのあとがき

ここに収めた数篇は、一九六〇年前後のものであったと思う。記憶も不確になっている。体にささっている棘のように、この数篇のたどたどしさは私の心を鞭打つ。私にとって、性は、とらえどころのないものであった。そしてまた、それは女でありつづけたい私を不自由にするものであった。私は私を不自由にするものを一つ一つ相手にしてきょうまでくらしてきた。その手はじめが、おぼろに、ここに収められているのであろう。過去のものははずかしさが先立つけれど、これを目にする人々は、私が自分を奇妙な虫のように凝視したあの心情に近い年代の人らではないかと思う。未熟であってもいい、既成の概念からできるかぎり自在に自分をとらえんとする心である。それら若いそしていらだたしい年頃の人々の、捨て石の一つになればと思って、ここにふたたび身をさらすことにする。

そして、いつか、互におとなになって、かみあっている多くの側面を、総合的にとらえあう仲間になりたいと思う。

一九七〇年五月二十二日

森崎和江

資料

1　炭鉱の女　その一〜その五

「月刊炭労」109〜112、114号（1959年7〜10月、1960年1月、日本炭鉱労働組合）

2　道徳のオバケを退治しよう
ヘソクリ的思想をめぐって

「無名通信」№1（1959年8月1日）

垣をやぶろうよ

炭鉱の女・その一

くずれ落ちた玄関の壁に、労音主催の「オーケストラと合唱の夕べ」のポスターをはりつけて、私達家族は暮しています。そのポスターから両腕を出したように切れている壁のひび。そのひびには「混血児」のポスターが横になってはられているのです。が、あがり降りする度にゆらゆらする玄関の壁はいいほうで、部屋のなかの線という線は、みな勝手気儘なゆがみかた。さしずめ、なまこをふんづけたあんばいの肌ざわり、足ざわりの鉱害家屋です。部屋の隅には行きとうない。なにがひそんでいることやら。終日、直射日光の射すことのない部屋に、昼の電燈をともしています。遊びに来たサークルのメンバーは、「くもの巣城ですな。立派だよ」

私が、ここへ来ます以前は、かって坑内で働いていたおじいさんおばあさん一家が住んでいらしたのです。十一月の夜の風でも、風呂あがりの肌をさらして、腰巻ひとつでからからふみあるかれた石だたみ。その土の下には、明治以来の古洞が、水をしたたらせる坑木の歯をむき出して死んでいる。まっしろなカビが、朽ちた繊維を喰べているのです。そのなかへじりじり沈んでいく家。田。道路。

「大地は動かないものと思っていたのは、あさはかだったわ。完成された直線なんてどこにもみあたらないのねえ」移住当時、私は感嘆の声をあげて夫に笑われました。炭車がくりかえしボタ山をのぼります。右手も左手も正面も。川のむこうは、この冬の雪をかむったまま燃えていたボタ山。ここは筑豊炭田のそれでも出っ鼻にすぎぬところなのです。

この装飾のない土地、私達はここを寝じろにして、あちこちの労働者や主婦たちと話をします。ある、小学校の先生。「炭鉱の子供はですね、学校でも共同研究のテーマにしているのですがね、一般的にいって先ず非衛生的。同時に言葉が悪い。次に、公共物を大事にしない。これは住宅や電気や生活の多くのものを会社に依存してるものだから、親が粗末にする。子供も自然、公共物に対する責任感がなくなるんでしょうねえ。それから、色感が貧弱。ボタ山だとか石炭だとかそんなものばかりみているものだから。それから……」

私たちは、あははと笑い「その評価基準こそ疑ってみる必要甚大ですな」と応じます。

「そして、その共同研究の結果を先生方は矯正の必要ありとしたわけ?」

「もちろん」と先生。そこで私たちは、

「教員というのも飼いならされるものだなあ。そういう文部省的評価を君自身疑ってみることないの」

「ある炭婦会の役員ですけどね。役員になるまえは、うちのとうちゃんといってましたのよ。この前逢いましたら、おとうさまは、とやってたわ。それから或る役員は、『役員になると変な恰好できませんので、服装にそれは気を使うのでございますの。この服も、この間大学にいっている長男が、おかあさんに大変苦労をかけた。なんとしてでも一流会社に入って孝行をする。今は学生で何もできないから、せめてこの服を着てください。そして役員として恥かしくないようがんばってくれ。と申しましてね、送ってくれましたの。はあ、教育だけは最高学府へというのは親の義務でございますから……』ですって。わたしは遂に喧嘩しちゃったなあ。先生の優等生論にそうとしたら、炭坑人はさしずめこういう形になるわけねえ」

「先生たちは、炭坑の子供が泥まみれになって走りまわったり、親、兄弟、先生といった序列を無視するのをなんとみてるんだ。そこに彼等の未来があるのじゃないの。いまの社会序列に準じてさ。優等生であるとすれば、部落民と等しく地をなめていなけりゃならんじゃないか」

「あのね、炭坑の子弟だけいってる学校がありましたの。そこの先生の話ですけど。そこの学校、以前は町の子と一緒でしたって。当時は決して成績の上の部に炭坑の子は入らない。どうしても入れないの。原因もつかめないし、なんとかしようと努力したがだめ。ところが校区変更で炭坑の子供だけになりましたって。そうしますとね。今まで上の下あたりだった子供が俄然成績がのびて実質的にまえいた町の子の線をぬいたのですって。その後町の子と一緒になったりしたけれど、もうくずれなかったとおっしゃったの」

「潜在的な劣等感という点はわかるが、その話はまたちょっと別だな」夫が否定します。「成績で抜くことで差別が解消したということになるか？　公共物の話だってそうだ。金を出して作った側からいえば公共物だろう。しかし炭坑夫にいわせりゃ豪壮な建築物だって何だって、自分を拒否してくる物体なんだからな。色感だって同じだよ。自分の内部の色がいまだこの世の主調となっていない。ひらひらカーテンのような色彩を無理強いしたって、要するに彼等にとって無縁なものにすぎないさ」

「先生ってのは終始教える立場にいるものだから、自分と炭坑夫との距離がみえなくなるのね。」

「そういわれりゃそうかな」と先生はなっとくいかぬ顔つき。

「そうよ」と、傍にいた炭坑の主婦が「わたしたち、こんなことがあったの」と話しだしました。


それは次のようなことだったのです。或る全国的な婦人集会があり、その時の催しの一つとして県別におどりを出すことになりました。さまざまな婦人団体が各県別に何をしましょうと話しあいました。Y県で、炭鉱を代表していった彼女は次のように提案しました。

「わたしたちは家や職場で働いています。なにかわたしたちの身近かに感じられるものをしましょうよ。常磐炭坑節はどうです。あれはおどりそのものとしても、素朴率直でいいんです。働いている人間を表現していますし、それに、わたしたちの県は炭鉱以外特色もないじゃありません?」

「でも、あんな炭坑節よりずっと品のいいのがあります」と、地方の教員から発言がありました。

「ちょっと待ってください。言葉尻をとらえるわけではありませんよ。『炭坑節より品がいい』というおどりは何です」

「『おとこなら』というのがあります」

「というのは、炭坑節はおとこならより下品ということになりますね」

「そうなるかしら」

「めんどくさいと思わず、皆も聞いてください。あなたは炭坑節のおどりをご存じ?」

「いいえ」

「では何でもって品のいいわるいを判断なさいました」

「いえわたしは『おとこなら』はいいおどりだと思いますので、それはいいおどりだということをいいたかったのです」

「あなたの中には常々炭坑を軽蔑している意識があるので、不用意に優越感がでてくるといえるのではありませんか。それでないなら、知らないものと比較級で話せるはずありませんよ。わたしたちは何のためにこうして集会を作るのです」

「ちょっとちょっと」と仲介が入ります。「自分で垣を作っとるんやない? あんた。わたしは炭坑だ。どうせそうだ…」

「まってごらん！　くだらんことは止めなさいよ。わたしは炭坑の女です。炭坑の女が炭坑だと自分でいわなかったらどうなるのです。いわないとき、はじめて垣はできる。あんたたちが勤評反対を叫ぶとき、わたしは教員だという立場をあいまいにするから妙なことになる。そうじゃないの」

「もうそこらへんでこらえときや。わかったよあんたの気持」

「わたしの気持の問題じゃないよ。そこらへん、なんてことがあるもんですか。ものの根本を決めなきゃいけない。おどりでしょ、問題は。おどりを決めようじゃないの。いい、わるいはなにか」

「どうやって決めよう」

「おどってみようじゃないの」

　そこで、まず『おとこなら』がおどられました。彼女は永年きたえたおどりでもって、それが正しくおどりの手をふみ、気品をくずさぬものであることをみました。しかし、しょせんおどりの伝統を踏襲しているにすぎぬ「きれいさ」でした。おどりの伝統、それはなまなましい現実が描く動作を、抽象化単純化することで優美へ近づけていく方向のうえに立っていました。観客とおどりそのもの、おどる人間の主体と表現との間に決定的な分離がありました。彼女は、おどりに、まだ生きた民衆の姿が生まれていないことを痛みとしてもっていました。そして、人々が無意識にそれを求めていることを感じていました。炭住のなかで白眼視されながら、小さなおどりのサークルをもち彼女達はおどりの発見に迷いつづけていました。

『おとこなら』のおどりがすみました。彼女は感じました。従来のおどりにならされているこの観衆のなかで、このまま常磐炭坑節をやれば負けである。彼女は気脈の通じている教組専従のM女教員をつつきました。「ちょろいとやっちゃるから応援しや」「よし」

「いまのおどりは立派だと思いました。おどりの正統をごぞんじでくずれていません。けれどもわたしば、人間はそういうふうにして生きていくとは思えんのです。雨が降る時は濡れんようにする。炭を掘る時は力いっぱいやらねば掘れない。今までのおどりはそれを『みせるもの』としてやりました。おどる本人さえどこにいったかわからなくなる。生活がなくなる。『みせもの』だけです。炭坑節は、労働者が労働をやっている現場をうたったものです。しかも人間的なあたたかさを保って生きようとしている唄です。そのうえ、一人ではおどれません。わたしたちは一人では生きられんのです。わたしはこの振付けもいろいろみています。わたしなりの解釈と表現も試みました。しかしまだ満足のいくものは全くできていないのです。残念です。が、ひとつして批判ください」そして一節だけおどって席へかえりました。

「うーん。すばらしい！　すごい！」

間髪をいれず嘆声と拍手。M教師です。

「よし、これやっちゃろ。決めよう！」

ところで会議はま二つに割れました。彼女の講釈はみごと効を奏したわけで、創造につながる面で人々の意識ははっきりその立場を現わしました。もみぬいている人々を彼女はみていました。彼女のなかには、坑内で黙々として汚れている夫が浮んでいました。彼は永い間妻の行動を否定していました。が、最近かすかな変化がみえていたのです。かなりの深さで話しあうようになっていました。じいっと彼は彼自身を受けとめようとしてきた……　夫がま近かに感じられ、彼女は涙ぐみました。

「両方やろう」と会議は落着いていきました。

当日、プログラムをみて驚きました。「こりゃいかん」出しものはどれもこれも華麗、豪華です。しかも出番は終り近く『おとこなら』と並んでいる。批評基準の不安定な観衆の渦のなかでサークルメンバーの意気をくじけさせちゃパアだ。彼女は係を呼びました。

「都合でわたしたちはすぐかえらなきゃなりません。すみませんがトップにしてください」

「プログラムの一部変更をもうしあげまあす」ということではやばやとすませました。地味な絣、ぶっきらぼうにみえるしぐさ。そして切羽に切迫しようとして一団となった女たち。出あしの景気のいい拍手をあびながら「焦らぬことだ」と彼女は自分にいいきかせました。サークルのものたちは最後までみて宿舎に入りました。

仲間たちは離れた部屋でのびのびと寝ころびました。いつもの調子で感想をのべ、批判しあい、論議はいつかわあわあという笑いと怒号と身ぶりへ高まっていきました。

「もしもし、もう夜おそいのですし、あちらの方がもう少し静粛にお願いしますとのことです」

「え？　ああ、あなた係のお方ですね。どうもごくろうさま。どなたです？　そうおっしゃったのは。自分で言いにいらっしゃいといってください」

「ごめんくださいませ」しとやかな声がしました。

「ああいらっしゃい。お待ちしてました」彼女は隣りの部屋へ声の主をさそいました。それはほかならぬ『おとこなら』の主張者でありました。

「すみません。わたし、ほかの人々がもう疲れているようにみえましたものですから」

「いえいえ、そんなことじゃないんです。わたしは本当に待っていたわけなんです。ほら、この隣り部屋のさわぎ。聞いてごらんなさい。こんなべらぼうなさわぎかた。これをあなたは何と考えられますか。これをどうすればいいと思われますか。女が今夜たった一晩、子供をはなれ、主人をはなれ、家をはなれて、はじめて自分自身の立場から、家や子供や主人やおどりや組合や炭婦会や、平和や性慾やその他さまざまなことをしゃべりあっているのです。その底にながれるもの、それを何だと思われるのです。不行儀で、みられたざまじゃない姿で、つかみあうようにして果は憎みあわんばかりにしてしゃべったり遊んだりしているんです。わたしたちは、こうしたところから、おどりを出発させました。この人たちは、ひょっとしたら、もう一生のうち二度とこの解放感を得ることはできないかも知れないんですよ。炭鉱とはそういうところです。二度と出られないかも知れぬ場所から、出よう出ようとしている人々。わかりますか、あなた。この人たちのザマをみせましょう。ほら」彼女は襖をさっとあけました。大きな輪をつくったメンバーが笑いころげながら「ずいずいずっころばしごまみそずい」とやっています。彼女はまた襖を閉めました。

「あと二時間しんぼうしてやってください。十二時になればピタリと止めます」

「よく分りましたわ」

「分ってもらえればいいんです。おどり一つやるということもですね。それなりの理由をもつのですからね。簡単にはいかぬということを腹にすえてわかってもらえればいいのです」

「おっしゃること分りますわ。実はわたしも炭鉱のものなのです」

「へえそうですか」ときいているうち、どうもすっきりしません。

「炭鉱とおっしゃるけど、鉱員じゃないでしょう」

「ええ……実は父が重役なんです」

「ばかなこと言うもんじゃないですよ、あんた。実は炭鉱のものです、なんて言う時はね、先生、そういうものと一緒くたにしてもらっては困りますよ。だめですねえ、そんなふうだからあなたのおどりが……」やれやれまた舞いもどったと彼女は笑いだします。論理だけは理解して噴き出した先生と別れました。

「えらいうまいとこ、ずいずいとかなんとかやっちょったねえ。内心ひやひやしとったけど」

「いや、あんたがなんしゃべっとるかと心配になって襖に耳つけたら、またやっとるじゃないの。それっというわけ」ははは……みんな笑いころげました。笑っているひとりひとりの内部には、それでも、まだ開くことのできぬ重く暗いものが、水をたらしている古洞のように、じりじりと彼女らを噛んでいるのです。

いつになれば、この重くくらいものはなくなるのでしょう、わたしたちの人間不信は、押しても叩いても容易に開くものではありません。炭坑へ対する蔑視は、男が女へもつ軽蔑の気持と同じです。ケツワレするように炭坑から抜け出しても、あるいは横暴な亭主から逃げても、いぜんとして差別は存在します。「しかたがない。みんなたえしのんできたのだから」そう思って今日もあなたは茶碗洗いをしているのですか?

紅さした害虫

炭鉱の女・その二

「この頃じっと見よるとほんに仕事に熱意のなかない」

「熱意のなかって、前と変らんように仕事はしていますよ」

「いやほんに熱意のなか」

「熱意のなかだけでは分りませんね。どんなところがどうだと具体的に言ってみてください」

「そいぎ自分は立派にやいよって言うとや。おいどんがこがん言うとがおかしかって言うとや」

「そがんばし言いよるですか」

「いちいち人から言われんば自分で分らんや」

「自分ではいいと思っていても、人からみればよくないと思われる点もあるでしょうし自分で悪い事だと分れば勿論なおすけど、自分で気付かずにいることもあるでしょう。そんなところを気付いた人達が気付いたときに言ってくださらないと、いつまでも気付かずにいるのですから」

「そぎゃんいちいち言われんば分らんならもうしまいたい。誰か何か言うたいするや？」

「仕事上で注意とか、こうせんばいかんとかあんまり言われたことありません」

「そりゃもう言うたっちゃ見込みのないということでテンから言わんとばい。もうありゃ言うたっちゃおんなじことちゅうて言わんとばい」

この対話を何だと思われますか。あちこちのデスクの前で、あるいは現場で、わたしたちが、日常くりかえし見聞きしている対話です。首切り、あるいは配置転換の下準備として。労資間の雇傭関係と等しい質をもった詰問が、ある二階の一室でつづきます。

「おどん達あ、委員会でん、代議員会でんおなご事務員ば止めさする位の通し道あ知っとうばん。三時から執行委員会のあーばってん、もう時間もだいぶん過ぎたけん、今日はこれで止めるばってん、執行委員会にはあんたが、『自分は立派にやいよる。不満のある者は言うてくれ』と言うたと報告せんばたいな」

「そがんばし言うたですか。書記長には呆れました。どんな理由で止めんならんとですか」

六月。Q炭鉱労組の女子事務員は、とうとうあの噂ほんとうだった！　と、怒りと不安と無念さとでたちまち涙になろうとするのをこらえるのです。書記長に喰いさがろうとしながら。

「もう執行委員会じゃ皆止めさせろ、と言いよるとばい。執行委員会だけでガボと決めてしまうのもあんまり一方的だから、あんたどんの言い分も聞こうと思って聞くとたい」

四月、それはちょうど町議員選挙の最中でした。某幹部夫人が、「あんたたち、新役員が決まれば入替になるかも知れんとよ」と、秘密を聞き知っている女の得意さでちらと洩らしたのです。引きつづいて町会議員に立候補し、当選した採炭の責任者が「組合の女子事務員は入替するから、その時はきっと採用するごとしてやるから」と、履歴書を書かせていたのを見たのです。そのうえ、執行部の一派がもう何通という履歴書を預っていること、これらと重なってあちこちで話されている「組合の女子事務員は入替になるぞ」という噂。――誰もやめると言っているものはいないのに……。彼女らは、まさかまさかと不安をうち消していたのでした。――労働者の首を守っている労組だもの、不当に首切るなんてするはずない……と。

ところが五月二十六日、総務部長は「これを出しとけ」と言葉すくなく罫紙を渡しました。私儀任命期間一年過ぎましたのでここに辞任致します　氏名　捺印

「え！　これは一体何ですか。どういうことなんです」

「いや規約が今までルーズになっとったけん、はっきりさせるとたい」

規約は組合改選により一年毎に新執行委員会によって任命する、ということになっています。しかしこれは形式上のことで、実際は引続き雇傭するたてまえで、会計規約にも事務員の退職金は継続積立てるようになっていました。規約を実質的に民主的に運用をすべく過去においてもここ数年継続採用していました。彼女らは前例のないことだけに、首切りがもちだされるのではないかと辞任届をだすことをためらいました。

「辞任届を出せというのはどういうことですか。あちこちで、女子事務員は首切ると言いよると噂ば聞くけど、ほんとですか」

「さあ。やっぱり規約上せんならんこつばやっとらんけん、こんだからちゃんとするとやろうたい」

執行部の者たちに問うて歩けば、そういう返事がされるだけでした。そうしていたある日、「どうして組合のすることに協力ばせんとや」と、二階の一室へ呼び出されました。

「いろいろ噂を聞くとですもん。それも組合に関係深い人の口から。首切りするという噂はどういうことですか」

「噂はしよるごたるない」

「その噂はどういうことなんですか。辞任届とどういう関係があるのです」

「辞任届は規約上するとちいいよろうが。そいぎ組合の方針にたてつくごたるなら、首切りはせんち保障するこつができるかどうかわからんない。だいたい組合は組合員全体のサービス機関ちこつは知っとろうもん。朝ギリギリに来て、四時になりゃピシャリ帰ることはようなかない。賃金は残業なども見合って払ってあるけん、時間いっぱいおるだけと言うぎにゃ、組合は予算から儲けんでもよかばってん、賃金ば切り下げるごつ賃金体系ば替えんばない。あんたどんが、サービス精神に欠けとるち、新執行委員の多数がみとめたぎにゃ、そりゃ止めてもらわんばならんたい。そうじゃろもん。資本家経営の会社とは違うちなんべんでん言うたろう。こげん言うたっちゃ辞任届ば出さんなら、こっちにはこっちの考えがあるたい」

あまりのことに、出すだけはと、彼女らは辞任届に印をおしたのです。執行委員の威圧的態度には、労働者内部における雇傭関係についてまだ組合員全部が思想的に未熟であること、だから労働運動自体も不完全なのだという解釈がみじんもみえないのです。でんと落着いたものです。そして是が非でもある目的を完了しようとしています。それは、私などからみれば、会社の合理化案に実質的には加担していて、労組内の合理化をやることで自分たちの首をつないでおこうとしていると読めます。会社側にも言いわけがたち、大衆へむかっても自己保身できる手近かな道。幹部の人気取りは大衆の意識の次元に関係していて、かずかずの約束ごとはあるでしょう。しかし、この不当な解雇はさらに深い部分での契約がなされている、と客観的に批判されても致し方ありますまい。

そして、この事態をまねいたのは、労資間の雇傭関係と労働者内部の雇傭関係との相違点を、イデオロギーとして彼等が把握していないためです。言葉としては組合はサービス機関だとか、資本家経営の会社とは違うのだといいます。では、どこがどう違うのか。大義名分が違うだけか。使用者、被使用者間の矛盾はどこでどう止揚されるのでしょう。具体的な場で具体的な人間関係のなかで、それが証明されねばなりません。この解雇問題にはそれに加えて、女性に対する認識と労働運動に対する認識との間に分裂がみられます。彼等執行委員の世界観の不統一です。

Q炭鉱労組に限りません。書記や事務員を使用するのはどういう原則のうえでなされているのか、女性問題はどういう次元で解決されるのか、労組といえどもしごくあいまいなのです。幹部の人気取り、出世主義の縁の下で、書記や事務員は徒弟奉公をさせられる。一種の道具にすぎません。大義のために一身を捨ててかえりみるなという。サービス精神の理解が体制の側の論理のうえで展開しています。「キブ・アンド・テイク」というわれわれの原則は、どのような雇傭関係の場合でも変りはしないと、いまさら言わねばならないのでしょうか。これは、使用する側だけではなくて、使用される側にも徹底して理解されていないようです。労働組合につとめている事務員達は自分らの要求を、なにか割りきれぬうしろめたさで消そうとします。やとわれている、とみなさんは思っている。何にやとわれているんです。

そして全然防衛的ですね。低賃金やむをえない。労働条件のわるいのはやむをえない。そのとおりです、今の日本の現実問題としては。しかし、この現状は正しくないという認識が欠けているではありませんか。そして、首切りがあるとあわてる。「この頃じっと見よると、ほんに仕事に熱意のなかない」これはそっくりそのまま、あなた方労働組合にエネルギーをそそいでいる女性に、私からも言いたい言葉です。あなた方の欲望と、あなた方の仕事とは、一直線に結びついていますか。誰かに愛されたいということと、スト関係のガリ切りをしていることとが。

Q炭鉱労組でも例に洩れずこんな会話が圧倒的です。「組合にゃ美人はおらんない。虫喰いばかりじゃんか。若くてピチピチしたとば入れんない」

F炭鉱労組では女子事務員を採用する時の第一条件が容姿端麗。第二条件ステッキガール向き。

第三少しお酒が飲めること。第四従って結婚して持ち主がきまれば止めてもらわねばならん。

P炭鉱労組。「うちの組合にゃよかとがいっちょんおらん。うばすて山じゃけん。あごばっかしで使いにくかけん、重要なポストばやるな」

姑の嫁いびりは何も女の占有ではなさそうです。執行委員は、自分が不在でもその部に支障をきたさぬほどの実務能力を書記や事務員がもってくるのを嫌悪します。ましてその書記が三十娘とか「他人のもの」とかであれば、小姑的観察は驚くほどの発達をするのです。

「オイがじーっと見よると今日でもK君が席に着いたのは九時二十分だった。九時二十分に仕事にかかると言うぎ何分経過かなあ。こういう風じゃなあ。大体みんな仕事がルーズになっとるもんなあ。新聞でも前の女は朝来たらすぐ綴りよった。今は遅く綴るからなくなったりするとたい」

「お便所の掃除をしていたのに……」と追求するKさん。

「『次になにか仕事ありませんか』というと『なか』というので、新聞だけは読んでおきたいと思ってひろげるでしょう。そうすると『いつでん新聞ば読みよる』と言われるのよ。―しようがないから月刊炭労を読むの。そうしたら『いつでんあげな雑誌ばみよる』それで、ほかの部の書記たちと話をしていたの。そしたら『いつでんおなごばっかし集っとる』それでねえ、散々考えてね、部長や部員と雑談することにしたの。軽口をね。これが一番いいの。そして効果があるのよ。部長たちはね「ちょっと鉱所内をまわってくる』てしょっちゅう出ていくでしょう。あの手よこないだ『部長さん、組合運動には鉱所内をまわるのが一番効果があるようですね』といったら、ニヤリとして『うん、一番能率的だな』て言ったのよ」これは別なヤマのM嬢。

女子事務員たちの嘆きは、陥没池から湧く蚊柱のようにうるさく無能です。執拗ですが陽が射せばうすくらがりにひそんでしまう。炭坑の労働者には女が少い。どろどろの泥炭にぬかりながら、男性一辺倒の炭坑で、組合の女子事務員と同質の嘆きを嘆いている選炭場の人々と、組合の女性は膝をまじえて話し合っていますか。仕事がない、とは何のことでしょう。あの小母さんたちが満たされぬ憤懣を、のろのろと這いのぼる「ガメ」にこすりつけているのです。あなた方は、それを引き剝いで自分の嘆きとよりまぜて、進歩的だと自称する組合の男たちに抱かせようとしたのですか。「組合長、ちょっと来てください。分らないので説明してください。わたしたち小母さんたちと、話しあっているのですけれど」と、説明させながら彼等の閉鎖している部分を女性集団が意識させていく。その過程で表裏している女性の自己閉鎖を破る。こうしてじりじりと性的断層が埋められていく場を欲しませんか。合理化反対の統一闘争とはこういうものではありますまいか。

首切りは組合民主化のためによろしくない、という観点にとどまらず、労働者階級の全思想的立場から追求すべきです。どうです。誰か、炭労傘下の書記労をつくれと尻をたたく執行委員はいませんか。さもないと、朝の鏡のまえで口紅をさして、お茶汲みに出勤する女子事務員は、炭労内の「すねかじる害虫」にすぎないのですから。

女は何度でもたたかう

炭鉱の女・その三

わたしはあなたに公開質問をしなければならないと思い始めましたの。「炭婦協の会長の仕事ってつらい。組織が形式的なものになってしまっているもの」あなたはそう嘆きながら、忙がしげに動きまわっていらっしゃる。あの日、お別れしてから、女の組織の癌について、ぜひとも多くの人々と公開討論しなければならない時がきていると考えたのです。

「子供と職との板ばさみになってつらいわ。『いつもお留守番してくれるから、こんどブラウス買ってあげるわね』と、そんなふうにしか子供にいえないのよ」くもっていたあなたを、わたしはじっとみていました。裂けている母。そこからしか生まれないもの。その意味について、わたしたちはあまりにも無論理にすごしていはいないでしょうか。

「主人がね、炭婦協の役員には絶対反対するの。P・T・Aの役ならどんなにおそくなっても文句いわないけど」「うちもよ。公民館の婦人部役員とかP・T・Aはいいっていうの。わたしは炭婦協の役もP・T・Aの役もしてるでしょう。両方かさなって一つの会に出席しなくちゃならないときなんかP・T・Aの役名だけしかいわないもの。炭婦協からきましたなんていいたくないもん」「それに子供の進学や就職のことを考えると炭婦協の役員てこと知れるとよくないよ」「そうよ。P・T・Aはしていたほうがいいけどね。主人がね、組合のものと一緒にいるとすごくおこるんよ。こないだ、労務のOさんが一杯おごってくれたっていったら、ふうんといっていた。だって母親学級のことは労務でやってるんだものねえ」

これらはみな炭婦協役員の口から洩れたものです。いつぞやあなたがおっしゃっていましたね。ヤマもとの炭婦協で、支部の役員たちが集って中央委員会をひらく。そして決定事項を各支部へもってかえって労務と提携して行なうので困ってしまう、と。そうおっしゃるのは、あなたのところばかりではありませんよ。ことに母ということに重点がおかれている行事などは。

こうした会話や行動のなかにある矛盾は、「母」という名が負わされているものにたいして、十分な探求がなされていないためだと思います。あなたは、赤ちゃんをおんぶし両手にまだちいさかったお嬢ちゃん方を引きつれられてからの十数年をかけて、炭婦協を現在の位置にまで育ててこられました。あなたには、「母」が、まるで道徳のオバケみたいに流通している原因がよくおわかりでしたから。「こんなオヤジ中心主義の世の中じゃなにも生まれやしない。夫婦いっしょに亭主関白を育ててきた権力とたたかわなければ」と。

けれども、あなたの周囲でさえ「母」は聖母的にあつかわれていますね。献身的平和像なのですね。「母の愛」ということばで押してこられると、どんな矛盾でも溶けてしまうのだという倫理は根深いものです。ぷんぷんと道徳くさいにおい、家父長制下で飼育された母の映像は、まだ絶ちがたく女の組織で生きています。炭婦協といえども、女たちは被害者意識のままあつまっているのですもの。下女的根性で、どうすれば優秀な下女になれるのか苦心しているのですから。過去の感覚の質を変化させずに、夫にも子供にも、したがって労務をもふくめた男性世界すべてに献身する炭婦協。かつて母としての献身はひとりずつ家の中で行なわれていたのですが、こんどは集団となって手工業的に行なわれているにすぎません。ストのハチマキがいい例です。「わたしたちは労働者の妻です。夫の要求をともに勝ちとらねば。みなさん出てください！」「すかん。炭婦協ていったら組合の尻ばかりついていて」ぶつくさいいながら、それでも村八分はいやなので出てきます。女たちの論理は、呼びかけるほうも、応ずる方もこの線からまだ伸びていません。いつになったら、そしてどうすれば「母」という呼び名が一本の樹のようになにげないすがすがしさへ回復していくのでしょう。

ところで、被害者と自称し、亭主中心主義をやぶらなければ女の解放はありえないとおっしゃる進歩女性の内側はどういう状態をしているでしょうか。女の感覚について、くどすぎるくらいここでわたしたちは考えてみねばならないと思うのです。「主人が家のしあわせだけを願ってるんだもの。一家のしあわせはそんな方法では生まれないって説明するのがめんどくさくってね。

喧嘩になるだけヤボだからごまかすことにしてるの。仕事でおそくなるでしょ。ごまかしたり、あやまったり、あいまいさで保っているようなもんよ」「あちこち出かけると視野がひろくなるし、考え方も深くなるでしょ。主人は穴のなかばかりいて何も知らないのだもの。かわいそうになってね。母親みたいな気持になってしまうのよ。外のようすは知らせないことにしてるの。おかげでなんだか親しい愛がうまれてる気がするのだけど。でもほんとうは離れてるのよね。こんなふうに五年もつづいたらどうなるかと思うよ」「夫も子供も愛してるのよ。でもね、通じないでしょう。通じさせる方法がわからんのよ。いっそのことといなければどんなにいいだろうと思うの」「あんたそんなこと考えずに飲ますことよ。飲ませればたあいないんだから。ああ俺のため思ってくれる、とやにさがって飲んでるよ。ええくそ死んじまえ、なんてね、それみながら思ったりする……」「死んじゃ損するもんね」「あたしたちは何も世の中の支配力を握ろうなんて考えてるんじゃないもん。そんなもの男が持ってりゃいいんよ。何も持っていないほうがいちばん自由だもん」

これらの会話は、動き出した女が、単独ではなんとか動きにはなるけれども、複数ではたいへんな困難なものだと感じて、複数ですすむことから一歩退いた会話でもあります。が、そのことと微妙なからみあいをしている別の女の心理があります。社会にたいする決定的な責任を負う破目にいたらぬ状態で、自己表現の自由を得たい。亭主ワンマンの歴史の下積みのなかで、女が得たもの——「被害者の自由」を知っているので、そのもっとも大きい所有を望むのです。たたかれても、ぶたれても痛くない、支配力と無関係な世界。静止した池を女たちはめいめいふところ深くもっています。いよいよとなればそこへ逃げ込めばいいのです。誰にも害を加えなかった歴史は、自分で直接的に外界を変化させぬことの楽しさを知っています。で、誰をも害さず、そうあるからこそ、わたしは自由です、という状態をのぞんでいます。そしてそのことによって世界全部をダメにしたのです。加害しないということは、本質的な交流をしないということです。ひとりがたのしい。ですから、オヤジが専制したくって作ってきた。「聖なる母」も、実は女が自分のつごうのために相手につくらせたかくれみのなのです。そして、相手のなわで相手の首をほどほどにしばっておこうというところです。

けれども、男たちのうちで官僚主義のチャンピオン達は、そんなからくりは十分にごぞんじで、女にはかなわないというふりをしながら、せっせと労務対策をたてているのです。勤労課長にかわいがられていることを自慢している炭婦協役員も、組合に利用されることを喜こんで役を争いあう幹部も、自分自身の現状を討論のテーマとして、真の意味の組織について話しあってみるべきです。

以上は女の意識の状態判断です。あなたは「被害者をあつめることはする。そして、わたしは女が加害者の位置に立たねば子供とも結びつけないということを感じている。でもこんなに人間はつらいところに入りこまなくとも、手工業で両性とも生きられるのではないか」と、ゆれておられると、診断しています。ですから「お洋服買ってあげるね」という小指の先のような愛をあたえながら、そのごまかしを苦しんでいらっしゃるのです。

次に組織について。これはあなたも嘆かれるように、家父長制の再生産です。「○棟の○さん一人でこつこつよく勉強しているのよ。こんどの研究会にはあの人を炭婦協の費用で出してあげようよ」「冗談じゃない。あの人たちが行ってもなんにもならんよ。やっぱり幹部が行かなきゃ」終始一貫して幹部主義であるA炭婦協。

「サークル、サークルいって分派行動ばかりするからつき合うのやめなさいよ。リクツばかりえらそうに言って。学者様だからね、こんどは絶対に役員に入れちゃいかんよ。組合もそういってるんだから」討論恐怖症的官僚主義のB炭婦協。

「○支部ですが、炭婦協を脱会するのが三十名でました。役員へたいする無言の批判とうけとれるのです。やっぱり炭婦協そのもののあり方に問題があると思います。みんなで考えてみたいのですが」「いや、そりゃ支部だけの責任よ、会員を統一しきらんなんて、支部長や役員の力量だものね。わたしのところなんかそんなバカなことさせやせんよ」随順と問答無用とを方式としてやすらかなC炭婦協。

こうして書いていると、さみしくなってしまいます。ひろい視野がもてないということはほんとうに罪なものです。でも、わたしはやはりあなたをせめねばなりません。なぜならあなたはこの現状を知りぬいていらっしゃる。知っていて、むしろ機械的に芸もないつなわたりをしていらっしゃるのですから。もし討論などしたりして、こんな無益な炭婦会でもつぶれるとたいへん、とおそれていらっしゃる。

もはや、男の家父長制をとりのぞくだけでは女は解放されなくなっています。二次的家父長制が、女のなかで君臨しているのですから。「炭婦協といってもね。あれはクツをはいて歩く人たちのものなんですよ。われわれゲタ族とちがってね。おしゃれをして、男と飲むことができるのを嬉しがっていてね」「ストの時だけ動く炭婦協は無意味ですね。女のいろいろな悩みがありますからね、そんなのを話しあって、少しずつでも女たちひとりひとりの内容がかわっていくような仕事をしないとね。なんのためのものかわかりませんよ」「役員いうたらいばりくさって。わたしらのように選炭場で働いているもののことなんかこれぽっちも考えやせん。考えんだけならいいけど、てんからバカにしとる。自分は奥様と思っとるとだからね」

こういう批判は、まだまだ炭婦協の運動にむきあっているのですからいいのです。無関心であるものも救いがあります。が、労組との共闘で生活が安定へむかっていけばいくほど、労働者や家族を保守化させていっている事実。それを炭婦協はどうしようとしているのですか。「どんなに言っても全然協力的じゃないのですから困ります。小使いになって世話をしてやっているのに悪口いわれて、面とむかって言うならいいけど陰でこそこそいうばかりで、主人からは小言をいわれるし、子供はかわいそうだし」わたしの問にたいして、もう絶対にしたくない、というのが炭婦協役員の多くの声でした。

一般の主婦たちは、自分たちの生活の延長線上にある問題をとりあげながら、それにたいするわたしたちの態度を、がらりと変えてゆく親しい場というふうに、炭婦協を受けとっていません。なぜなら、愛情と分離して運動が組織されているためです。運動の場にいますと、夫との愛情の質ははっきりとみえてきます。炭婦協の運動を深めることと、夫との愛を変化させることとが、ぴたりと一致する次元、それはどこにあるのでしょうか。

ごく少数のものたちがそれを感知しています。そして炭婦協自体は、この次元に無知でありあいまいのままですごしてしまいます。夫の目をぬすんで火遊びをすることで、女の解放は得られるのではありません。夫の思考を変革しえないなら、別離して夫を衝撃すべきです。そして、あるべき愛の質を創らねばなりません。片側には健全家庭を、もう一方には健全恋愛を、というのは、もっともたいはいした闘争形態です。おくれている夫、おくれている妻、そしておくれている大衆すべてをひっくるめた、男性世界と女性世界との一致点。それへむかって個人的組織的にも苦しむのが、労組と炭婦協の関係でありましょう。単に経済闘争のためのぬけがら組織で何が生まれるでしょう。消費文化への組織にすぎないではありませんか。無思想的な労組追従は、前述したとおり下女意識のあつまりにすぎません。自己表現欲にあふれている役員ごとに外地経験者やちょっとした教育程度の差や生活条件の有利さで、エゴイスティックに動きたがる分子に、組織自体が浸蝕されています。役員は、自我はさかさまに墜落するときに生ずる、ということを肝に銘ずべきでしょう。その職務に根をおろすことです。

炭婦協の職場。それはハモニカ長屋です。となり近所の人々と、夫婦愛を変化させていく場こそ、炭婦協の運動地点だということを話しあわねばなりません。その針のめどのような通路をつくること。女の会議はここから出発するのです。お茶のみ会、子供会、長屋演芸会、サークル活動、らくがき帳、自分たちでこしらえた小さな表現の場をつらぬかない限り、炭婦協は身のない貝殻となり終るでしょう。

こうした女たちみずからの動きのために、亭主関白と離婚せねばならなくなる家庭ができたとしても、やむをえないではありませんか。

売笑婦はあなたです

炭鉱の女・その四

あなたにはじめてお目にかかったときから、どこか片田舎の中学の女教師といった雰囲気が気がかりでした。個人的な生活をにおわせることを押しころしていらっしゃる声からは、あなたがたぶん山路で抜いたらしい藷のなごりが感じられるばかりでした。木樵りのような無表情さで、あなたの過去が背をかがめ、かなりの藷の束をうすぐらい納屋にほうりこんだけはいが、私にほんのかすかなやさしさとして感じられたのです。

私にちらと感じられたシルエットは、あまり的はずれではありませんでした。あなたは中国地方の山村から、一年ほどの小学校の代用教員を経てその炭坑に住みついていらっしゃるのでした。敗戦による夫の失職。出産。迫ってくる経済生活の困難。わずかな田畑。老父母。これらの一切をひとまとめにくくって荷とするための荒縄が、炭坑へ入るということでありました。

「ぶらんと莚があるそうな。入口のところにの。そんなおそろしいところに行きなんな。非人の流れていくようなところじゃ、なんぼくらしが困るからといって、炭坑だけはいきなんな」こういって村の者や親類縁者がひきとめたということを、くちぐちに話す女房たちの間にいて、ほとんどあなたは無言でした。「あたしのときもそうよ。炭坑なんか汚いから行くな、とそれは止められたけど、仕様がないから来たけど、来てみて驚いた。汚いどころか、あたしなんか田舎で住んだこともないような家だもの。道でもきれいだしね」「あたしはすぐ手紙を書いたよ。炭坑はあんたたちがおそろしがっているようなところじゃないって」　ころころと笑いころげる者と一緒にあなたも微笑していらっしゃった。それでも、あなた自身の感慨はことばにされることもなく、あなたのなかにわだかまっているようでした。

——とても、そんなに、げらげら言える気持ちじゃない。また、しゃべったことでケリのつくことがらじゃない——あなたはそう言っていらっしゃるようでした。

その晩、座談会に出ていた者たちは、初経験の旅先でのザコ寝をしました。炭婦協の役員ばかりであったあなた方は、ただ炭婦協が組織としてまとまりのある動きをするだけではだめだ、ということをくりかえし話しあっていました。

「家にかえれば黙って叱られんようにごはんの用意をするんよ。どうしていいかわからんように炭婦協のことが気になって、せめてとうちゃんに相談にのってもらったらなあと思うけど、聞いてはくれんからねえ」

「理解はあるのよ。女も家の中ばかりいたっちゃダメだといってね。それでもねえ、いまのように、女が自分の男の好みにあわせて考えを作っていこうとするのをどうしたらいいかなんて、一緒に考えてくれやせんもの。どうする、公民館の婦人部じゃ会社からお金をもらって敬老会するのよ。民ちゃん主婦会を退会して婦人会の教養部をするといってきかんよ」

「このごろはね、あたしが民ちゃんと話をしているのをあそこの主人が見たらおおごとが起るんだから。出て行け、といわれるんだって。一緒に寝られんというんよ」

「一緒に寝られんいったって、あたしなんか、もうずうっと一緒に寝たことなんかありゃせん。寝られやせんもの。どうしてもいやなんだから。ごはんの世話ぐらいはいいけれど、一緒に寝るのはいやでたまらん」

こうして話はお互の夫婦生活について深まっていきました。集まっていたものたちのなかで、たった一人をのぞいて、みな自分たちの結婚が成熟していかないことを告げました。夫へ伝えたい沢山のことが、ことばにならないまま、二人の寝床の間によこたわっているのです。そしてまた、夫のほうから伝えたがっていることが、ことばにならぬまま夫の皮膚をかたくしていました。たった一人の例外者がもどかしがって、ことこまかに性交技法を伝受しました。

「つまらんことといいなさんな。そんな技術の問題じゃないよ。それならパンパンのほうがよっぽどうまいよ。あたしはパンパン宿に父と主人と一緒に流れついて、あそこで長女を生んだのよ。パンパンはね、肉体的な感動も精神的な感動も持っていなかったよ。彼女たちは、病気の父とお産したあたしのために、毎日食事の世話をしてくれた。肉体と精神と切りはなして生きなきゃならんのがつらいといって泣いたりしていたよ。あたしは、あの時の、あの人たちのことばが忘れられんのよ。そしてねえ、いまあたしが主人と一緒に寝られんというのは、そのことなのよ。精神と肉体とが分離していくことはなんとしても堪えられん。ただそのことなのよ」

「ああ、あんたがいうとおりだ。あたしはどう説明していいかわからんかったけど。あたしは主人をかわいそうな人だと思うのよ。百姓でねえ、貧農でね、食べられなくなって炭坑へ流れてきたのよ。土地の者が言うでしょ、どこの馬の骨かわからん、て。そういう部類の人間なのよ、あたしたち夫婦はね。主人はね、百姓はよかったと言うのよ、みんな俺のことをよく分ってくれていたって。知らん者はいなかったって。でもねえ、そういうばかりで自分を変えようとせんのよ。すねてしまってねえ。どうせ俺は坑夫だ、流れもんだ、といってね。つらがっていることはわかるけど、いつまでもぐずついているといやになってねえ。なぜあたしたちが流れもんになったかってことを一緒にサークルに入って話し合おうっていうけど、てんでうけつけやせんのよ。かわいそうだと思っているうちに、なんか気持に段がついてきてねえ。抱きあっていても、サービスしてやっているという心持ちになっているのよ。そんな自分がいやでつらくて、たまらんようになる……」

「それでもね、だから一緒に寝ないからいい、ということじゃないよ。いつかは抱き合えるようになりたいよ、あたしは。考え方は離れればなれのまま生まれた子供をみて毎日くらしてるのよ。

自分の子供がね、親たちの精神の世界がちぎれたままだということを理解してくれることを願ってる。あたしたち夫婦がほんとうに一体になることができなかったとしても、子供に、そのことの理由がわかるようになってもらいたいのよ」

みんなだまりこんできました。そして、あなたは、その間一言も発言されませんでした。あなたの顔には、ありありと憎しみが浮かんでいました。それは、なにへ向けていいのかと、とまどう質のものとして、あなたの表情をどすぐろくしていました。

だまりこんでいた女たちの一人が、ひょいとあなたをみていいました。

「あんたはどう」

「うん」

それでもやはりあのとき、あなたは引きはがすような痛みとそのことの後めたさによろめくような表情をされました。

「いいじゃないの。どうせあたしたちは散々むしられつづけてきたのよ。こんどはそれを逆用するのよ。むしられることがね、相手をむしることだとね、知らせることだと思ってる。男はね、女が肉体のなかに思想をもちこんでいるのを抱けやしないよ。労働組合だ民主主義だというけど、みてごらん。うちの組合のもんで誰か一人でもそんなことのできている人いる？　『男はさみしいんだ。だから女に自分のそばにいてもらいたいんだよ。それを君たちは誤解しとる。官僚性だとかワンマンだとかいうけど、そうじゃない。女を大事に思うからこそ、俺のさみしさをわけあいたいのだ』なんてバカげたことを言ってよ、組合長のくせにね。あんなこと言って自分の女房を炭婦協には出さないんだから。男のさみしさの質が何かってことを考えようともせん。そんなさみしさは、自分も相手も孤立させてお互を小さくさせていく質だということを気づかないんだ。いや知っていてそのほうが自分たちの独占している世界を保っておれるから都合がいいのよ。あたしは、せいぜいサービスの美徳を発揮するよ」

「まちがってる。まちがってるよ」

いっせいに声が放たれました。でも、あなたはいいつづけられましたね。

「このごろの炭坑をみてごらん。入れ替え採用をして住宅を追われんようにしようと思って、中学を出たばかりの娘に婿取らせる。土方をしていた中学卒の息子を呼びよせて、十八になったら坑内にさげる。息子は町で女遊びを覚えてかえってきているから炭坑の娘をもらいたがらんし、娘の子で炭坑の者と結婚するくらいなら死んだがまし、なんか言うでしょう。あたしだって、炭坑で働くしか能のない亭主を尊敬することはできんよ。できないからよけい、サービスにつとめるのよ。恋愛のできないところよ、炭坑ていうところはね。みんな腹の底でお互を軽蔑しているのよ。そして自分を卑屈にしているのよ。そうじゃないというものはウソツキよ。あのテレビアンテナをみてごらん。みんな自分をごまかしている。組合運動するものも、自分の女房と協力しなきゃ、こんな精神のほら穴からぬけ出せないんだ、と思いはしないで、ただもう女をバカにしているのよ。女でもバカにしていなきゃ助からんのでしょう。あたしには分ってる。だから、そこを利用するのよ」

そうおっしゃったあなたは、ものの見事に今年は炭婦協の会長になられました。組合役員個人の、思想の限界が女たちの進路をはばんでいることを告げつづけていた前任者をおとして。なぜかなら、組合がそんな前任者をけむたがってあなたを推して炭住での工作をしたのですから。

いま、あなたに多くのことを言いますまい。私は、あなたに宣言するのです。

女が自分の感覚を裏切ることで勝負するのはたやすい。が、発芽した瞬間の感覚を維持しつづける者は、いつもあなたの前方に立ちあらわれます。

あなたからこぼれ匂った蕗。あの村里へむかって、あなたは追われたものの意識と、勝ちほこったものの感情とを同時に持っていらっしゃる。いま炭坑の女たちは、その地点で自分を閉ざそうとしています。あなた方は、肥桶を担うことはしないし、はだしで土をふむことはなく、電気を多量につかい時間を粗末に捨てています。だぶだぶとあまっているエネルギー。まるで軽井沢のテニスコートのようにすることがないのです。

「あの人たち、なんにもすることがないんですよ。結構なご身分ですよ」

飲み屋のねえちゃんたちは、炭坑町をぶらぶらするあなた方をそう批評します。いえ、忙がしいですよ、主人の出勤時間はまちまちだし、家族と食事の時間はずれて何度でも手間がかかるし、子供はケンカばかり。やれ洗濯、やれＰＴＡだ、炭婦協の会議だ、何だ彼だと座る時はありはしない……。そしてどんなに忙がしくとも、ひとりぼっちの労働なのです。そう反撥なさる。

けれども、意識的であるあなたをふくめて危険であると思うのは、炭坑の女たちが、ひとりぼっちの家内労働をするようになった現状を、ある到達点と考えていらっしゃることです。

私は、昔坑内労働をしていたというおばあさんの話をききあるいています。さんざん流浪しドレイのように日に十二時間から十六時間働きつづけたという彼女たちは、朗々と話をつづけます。男と同じ労働をしていた彼女らは、「男がぐずぐず言や、さっさと捨てよったね。坑内は裸仕事じゃ。恋愛は多かった。よか話も多かったのう。どこやらのカカァば押さえた、とか、どこのかあちゃんが大納屋の若もんと逃げたとかねえ。今よりのびのびとしとったよ。そりゃ男なみの仕事をしよったですけね、なんぼか気の合ったもん同志でなきゃ、仕事もようでけん。いのちがけの仕事じゃけ。暗かとこばって風儀がふしだらということじゃないよ。男のいうなりにならにゃよか切羽ばもらえんということもあった。けれど、それが本筋じゃないよ。理屈とケツの穴は一つしかなか。おなごでちゃ同じじゃ」

最低の生活条件のなかで、意識してきたものの道理と、貞節というおためごまかしの倫理からの解放。かつての炭坑が山清水のように木立ちにみえがくれにもっていた気風を当時の人間もふくめて現在の炭坑人は評価しえずにいます。そして、やっぱりあの解放は流れものの持っていた恥かしい無秩序なのだ、と感じています。人生の表街道をまかりとおっていた道徳と秩序へひたはしりに行きついた結果が、あなたの襦袢の袖で口をおおうているような表情でありました。ようやく炭坑にも人並のひとりぼっちの労働が生まれました。抱きあっていても孤独でいる女ばかりになりました。なんという淋しさ、と思いながら、でもこれが奥様というものの特権なのだとテレビをみながらなだめている。そういう炭住の女の心理を見ぬいていて、あなたはそれでもやはり一人の特定の男にありつけない生活へ追われていく街の女たちを軽蔑するのです。あの人たちはどこの馬の骨か分りゃしないよ、男の遊びものになってさ。けれど、遊びものでなく、精神的な新婚時代だといえる炭坑の朝を、あなたが追い落していった女性が、冷えた寝床のなかで作ろうとしてはいないとみるのは早計というべきです。

変り者といわれるために

炭鉱の女・その五

「月刊炭労」の某月号に、一主婦の文章が出ておりました。都市生活をする女たちに、炭住生活の妻たちがどのような心理でくらしているかを伝えようとするものでありました。小市民的な生活の安住を願うより、もう少し重々しい声で、都市で女たちがなにがしかの職を得たり権利を持ったり自己主張の場を摑んだりしていることの弱さを、その無意味に近いはかなさを、指摘してありました。その主婦の主張は、自分たちの日常生活の核心となる部分に、あなた方都市の女性ことに教職にあるような人は、個人的な地位獲得感をおいているのではないのでしょうか。小市民的な生活の方向は、それはそれなりの抵抗も闘いもありはしますが、中核となるものは自己中心主義のようでした。かつては自分もそこで育ったのですが。それに反して長屋のおかみさん達は、地下で汗をしぼっている夫の労働と家事雑事にあけくれる妻の仕事とが一本の糸できりきりとしばられることはできないのか、その思想上の地点はどこにあるのかと、無意識のうちに求めています。外見は貧しくそして無知な生活ではありますが、人間的な結びつきはもっと深い部分にあると感知しているのです。自分はこの人々の中へさらに入りこんで生きようと思う、ということであったと記憶しています。

それを拝見しまして、私は手紙を書きました。もう少しこの女性の内側にある矛盾と、それをのりこえようとして自分へ課しているもの――それは同時に私もふくめた女性全体への要求として出されようとしているもの――を知る必要があると思ったからでした。同時に、この方の抱いている内容は、さまざまな地方で芽生えかけている女たちの「考えようとする動き」へ、かなりはっきりした問題をあたえることができると考えました。いま私は女たちの交流のためのガリ刷りの通信誌を作っています。その誌上で未知の人々と共に考えあっていきたい、とも思ったのでした。

数ヵ月たって返事が来ました。私の予感どおりでした。と言うのは、彼女が決定的な重量を持つものとして、炭坑生活を選択できずにいる、ということなのです。幾重にもからみあった思考の糸が、里芋の子のように固くくっつきあって彼女の出口をふさいでいました。「理想を叫びそれにあこがれながら、現実には思うにまかせぬ暗い谷間をさまよっている女なのでございます。私の精神生活と、長屋のおかみさん的な生活は、まるでジキルとハイド的な相違がございまして、時には反省してこんな炭坑生活の中にささやかな幸せを見出す努力を続けるのでございますが。

生まれもっての非妥協性は容易なことで変るものでなく、悩み多い生活の中に老いこんで行く一人の女としての自分をじっと見つめております。」そして、御自身の家庭の外形を知らせてありました。

私がみなさんにこうした私的な事情にわたることをお伝えしますのは、ここにこそ、炭坑の男女の思想生活の始点があると考えるからにほかなりません。私はこの女性に、ここから女は生まれるのです。皮膚をはぐようにあなたの痛みへ入ってください、と伝えたい思いがあふれます。沢山の未展開の部分がありますが、大前提には、転落者意識が炭塵まじりの霧のように沈んでいます。

女ばかりではありません。ある時つぎのような葉書が来ました。「私は炭鉱労働者です。しかし労働者のデモを見ると絶望的な気持を持ちます。何故でしょうか。それも炭鉱労働者のデモをです。私は、某炭鉱労組の活動家のなかに類するのですが、その炭鉱のマークの入ったハチマキをしめ、地下足袋をはいてデモに参加することのウシロメタサを感じてやりきれません。A工場やB鉄工所や、C会社の工員達はストもデモもやらずに賃上げをやる。そうした工場の街々をデモで練り歩くことの不名誉さというか、卑屈感というか、ともかくいやなのです。いきいきとみえる炭坑デモに嫌悪を感じている私の気持には、虚無感がぬりこめられたまま消され得ずにいるのではないかと思われます。どういうことなのでしょうか」労組などでは、このような発言はひとたまりもなくひねりつぶされるに違いないのです。前述の女性の私信の部分なども、炭婦協の活動の原則からはずれているといって捨て去られる個所です。けれども、炭坑夫と結婚しようとする娘やその家族が、一瞬たじろぎそして思案し決心するものは、落ちていくという感覚に外なりません。ここを離れては炭坑の思想問題は、根本的な展開をみることはできないのです。

最近、炭坑失業者地帯を十日あまり歩きまわりましたが、炭坑で働くということを上昇感覚で受けとめていたのは、宮崎県の貧農出身のおじいさんだけでありました。幾日も風呂へ入ることのない体からは胸を圧してくる臭気が立ち、部屋にはカンテキのほか何一つありませんでした。それでも思わずほころびる目もと口もとで、戦時中やそれ以前に採炭成績良好として受けた表彰状をはりつけた壁をさししめしました。寝るところはあるし、炭坑の中はみな同じ生活程度でほんとうに結構ですよ、と話すのは幾度も閉山や未払いを受けた、そしていまなお未払いで働いている極貧の農民出身者の言葉なのです。こういう例外に近い意識を探すのは二代目坑夫の多い炭坑でも容易ではありませんでした。失業者ばかり歯の欠けた櫛の間にこびりついている垢のようにして住んでいる村落がありました。そこの女房たちは、町や農家のものが軽蔑するので絶対に町に出たくない、ここは皆おなじ暮しで喧嘩など全然ない、と言いました。

さて、いろいろと列記しましたが、こうした炭坑特有の転落意識は、その内部で微妙な働きをしているのです。やはり筑豊の失業者地帯でのことです。すすきとボタのほか、洗炭場ひとつない盗掘地帯で数名の婦人が丘を切りくずしていました。

「この近くの方でいらっしゃいますか」私はそばへ寄っていきました。

「いえ、このあたりのことなにも知りません」「私は炭坑失業者の方々の事情をたずね歩いているんですけど、このあたりも随分さみしい所ですねえ」「私たち炭坑のこと何も知らないんですよ」「そうですか。いまここへ来ますとき、F炭鉱の中をとおって来ました。あそこは長い闘争で大変だろうと思いますけど、あなた方全然興味ありません？」

水をむけていきますと、この婦人たちはF炭鉱の炭婦協の役を持っているという方たちでありました。私は女たちが坑内へ下りて仕事をしていたすぐそこの炭坑の話や、ここら一帯にちらばっている生活保護以下の賃金で働く坑夫のことを話しました。ぞうり虫をつぶすよりつまらぬ風情で、「そんな人たちと直接関係ないからねえ」ということでした。

転落意識は容易に優越意識へ転じます。またその逆もいえます。どうでしょう。炭婦協は女たちの現在点をずばりと捉え、その上で女性自身の思想運動を展開されては。私は、組織としての炭婦協をどうこうしたいということではなく、あなた方のひとりひとりが一体何を欲しがりどこへ行きたがっているのか尋ねているのです。今日まで私がみましたところでは、酒が醸されるように湧いてくる女たちの思想の糸ぐちを、炭婦協は組織の外側に放置したままです。流れ出る暗い血を土に吸いとらせながら、涸れた河水を汲みあげているように形骸だけのものになっています。例えば、一番はじめに提示しました一主婦の苦悩が、女たちの思想運動の動力となる場所を、炭婦協は内在させておりません。矛盾が激しく音をたてあっている人間を中心に、女たちの間に自己矛盾を深めさせ意識させていくということさえ出来ていると見受けられないのです。自己分裂をふまえさせることなく単純にハチマキを締めさせたところで、ものとり集団の取るまでの団結にほかならないのですから。

宇部興炭労の支部の教宣部長が、機関紙に「下女の集団」というエッセイを書いています。「主婦会の組織は〝女〟の組織なのかそれとも男性のためにある組織なのか、また労働者階級の組織なのかという疑問にとりつかれてしまった。このことは、いまに始ったことではないが、ここでまたいつものように『それは労働者階級のたくさんある組織の中の一つだ』自分に答えて、次のように反省してみる。『それでは俺は五年間も主婦会担当の任務にありながら、その方向に指導し得ないのか』この立場で私の苦悩は、とほうもない大きな範囲に拡がってしまうのだ。私の苦悩というのは、主婦会の中にある〝女〟という怪物と私の背後にある男性の集団としての圧力との無言の闘いの中心点に立たされている切迫感である」

この教宣部長は、自分を分裂したものとして意識しています。いやおそらく主婦会担当の男として、というただし書きの面ではというのが正確かも分りません。多くの男性が家庭の次元の中で、同様の疑問と目まいするような混乱を感じるようになった時は、女性も同じ動乱を持つでしょうか。男も鈍感ですが、男女の結びつきについて女もまことにいい加減なものです。炭婦協は、「労働者階級のたくさんある組織のなかの一つだ」という無性格さにとどまっていては、現在の無内容をのりこえることはできますまい。炭労好みのスローガンを押し立てるとすれば、「男よこせ集団」とでも規定すると正確になります。

そして、いかに女たちは男なしに暮しているか、ということを実際に摑んでゆくべきです。また同時に、男はなんと女なしに思想を生みたがっているかという実体を提出せねばなりません。これらを、抽象的ではなくひとりひとりの内部へわけ入るように見ていけば炭婦協の未来像は青桐の実のようにみえてくるでしょう。

たとえば、簡単なアンケートをばらまいてはいかがでしょう。また役員はお互同志をはじめ近所の主婦たちと買物のゆきかえりに、問い合ってみてはどうでしょう。「坑夫と結婚するときどう思った？」「炭坑へ来るときどんな気持だったの？」

たったそれだけでも、それぞれの出身階層によってニュアンスの異なる答えが出る筈です。また女たちの意識の高低もみえてきます。誰もが話題に入れる形で、親類縁者、知人、学校などの炭坑観を水汲場で話してみます。アンケートの結果を掲示したり回覧したりしながら。そして次へ踏み込みます。

ある閉山まぎわの小炭坑の主婦たちの話でした。

「三ヵ月あまり未払いがつづいて一銭の金もないんです。這うようにしてつわやふきや山芋掘りに行って、塩ゆでして、立ったまままちょっと口にいれるだけ。子供は学校には行かせませんでした。歩いていると倒れますもの。でもねえ、私たちは打たれ腰ができてね。もうどういう状態でもこわくないという気がするんです。私たちは、未払い以来、会社へ裏からへつらってこそこそする者に、みなあだ名をつけたの。『この猫め！』『二枚坊、水汲みにくるのもへっぴり腰じゃ。

亭主がああじゃけ女房もあげな……』とてもとてもひどい事をねえ、水汲みなどに顔出そうにも出せんほど。『男たちにまかせていたってどうもならん。男は追い出せ』『金のない時には男は用はないな』『自分らのことは自分らでしよう』そして勤労のつるしあげ。売店での不買運動。物価値下げ。集会。また集会。そうして炭婦協を組織したんです。私たちは直接会社の窓口へ押しかけてどなるものですから、いれずみしたあんちゃんなどから暴力受けたこともあります。でも平気です。私の主人は私が運動することに反対なんですが、今日集会したらいいと思えば、箒を投げ出して走りまわるのです。逃げようとするけはいのある家に出かけて、上りこんで話すのです。全然知らない人のところへ。自分で自分がこわいばかりですが。県の炭婦協にも行きましたが、大手の運動は生活にぴんと来ません。組合のことばにひっついて、その解釈しているだけです。あれじゃあ……」

この女たちは、ばさついた髪の毛をかきあげながら「うちのてかてかがね」と親愛な禿頭の組合長の話をしてくれました。炭婦協を通じて救援物資をもらったけど、という話をききながら、中小鉱の女に対する都会っぽい大手婦人の目なざしを思い出していました。

次のアンケート、ないし話題。「男の能力を何ではかってるの?」「あんたのとこの亭主は、一体女房の何を立派だと思ってるの」

そして、炭住を拭き清めようとしている女が濡れた手でこれと同じ問を書き、自分の答えも書きそえて救援物資を贈ったとしたら。この小炭坑の元気な女は、相手の金釘流の字に安心して、勇ましくも悲しい返事を寄こしたでしょう。平均化されて上品になろうとしている大手婦人の間に、かすかな逆流が入ってきます。今まで幹部主義のかげでみえなかった異質の女の間に、交流が出て来ます。長屋のおかみさんの発言や意見交換こそ私たちの明日を作り出すのです。そこに全力を入れる変り者が、もっと出ないことには。そういう異端者が炭婦会の主流になる日は、水平線上に出てこぬ島みたいな現状ですが、男女の平均的倫理観をがらりと破った女が、もっと出てくれれば差別国日本の炭坑にも女の匂いがしてくるというものです。

（おわり）

道徳のオバケを退治しよう

ヘソクリ的思想をめぐって

わたしたちは女にかぶせられている呼び名を返上します。無名にかえりたいのです。なぜならわたしたちはさまざまな名で呼ばれています。母・妻・主婦・婦人・娘・処女……と。たとえば「母」は「水」などと同じことばの質をもっているはずです。ところが、それがなにか意味ありげなものとして通用しています。まるで道徳のオバケみたいに。献身的平和像、世界を生む母なという標語をくっつけて。女の矛盾はみなここで溶けてなくなってしまうかのようです。

わたしたちの呼び名に、こんな道徳くさい臭いをしみこませたのは、家父長制（オヤジ中心主義）です。その弊害から脱けようとして、女の集りがつくられてきました。が、女の力を集めることで家父長制はやぶられるでしょうか。また、男の家父長制をとりのぞくことで、女たちは解放されるでしょうか。

いま、どういう形で女たちは組織をつくっているでしょう。たとえば炭婦会を例にしますと、

「スト」です。わたしたちは労働者の妻です。夫の要求は妻も共にたたかいとるべきです。わたしたちの家庭のために」と呼びかけます。かつては家の中で一人一人でつかえていたオヤジ中心主義が、集団となって動いているのです。被害者意識のまま、なんとか優秀な下女になろうとしています。そのことで、しいたげられる立場にあった女が、頼みがいのある女となったかのようです。

ところがその実、しいたげられたと自称する女の内側はどうでしょうか。「ながいこと女は権力や支配力の外にいました。が、女がそれをもてばいいとは思いません。どうしてって何も持たないものがいちばん自由ですもの」という形で、不安なく遊べる状態をのぞんでいます。女は誰にも害をあたえることがなかった「被害者の自由」をヘソクリのように溜めています。家父長制下でつくられた「母」の座は、害を加えることがないという意味で女にとって安全な場を、男たちにつくらせたのだといえます。女にはかなわないな、といいながら男たちは、それを利用してきました。でも、まだ女たちは、自分の内部にある「誰にも害をあたえず誰からも害されない自由」をすてようとはしていません。いいえ、それを外側にものぞんでいるのです。平和とはこんなにひとりぼっちなものを基調にせねばならないのでしょうか。

次に、女の組織ができてきましたが、その内側には、はっきりした家父長制ができあがっています。たとえば、一般の主婦を優先させることをしぶる幹部主義の炭婦会。その炭婦会を加えることをいやがる地方婦人団体の連合会。公民館運動の婦人部を批判したくともできないでいる大衆。こうした関係のなかにも、家父長制の再生産をみることができます。

　こうしてみていきますと、かつてのオヤジ中心主義をつくった権力をくつがえすために、被害者として集まるだけでは女の根本的な解放はできないということになります。自分をとざしている殻を、わたしたちの手でやぶること。それは被害者が、権力にたいして加害者になるときです。日常の生活のなかで、わたしたちが偶然に知りあった仲間のなかで、このことをやる以外に場所はありません。自分のいまいる場所で、何をすればいいでしょう。まだひとこともしゃべっていないわたしたちの本音を吐くために。その手がかりの一つをいまここにつくろうとしています。

解題

弁証法の裂け目

大畑凜

はじめに――概念をこえて

本書『非所有の所有』は一九六三年三月、現代思潮社より刊行された、詩人で思想家の森崎和江（一九二七―二〇二二）による最初の評論集である。一九六一年、炭鉱での地底の労働に従事したかつての女坑夫たちの聞き書きの書『まっくら』（理論社）によってデビューした森崎にとってはニ冊目の単著だが、一〇〇冊近い著作をもつこの詩人のビブリオグラフィーにおいて、本書はけっして「代表作」とは認められてこなかった。

本書において中核をなすのは、〈非所有の所有〉をはじめとした一連の所有形態をめぐる議論であるが、これは、森崎の思索を高く評価する人びとのあいだですら決して評判のいいものではない。女性史家の加納実紀代が「マルクス主義の所有概念を使って、なんとか男たちにわからせようとしているが、あまり成功しているとはいえない」と率直に述べているように[1]、〈非所有の所有〉をひとつの概念として考えるならば、たしかに森崎の試みは失敗に分類されかねない。難解な詩語をまとったあまりに硬質な文体はもとより、具体的な定義や指示対象すら曖昧であるそれらを概念と呼ぶことは難しい。

とはいえ、アカデミズムや論壇といった場からはつねに遠い場所に身を置いてきた森崎にとって、理論上の整合性や定義づけなどは最初から関心の対象ではない。ここでは、概念への全般的な不信感を抱えながら、既存の概念装置を超えた概念を希求しもするという森崎の両義的な姿勢を踏まえる必要がある。以下の一節は、本書の表題作「非所有の所有」からのものである。

「なにかひとつでいいの、わたしの感覚が核となって生まれた概念がほしい……」物質はみんな、あいつらの感覚によって変型している。私の統括していない体型のなかに、それらの観念の日射しのなかに私自身さえも存在する。私はあれらの観念に自分の参加を感じとることはできない。あのあおみどろ。それは無色と名づけられる……「ひとつでいいのよ。そこが手がかりとなる現実的な通念のひとつで……」

「概念がほしい……」というこの呻きのなかにある、いまだ言語化されることなく、しかしこの大地のうえでたしかにうまれつつある女たちの秘かな可能性を、新しい概念を緒としてパフォーマティヴに現実化させようとする森崎のその渇望はなにに由来するのか。そう問うならば、わたしたちは時に呪文のようにも思えるその言葉の連なりから、そこに潜在する森崎の、つまりは女たちの不可視のエネルギーを受けとることができるのではないか。森崎は同じく「非所有の所有」のなかで、奇妙な美しさと力強さを放つ比喩を用いてこう述べている。「私は私自身を伝達しようとするとき、腰から下は鱗が生え、首だけねじまげて松の葉へ語りかけるような筋肉の螺旋を感じる」。

また、本書に収められた諸テキストが書かれた一九五〇年代後半から六〇年代前半という時期は、森崎の思想変遷を考えるうえで極めて重要な意味をもっている。一九五八年、森崎はふたりの子どもを連れて、詩人でオルガナイザーの谷川雁とともに福岡の炭鉱地帯・筑豊へと移住する。以後、森崎はおよそ二〇年間をこの地で過ごすことになるが、ここでの時間がその後の森崎の書き手としての、それのみならず、ひとりの人間としての生きる基盤になっていった。(2) だが、実のところ、女性たちの聞き届けられてこなかった声や内なる叫びをすくいあげ、同時に周囲の運動や闘争にも積極的にコミットしたというイメージをもたれやすい森崎が、周囲の女性たちとのあいだでコレクティブな運動を具体的に試みたのは、この筑豊時代の最初の数年が唯一といっていい。この時期ほど、森崎が性と階級の交差という課題に、ひとりとしてではなく集団《コレクティブ》としてかかわったことはなかった。そうした意味で、この時期に書かれたテクストには、その他のいかなる時期にもない独特の切迫感と荒々しさ、そして、抵抗と解放への強烈な衝動が刻みこまれている。

もちろん、森崎はやがて事後という時間軸のなかで、この時期のみずからの思想的・実践的な格闘を必ずしも肯定的には意味づけなくなる。いま、そのことの是非は問わない。(3) 求められているのは、ここで語られる事象や出来事、時代性のほとんどをもはや容易に想像できない現代のわたしたちが、それでもなおなにをわたしたちの問いとして森崎の言葉から引き継ぐことができるかに他ならない。

以下では、本書『非所有の所有』を中心とした一九五〇年代後半から六〇年代前半にかけての森崎和江の思想のもつ意義を筆者なりにみていきたい。もとより、書物に正しい読みなど存在しないし、本書はとりわけその性格が強い。この解題もひとによっては屋上屋を架すだけかもしれず、内容をまとめ整理する作業そのものが、無意識のうちにもアカデミックな概念化に足を踏み入れているのかもしれない。とはいえ、いつ読んだとしても本書の内容が極めて晦渋なのは事実であり、ここにひとつの読み方を提示することも無益ではないだろう。

本解題が、分かりがたさをなお分かろうとする情熱をもって、この書物の頁を幾度も幾度もめくり直す読者のための、ひとつの補助線となれば幸いである。

一九六〇年前後の筑豊と森崎和江

本書は先に述べたとおり、一九六三年三月に現代思潮社より刊行された。その後、七〇年六月にも一度同社より新装版として復刊されており、初版はシュルレアリスムの芸術家・野中ユリが、新装版は九州派の画家・菊畑茂久馬がそれぞれ装丁を手がけている。

本書は便宜的には評論集と形容しえるが、それだけに収まらない著作でもある。目次をみればI部とII部にわけられているが、まず冒頭には目次にも記されていない、序詩とも序文とも定まらない無題の文章が収められている。これは実のところ、『サークル村』で発表された「鉄を燃やしていた西陽」（一九五九年五月）の再録であり、森崎が植民地朝鮮でのみずからの記憶に言及した最初期の文章のひとつでもある。なお、本書には植民地時代や朝鮮を主題とした文章はないが、各所で印象的な言及がある。そのうえで、I部では評論が中心に、II部ではふたつの創作が収められるという構成をとっている。

本書に収められたこれらの諸テキストは、一九五八年から六三年のおよそ五年間のあいだに発表されたものだ。この五年間は森崎にとってけっして短い時間ではなく、このあと詳述するように、そこでは激しく揺れ動く運動－闘争の変遷があった。そのため、本書の諸テキストがそれぞれに扱う運動や闘争も同一のものではない。また、初出の時系列順に並べられているわけでもないテキスト間の微妙な時差は、本書の内容をややもすれば混線させている。したがって、ここからは一九六〇年前後の筑豊が置かれていた同時代的な状況を概観しながら、このなかで展開されていった文化運動や労働運動の位相と、そこでの森崎のかかわりを確認していきたい。

朝鮮戦争の「特需」に支えられていた日本の石炭産業は、朝鮮戦争の休戦が締結された一九五三年以降、全般的な不況に突入していく。この趨勢をより一層推し進めたのは、五五年に成立した石炭鉱業合理化臨時措置法であり、スクラップ&ビルド方式による既存炭鉱の選別と合理化・近代化によって中小炭鉱を中心に大量の失業者がうみだされていく。一時期は神武景気などの影響もあって盛り返したものの、国内石炭の高単価を要因とする「エネルギー革命」や「石炭斜陽論」の名の下に進められていく国策的な石炭から石油へのエネルギー移行とともに各地の炭鉱でも合理化・閉山が相次ぐようになる。この過程で、筑豊の常用労働者だけでも一九五七年度から一九五九年度のうちに約二万人の労働者が失業する。[4] 全国各地で発生するこうした膨大な数の失業者に対応するため、五九年には炭鉱離職者臨時措置法が成立し、以降職業紹介所や雇用促進事業団などを介した全国的な労働力の流動化政策が図られるようになっていく。[5] そして、一九五九年から六〇年にかけては、のちに日本の労働運動史の決定的な転換点としても認識されることになる、「総資本対総労働」のたたかいとも評された、福岡県大牟田市の三井三池炭鉱の整理解雇計画をめぐる三池闘争が激しくたたかわれることになる。三池闘争では組合活動家が指名解雇の対象となるなど、石炭産業の合理化は労働運動にたいする弾圧の側面を併せもっていた。

他方で、炭鉱の反合理化・閉山闘争は「家族ぐるみ」というスローガンのもと、坑夫だけでなくその家族をも巻き込んでたたかわれ、女性たちが積極的に運動へ参加する契機となった。同時に、本書でも「人買組織と山の女房」や「没落的開放の行方」、「ボタ山が崩れてくる」などの文章で詳しく触れられているように、坑夫の夫たちが次々と失業していくなかで、筑豊の女性たちは次第に隣接する鉄鋼地帯・北九州の工場街へと日雇い仕事に出かけるようにもなっていく。炭鉱の合理化・閉山は、家《ホーム》のなかに避けがたい動揺と亀裂をうみだしていった。

そして、炭鉱を取り巻くこの厳しい時代の最中の一九五八年、詩人の谷川雁と筑豊在住の記録作家・上野英信を中心として筑豊は中間市に事務局を置く形で結成されたのが、九州・山口のサークル運動交流誌『サークル村』(一九五八―一九六一)である。五〇年代後半以降、運動総体としては衰退期にあったサークル運動であるが、この停滞の時期にはすでにアナクロニズムであった「工作者」の概念を蘇生させ、サークル運動・文化運動の新たな交流をうみだそうというのが谷川雁の狙いであった。(6)

谷川や上野を含む、森崎以外の九名の編集委員がすべて共産党員という人脈を土台としながら、集団創造を旗印としつつ、「相互干渉」や「毒舌」といったコーナーを意図的に紙面に設け、時に編集委員の側から会員たちをけしかけることで、『サークル村』は厳しい相互批判を運動の流儀として採用した。それぞれのサークルが集団として抱え込みやすい自足性や閉鎖性を突き崩し、対立をも辞さない衝突のなかから新しい創造のエネルギーの回路を導こうとしたのである。他方で、広く知られるように『サークル村』は、編集委員に唯一女性として名を連ねた森崎をはじめ、『苦海浄土』をのちに上梓することになる若き日の石牟礼道子や、女性史家の河野信子、作家の中村きい子など、多くの女性の書き手たちが日の目を見るきっかけとなった。厳しい家父長的風土の濃厚な九州のなかで、かの女たちは女としての自己の表現を模索していくことになる。

とはいえ、『サークル村』の会員すべてに女性たちのこうした問題意識が共有されていたわけでもない。たとえば、本書所収の「現代を織る女たち」(初出不明、一九五九年頃の文章と推定)で言及されている「南九州でサークル交流をした時のことです」とは、『サークル村』での初期の交流集会のことを指しているが、ここで森崎は、集会のための大量の食事を用意していく女性たちに向けて、男性たちが一方的な「感嘆」を寄せるその様を次のように書き留めている。

これらの婦人が中心となって九十人の食事をととのえました。きりりと動く素足と磯くさい対話に、男性諸君はさすがおらが九州の女はあたたかい、生産的だと感動しました。炊事場にはやわらかなエロスがただよっていました。彼女らは、最も身近で、具体的で、根源的だとおもわれるところから交流を欲したのです。とすれば、「感嘆」とは無責任以外ではありません。

『サークル村』のなかにも性別分業が厳然と存在していること、しかし、これらを自然化し無責任な称賛を投げかけてくる男たちを尻目に、押しつけられた「炊事場」という生活の場で女たちが秘かな交歓を為していることを、森崎の筆致は丁寧にすくいあげている。

そして、『サークル村』創刊からおよそ一年が経った一九五九年八月、森崎は『サークル村』に参加する女性たちを中心として女性交流誌『無名通信』を創刊する。分派行動ではないかという谷川の懐疑心をおさえるために当初事務局を『サークル村』と同じく「九州サークル研究会」

に置いたこのミニコミ紙は、[7] 本書にも付録として収録したその創刊宣言にて、女たちにつけられたさまざまな呼び名——「母、妻、主婦、婦人、娘、処女……」——を返上し、「無名」へとかえることから出発することを告げた。

『無名通信』はサークルや労組、既成の女性組織等の限界を乗り越えることを目的として結成されたが、誌面は必ずしも政治路線や運動路線によって占められていたわけではない。むしろ、多様な地域や階層、職種の女性たちが集っていたこの交流誌が共有していたのは、女としての自己を表現しえる言葉や方法をじぶんたちの手で獲得していこうとする情熱であり、試行錯誤のなかでそれぞれの課題を時には批判しあいながら互いに掘り起こしあっていこうとした。筑豊、宇部、北海道、博多などに主要な会員グループが存在し、読者も全国に広くわたっていた。

また、この『無名通信』創刊と時期を同じくして森崎は、『サークル村』の紙面上でのちに著書『まっくら』へと結実する女坑夫たちの聞き書きを綴った連載「スラをひく女たち」を開始するとともに、炭労（日本炭鉱労働組合）の機関紙である『月刊炭労』でも連載「炭鉱の女」を開始する（「炭鉱の女」は本書に付録として収録）。『サークル村』のなかでは実現しきらない女性たちの交流と、炭鉱の町・筑豊におけるみずからのかかわりかたを、森崎がこの時期以降一挙に表面化させていったことがわかるだろう。

そして、本書で紹介される事例や女性たちの活動の多くは、具体的な指示対象を『無名通信』の紙面や連載「炭鉱の女」に確認することができる。たとえば、本書でも幾度か登場する「舞踏サークル」の集団とは、宇部炭鉱の女性グループを指しており、会社や労組、また夫たちとの軋轢を抱えながらも展開されるかの女たちの運動へのあけすけでいて鋭利な批判と問題提起は、『無名通信』のなかでもとりわけ強烈な存在感を放っている。また、本書の「人買組織と山の女房」の文中で言及されるうたごえサークル「木曜会」は、『無名通信』一八号（一九六一年五月）に掲載された、森崎が書き手となった「中間市九州採炭主婦会員」である丸山喜久子のインタビュー（聞き書き）「折鶴よ飛べ」で語られている事例だ。

ところで、改めて後述することではあるが、本書で一貫して森崎の批判対象になっている既存の婦人運動とは、炭労に紐づけられた炭鉱の主婦組織である炭婦協（日本炭鉱主婦協議会）である。しばしば、森崎と、本書では炭婦会や単に主婦会とも呼ばれるこの組織に集った女性たちを二分法的に対置する見方がある。[8] だが、主婦会員のインタビューが『無名通信』に掲載されていたように、『無名通信』に参加していた炭鉱の女性たちの多くはそれぞれの地域で炭婦協の運動にかかわった経験を有していた。そこでの活動を通じてかの女たちが直接に感じ取った限界をもとに森崎（たち）による炭婦協批判は為されており、それらは、先鋭的なラディカルによる地べたの者たちへの頭ごなしの批判、というような図式で理解されていいものではない。たしかに、森崎（たち）による炭婦協批判は極めて強いトーンでなされているが、炭婦協を構造的に取りまく「家父長制（オヤジ中心主義）[9]」への批判を主題とした「炭鉱の女」が掲載されたのは、当の炭労の機関紙であり、連載の初回記事では編集部が「筆者の森崎氏は、炭鉱の主婦の書き手たちとの交流を希望しておられます」と申し添えているように、それらはあくまでも女性たちのあいだでの対話を求めて書かれたものだった。批判された側がそのように受け止めたかどうかは別としても、衝突をも辞さない形での対話（対立）の呼びかけとは、『サークル村』から引き継がれた流儀にほかならなかった。(10)

話を戻そう。森崎は『無名通信』創刊後もしばらくの間は『サークル村』と『無名通信』を兼任する形で活動をつづけていくが、一九六〇年に入り、三池闘争や六〇年安保闘争といった戦後の運動史において決定的なメルクマールともなるたたかいを迎えるなかで、『サークル村』もまたその路線を変更していくことになる。それ以前から燻っていた谷川をはじめとした『サークル村』の主要な共産党員の活動家たちと党とのあいだでの対立は、この六〇年を機に分裂へと発展する。党の統制に縛られることのない谷川たちにたいする党側からの圧力が高まり、谷川を含む『サークル村』活動家たちの除名／脱党が相次ぐ。一方では、同じように党籍をもつ会員の一部が『サークル村』から離れるケースもうまれるなどの混乱が生じるなか、『サークル村』は六〇年五月をもって一時休刊となる。同年九月から雑誌は復刊となったが、編集委員の顔ぶれは大きく代わり、紙面もそれまでのサークル運動・文化運動路線から、労働運動路線の色が強くなっていく。そして、この所謂第二期『サークル村』の紙面の中心を占めるのが、筑豊の地方大手炭鉱・大正炭坑をめぐる大正闘争であった。

『サークル村』の主要な活動家を多く抱えていた筑豊の大正炭坑をめぐっても、一九六〇年に入ってから合理化問題が浮上する。三池闘争が最終的には炭労と三池労組の幹部たちによる妥結によって「総資本」の勝利に終わっていくなかで、資本や国家との決定的な対決を回避しようとする労組幹部に通底する姿勢を批判し、三池闘争の敗北の乗り越えを目指す形で、六〇年八月に大正青年行動隊――のちに改名して大正行動隊――が結成されることとなる。大正行動隊は以後、会社側が提示する合理化計画を前にあえて退職を選択し、労働組合として退職者同盟を結成しながら退職金獲得闘争、のちには自立村建設へと邁進していく。誰にも指示されず、やりたいことだけを各々がやるという特異な行動原理をもったこの運動体の理論的中心にいたのは、オルガナイザーとしての谷川その人だった。

こうしたなかで森崎は第二期『サークル村』には参加せず、編集委員にも名を連ねなかったものの、『無名通信』の活動を継続しながら、谷川に伴走する形で大正闘争の支援にもかかわっていくことになる。

しかしながら、一九六一年五月、大正行動隊の隊員の妹であり、『無名通信』の編集にもかかわっていた女性が強姦殺害される事件が起きる。この事件は、本書でも「渦巻く」のなかで、設定や人物などを架空のものに置き換え創作の体をとりつつ克明に語られているが、森崎はこの事件に強い衝撃を受け、同年七月発刊の二〇号を最後に『無名通信』をほとんど独断の形で廃刊してしまう（また同年一〇月号をもって『サークル村』も廃刊）。事件を受けて当初行動隊は行動隊内部の犯行を否定しつつ、外部に向けては警察が冤罪を主導しようとしているとするアピールを発していたが、同年一二月、行動隊の中心人物である活動家の弟で、同じく行動隊の隊員であった男が強姦殺人の犯人として逮捕された。

こうした混乱を経て発表されたのが、本書の表題作であり、その中核をなす評論である「非所有の所有」（一九六一年一二月※ただし執筆は一二月以前と推定）である。事件以後沈黙を貫いていた森崎はこの評論で再び言論活動を再開するが、これ以降の文章には主に、大正闘争の現状を外部に向けて報告する趣旨のものと、創作の体をとった文章とが存在する。前者においては性暴力事件にたいする言及は見当たらず、この点で森崎も対外的には運動への批判を自重せざるをえなかったこと、他方で、後者においては「創作」の名を借りることで、運動内の性暴力・性差別への批判をギリギリのところで成立させていたことがわかる。(11) また、そのなかでは「毒蛾的可能性へ」（初出不明、一九六二年一一月以降のものと推定）が、大正闘争のなかで決して目立ちはしない役割を担う女性たちの、誰に指示されることもなくすべてを自分たちの判断でおこなっては次の行動へと動いていく自律的な姿を書き留めつつ、かの女たちに囁かれるであろう「毒蛾」という誹りを予期したうえで、なおその可能性を肯定しようとする重要な評論となっている。

そして、本書は、合理化・閉山が急速に進展していく筑豊の様子を綴った「ボタ山が崩れてくる」（一九六二年一二月）と「没落的開放の行方」（一九六三年二月）をもっとも最新の文章としたうえで、一九六三年三月、『非所有の所有――性と階級覚え書』としてまとめられ刊行されたのである。

アナーキズムの方へ

性と階級をめぐる女たちのコレクティブなたたかいと、その際の集団原理とを追い求めた一九五〇年代後半から六〇年代前半の森崎の思想において、もっとも重要な概念は本書のタイトルともなった〈非所有の所有〉であった。[12] もちろん、本解題の冒頭で記したように、概念の理論的な整合性や明確な定義づけが森崎の作業の主眼にあったわけではないが、マルクス主義の用語に依拠することで一定の概念化を試みようとしていたのはたしかである。

森崎が提示した〈非所有の所有〉をはじめとする一連の所有形態は、当時の森崎の周囲を取りまいていた複数の運動の組織形態に対照する形で——しかし必ずしも明示的ではない形で——論じられている。そもそも、このように所有形態をめぐるマルクス主義の議論に依拠しながら組織論を論じていくというスタイル自体は、谷川雁に由来するものであった。マルクスの著作に戦後一定程度は慣れ親しんでおり、本書でも「渦巻く」のなかでマルクス個人への愛着が語られているとはいえ、マルキストでもコミュニストでもなかった森崎にこうした所有概念にこだわる内在的理由があったかといえば疑問である。この点で、自身の文章にマルクスを頻繁に参照・引用するコミュニストであった谷川の影響があったと考えるのは自然なことであろう。

マルクスを引きながら所有と共同体（組織）の関係を論じた谷川の代表的なテキストとしては、

おそらく一九六一年三月に発表された「日本の二重構造」が真っ先にあげられるが、そもそも一九五八年の『サークル村』の創刊宣言自体が、サークルの集団性を論じるうえで「諸形態」の議論を濃密に援用したものであり、この創刊宣言は基本的に谷川単独の執筆によるものだった。ギリシア・ローマ型、ゲルマン型、アジア型という資本制以前の共同体の三類型を段階論的に理解するのではなく、社会に同時併存するものとして捉えながら、労組や政党、青年婦人組織、協同組合などに各形態の残滓をみてとりつつ、これら各大衆組織も本質的には一種のサークルであるが、「古い共同体の破片」が「未来の新しい共同組織へ溶けこんでゆく」にあたって、「そのるつぼであり橋であるものがサークル」だと谷川は定義してみせた。[13]

こうした谷川の発想に一定の影響を受けつつも、所有と共同体の議論を運動上の組織論に限定せず文明論的に拡大していった谷川とは異なり、森崎はみずからの所有論をあくまで（女性）運動の共同性に限定する形で展開していった。[14] そして、谷川ものちには森崎の〈非所有の所有〉の議論から逆に影響を受けるようになるのだが（本稿の注16を参照）、ここで森崎が谷川（およびマルクス「諸形態」）の影響圏からはみ出す形で独自の所有論を展開するにあたり用いたのが、同音異議のふたつの**ヒショユウ**であった。

非所有と**被所有**。口頭での議論には到底適していないように思われるこれらの用語だが、字面からもそれぞれの言葉がもつある程度の含意を摑むことは可能だろう。資本主義社会の私有＝私的所有の原理にたいして、**所有（私有）していない／されていない**という非ざる所有としての**非**

所有と、**所有（私有）されている**という被る所有としての**被所有**。そこではどちらにも、生産や賃労働から疎外されながら家事労働に従事し、「家族ぐるみ」の闘争のなかでは周縁的な立場に追いやられがちな女性たちの状況が想定されている。そのうえで、**なにも所有していない**という状況を肯定的に捉えなおし、非支配的で水平的な関係性の基盤とするのが非所有であれば、その状況をみずから追認し、「被害意識に安坐しながら、外界との非妥協性をゆるめて」（「非所有の所有」）しまうのが被所有ということになる。

ここで具体的に被所有として真っ先に想定されるのが、本書で繰り返し森崎の批判対象となっている炭婦協であることは疑いえない。問題は、親組織である労組の男性たちを心の底からは信頼していないにもかかわらず、従属的な炭婦協や女性たちの立場をかの女たち自身が諦め混じりに認めることで、幹部主義や官僚主義をその内部に蔓延らせ、炭鉱の女性たちが真に抱える不満や欲望を組織として摑むことができない点にあった[15]。性差を基準に分離された女性組織もまた、それだけでは家父長制の原理と無縁ではなく、女性たちには別の新たな集団原理が必要とされる。

とはいえ、非所有と被所有はそれぞれある状態を記述しているに過ぎず、その状態を集合的に開いていこうとするのか、それとも個人化するのかといった次元において、**〈非所有の所有／共有／私有〉**と**〈被所有の所有／共有／私有〉**という各種所有形態が現れるのであり、これが森崎にとっての組織論ともなる。非所有／被所有の状態がそれぞれにあるとして、これらを個人や特定の集団の問題としてのみとらえれば**〜の私有**となるが、その状態を開かれたものにしながら積極的につくりつづけようとするのであれば**〜の所有**という所有形態がうまれる。そのうえで、森崎は「非所有の所有こそ、革命を経過した未来社会における物質所有のあるべき形態」（「非所有の所有」）だとしたが、これは〈非所有の所有〉が目指されるべきものではあっても、具体的な指示対象をもつわけではないことを示唆してもいる。

他方、**〜の共有**とは、**〜の私有**と**〜の所有**のあいだの状態ともいえ、ある集団や組織が十分に意識化されることのない形で非所有／被所有を享受している所有形態を指す。なお、この時期の森崎において、単なる**共有**や**〜の共有**の位置づけには文章ごとに微妙な揺れがあるものの、基本的に否定的なニュアンスで用いられることはない。事実、本書所収のテキストとしては比較的早い時期のものとなる、一九五九年一〇月発表の「破壊的共有の道」では、概念としての共有を鍛えようと試みてもいる。その一方で、これらがあくまで一時的な状態に留まること、また「非所有の所有」においては「共有の概念には私有と非私有が複合する」とされたり、「コルホーズ形式の共有」が〈非所有の所有〉によって打倒されるべき対象にあげられるように、共有には絶えず私有化や国家化への警戒が求められると森崎は想定していたように考えられる。(16) そのため、非所有や〈非所有の所有〉のような積極的な意味づけがなされることはなかった。

そして、これら六つの所有形態が想定される一連の議論を展開していくうえで、同音異議のふたつの**ヒショユウ**は、こうした複数の所有形態の**流動性**という森崎の所有論の根幹を表現するうえでは、極めて適切な言葉の選択である。これらの所有形態はそれぞれが分離した独立のものではなく、地続きのものとしてあることが重要なのだ。

具体的な例とともにみていこう。本書のなかでもとりわけ印象的なエピソードのひとつに、「人買組織と山の女房」などで触れられる、北九州へと日雇いにでる女性たちが撒き散らしていく享楽的なエネルギーがある。失業した夫たちにかわって家計を支えるために家の外で働き出すことを迫られたかの女たちは、そのことによってみずからを家庭へと閉じ込めてきた家の呪縛から解放され、新しい職場で次々と「よか人」をつくっていく。電車のなかで若い恋人の話に花を咲かせては、仕事終わりの銭湯では男たちに容赦ない嘲笑を浴びせていくかの女たちの、既成の秩序から解き放たれたエネルギーと欲望を森崎は見事に描き出しているが、同時にここではひとつの留保が課せられている。つまり、こうした解放を実現したのは、家から女性たちを引き剝がし、賃労働の領域へかの女たちを従属させていく資本の力に他ならないのであり、「家族意識の崩壊過程に生ずるエネルギーの大量生産を独占〔資本〕は先取り」していく現実がある。この点で女性たちのエネルギーは両義的という他ないが、それでも森崎がここに女たちの変革の可能性を見てとったことは間違いない。

森崎はこうした組織なき女性たちの所有形態を「非所有の所有」のなかでは〈被所有の所有〉としてとらえているが、「人買組織と山の女房」の結語で森崎は、「裂け目」という詩語を用いながら、そこでこそ垣間見える苦しみとない混ぜになった女性たちのある煌めきを描いている。女たちの抱える両義性こそが、森崎その人を摑まえて離さなかったことを物語る一節である。

裂けている。はらわたを欲しがっている女たちがとうとうと流れ落ちていく音がする。プロレタリアートへの欲望に、切りこんでくる杭ひとつない裂け目が日本列島を縦断する。バカヤロー。別れる亭主も瞬間の男もそれらの髪の毛をひきずったまま、落ちていくしかない裂け目が虹のようにそこにある。

一方で、「人買組織と山の女房」のその後を描いたというべき「没落的開放の行方」では、こうした日雇いの女性たちの両義的なエネルギーがすでに変質を遂げていることが報告されている。女性たちが家の秩序に従属することはもはやないが、かわりにかの女たちは職場に古山／新山という区分を引き入れ、親会社の職員を通じて新参者である後者を理不尽に扱い、自分たちの小さな特権に安住していく。ここに生じているのは〈被所有の私有〉という所有形態であり、エネルギーのその「自然発生性」に委ねているだけでは、女性たちのエネルギーの両義性も容易く変質してしまうことは「非所有の所有」でも同じく指摘されている。だからこそ、森崎はある種の切迫感をもって「私たちはなんとしても、非所有の共通認識を共有する意識性で、その流れを変化させなければならない」（「非所有の所有」）と提起している。

他方で、炭婦協があくまでもその内部の「家父長制（オヤジ中心主義）」を批判されたように、森崎（たち）による既存の婦人運動批判は男性たちを中心とした労組やサークルなどへの批判でもある。かれらへの批判は、本書では評論を中心とするI部よりも創作を収めたII部で主に展開されるが、じぶんたちの集団に限っては一見〈非所有の所有〉を実現しているかのような組織もまた、その所有形態を女性たちに開くことがない点では〈非所有の私有〉にとどまらざるをえない。

このように、〈非所有の所有〉をめぐる一連の所有形態はそれぞれが隣り合わせで存在しており、それでいて常に別の所有形態へと移行・変化しえるというある種の流動性を兼ね備えている。この流動性もまたやはり両義的なものであって、どれほど理想主義的な集団や組織であっても常に〈非所有の私有〉や〈被所有の所有〉、果ては〈被所有の私有〉に変質してしまう危うさを抱える一方で、どのような所有形態の集団や組織であっても〈非所有の所有〉へ近づく可能性それ自体は確保されていることになる。だからこそ、先にもみたように森崎の炭婦協批判は、単なる頭ごなしの非難ではなく、厳しくも率直な問題提起のなかで〈非所有の所有〉に基づいた女たちの運動体をつくろうとする呼びかけとして存在していたのだ。

非所有の所有は主体性の主張である。同じ状況を女たちが自己を客体として意識した場合には、それは被所有の所有という内実をもってくる。これは一般に被害者意識といわれるものの正体だ。(「非所有の所有」)

そして、ここに提起されている「主体性の主張」を理解するうえでは、被害者／加害者、権力／権力意志といった、通常の一般的な意味をずらして当時の森崎に頻用されるこれら用語を踏まえる必要がある。ここでは、『無名通信』の創刊宣言の一節を借用したい。

（…）かつてのオヤジ中心主義をつくった権力をくつがえすために、被害者として集まるだけでは女の根本的な解放はできないということになります。自分をとざしている殻を、わたしたちの手でやぶること。それは被害者が、権力にたいして加害者になるときです。(17)

被害者から加害者へ、もしくは、権力や無権力の物神崇拝から権力意志へとは、受け身の立場でいまある状態（被所有）へ被害者として甘んじつづけるのではなく（無権力の物神崇拝）、実体的な権力の奪取を避けながらも、既成の権力への加害を通じた権力への意志のみを重視することであり、これが森崎にとっての主体性の意味であった。これは、革命的な主体化の要請というよりも、既存の（権）力関係はいつ何時どの場所からでもひっくり返しえるという可変性や可能性を示唆していた点で重要である。

そのうえで、たえず襲ってくる私有の誘惑を乗り越えるためにも、集団や組織は持続的な変化を常に求められる。この際、「非所有の所有」の理論部分にあたる第II部ではなく、森崎が見たという夢の内容を詳説する第I部のなかに、目立たない形で書き込まれた次の一節が極めて重要なものとして浮かびあがってくる。

> 私は作り、捨てる。捨てつづける集団をつくろう。（傍点、引用者）

ここに象徴的に現れているように、本書を含めこの時期の森崎は、マルクス主義の言葉を用いながら、あきらかにアナーキズムの立場へと接近している。組織や位階性《ヒエラルキー》、また国家（化）という力学を払い除けながら、絶えざる運動性を集団そのもののなかに招き入れることで、組織なき自己組織化を求めつづける。そうして森崎は、およそ意図せざる形でアナーキズムを生きようとしていたことになる。

資本主義と家父長制が交差する私有の原理から遠ざかりつつ、その遠ざかりつづける集団や組織の原理を打ち立てようとすること。この二重の（不）可能性を追求するなかに、概念ならざる概念としての〈非所有の所有〉は存在している。

隣家の「美学」について

ところで、本書の重要な主題のひとつに、これまでも断片的に触れてきた家《ホーム》の問題がある。北九州へ日雇いに出ていく女性たちに象徴的なように、家という桎梏からの解放は、女性たちの抑圧されてきたエネルギーの解放と同義であった。一方で、後にも触れるが、家の拘束や夫たちとのギクシャクした関係は、現実的には即座に解消も解決もされるような性質のものではなかった。だからこそ、それは女性たちにとっての桎梏たりえたわけだが、その点で〈非所有の所有〉にとって家とは文字通り非所有と被所有がせめぎ合う場に他ならない。

この家という問題を考えるうえで本書においてもっとも重要なのが、一九六一年五月に『無名通信』にて発表された「隣家の美学」（原題は「隣りの美学」）である。五〇年代後半から六〇年代前半の時期どころか、森崎の全キャリアのなかでもとりわけ重要なこのテキストが対象にするのは、北九州へ日雇いに出る女性たちのその手前にある世界なのだが、それはともすればユートピア的にも思われかねない〈非所有の所有〉が始まりうる場所を具体的に指し示してもいる。「隣家の美学」の冒頭は、ボロボロになった継ぎ接ぎだらけの炭住の長屋に施された工夫の数々を、こと細かく書き留めることから始められる。家のなかでは、モノが本来の使用法から逸脱した形で自由で奇抜に用いられており、森崎はこの「自在でとっぴな組み合せ」を炭鉱での「肉体と石炭との強引な会合と痛み」に重ね合わせるのだが、根本的に修理しなおされることもなく、その場しのぎでなされたであろう工作の数々が積み重ねられることによってこの世界はつくられている。

この時期、合理化・閉山の嵐のなかで次第に朽ち果てていく炭住の様子は、炭鉱の悲惨さとその末路を物語る格好の被写体としてあったことを思い起こしてみよう。人びとが地底での生死をかけた労働のなかでなにを経験し、いかなる倫理と感性の共同体をそこに形成してきたのか、そうした問いを欠落させて炭住の表面的な荒みのなかに崩壊の予兆を感じ取ることは容易い[18]。しかし、「壁とも戸とも名づけようのないそのくらがり」のなかにこそ、炭鉱に生きてきたひとびとの集合的な「知恵」やその「形成までの過程」が詰まっていることを、森崎のマテリアルなまなざしは丹念に見出していく。それは裂け目のなかに虹の煌めきを見出す際のあのまなざしに他ならない。

そのうえで、森崎はこうした隣家の工作が私有の論理とはかけ離れていることをみつけてもいる。継ぎ接ぎの実践は、まさに継ぎ接ぎという断片的で非完結的な工作であるがゆえに、誰の所有物にもなりえない。ましてや、厳しい労務管理のもとにあって、絶えざる移動と逃散《ケツワリ》を本質とした「流民」たる炭坑夫の生活において、炭住とはそこに集まりまた散っていった無数の家族たちの創造と記憶の集積によって成り立つ生活世界である。森崎がこの「隣家」に驚嘆するのは、単に部屋の内部に施された工夫の数々ゆえではなく、その工夫になんらの執着もみせず、「不用の期間は人に借して入用になれば自宅に入る」ことで事足りるとする一家のその屈託のない姿勢にあった。

創造に何らかの快感があるとすれば、それは集中の秩序を一回きりで捨ててしまうことだと思います。数名で作られた知恵の輪のような戸口から彼ら彼女らは惜しげなく小さな工作を捨てて次へ移るにちがいない。私はかず多い工夫のあとを、精神の転移の足跡とみていました。ちょうど初期の坑夫一家が針金と新聞紙で天井を作っては次のヤマへ移り移りしていたように、たちまち捨ててかえりみることもない知恵、その自発性への信頼だけが快楽なのだと。

そして、森崎はこうした「完成とは無縁な創造の主張」を、家のなかに閉じこめられてきた女たちの創造性として解釈し引き受けている。施された修復・修繕の数々は、「ケアのインフラ」[19]としての家《ハウジング》にたいするマテリアルなケアリングそのものであるが、同時に、会社や家父長のものである家とその価値を内部からつくりかえていくような創造的な営みでもある。[20]もちろん、これは家からの解放でもなければ、家の解体でもない。森崎もこの「隣家の主婦」を理想的な女の形象とするわけではないが、この姿をひとつの基準(「典型」)に設けながら、もう一方の極には現在の女たちが抱えるありのままの限界を据えることで、私有から遠ざかりつづけるなかで広がっていく女たちの創造性を次のように定式化してみせた。

誰も見たことも感じたこともない次元を感じ取ること、感じ取ろうとすること、それが変革を願う者たちの不可欠な前提なのです。ですから典型は不断に更新され遠ざかります。
ふたつの典型の間に無数の落差をもって私たちは入りこんでいます。そしてその両側の極が同時にとらえられたとき、私たちはようやく創造の痙攣が起るのを意識します。
が、創造も自我の確立も、一本の軸のはしを両岸でにらむように消極的な受信機では、単純な状況報告や現状承認をぬけることはできません。典型の止揚を重ねてはじめて歴史は綴られていきます。

ところで、ここでの森崎は「痙攣」という筋肉の比喩を用いることで、女たちの創造に伴う困難やその過程を身体的なイメージを通じて表現している。この時期の森崎のテクストには、筋肉にまつわる比喩表現を女性の（身体の）解放性に結びつける傾向がみられるが、それは筋肉と男性性との結びつきを領有《アプロプリエーション》する表現であるとともに、その身一つのなかに秩序からの解放の因子があることを示唆してもいる。それゆえ、あの「捨てつづける」というフレーズとも深く響き合った「隣家の美学」の結語は、身体の振る舞いの次元で喚起力において極めてすぐれている。

その感度と音がどれほど完成や結晶から遠かろうと、表現するのです。一つの断章に。八方やぶれの舞踏に。かたわ《ママ》な詩に。一片の手紙に。そして直ちにふりすててしまわねばならないのです。

感度、音、舞踏、詩、手紙…この短い一節に多くのイメージが詰め込まれている。そうして、この深淵なテキストは、女性たちの一瞬一瞬の日常の振る舞いのなかに無数の創造の断片が詰まっていること、創られては消えていく瞬間のなかにこそ世界を変革しえる可能性があることを伝えてやまない。だが、それだけではない。創造物に固執することのない隣家の「美意識」に新しい「美学」が宿っていることを語りもしているこのテキストは、そうした振る舞いの次元での創造性にみちたこの世界を、わたしたちがいかにまなざし感知しえるのかという感性の次元が同時に問われていることを示してもいる。この「美学」を経由することによって、わたしたちは過去の痕跡から――たとえばそれは隣家の一見ボロボロでしかない住居のなかから――女性たちの創造を読み解くことができるのであり、このとき「歴史的時間」をもたないとされる女性たちの不可視化された歴史こそが発見されるだろう。創造は常にいまここの地点から可能であり、いつも、すでになされてきたのだから。この先には、「非所有の所有」を締め括るあの「私の母のその母の、そのまた母の無数の女たちのたたかいの音」の残響がこだましてもいるはずだ。

そのうえで、「隣家の美学」の初出が『無名通信』誌上であったという文脈を今一度思い返してみよう。このテキストは真空に放たれたのではなく、ともに活動する周囲の女性たちを宛名にして書かれている。「八方やぶれの舞踏」が宇部グループを指していることはあきらかだ。これは創造の断片を互いに持ち寄りながら、「直ちにふりすててしま」う身振りを重ねることで、新しい集団をつくろうという呼びかけなのであり、ここにこそ、女たちの〈非所有の所有〉のはじまりがある。

ところで、先の結語では、初出から本書への収録にあたる改稿のなかで「エッセイに」という一語が密かに削除されている。森崎は、みずからの手によるこのエッセイもまた、ひとつの創造たりえることを一度は書き留めつつ、のちには控えめに隠してしまったのかもしれない。

弁証法の裂け目へ／から

集団はつねに更新されるべきものであって、そこでの創造は「直ちにふりすててしまわねばならない」。〈非所有の所有〉に基づく組織化の原理の追求は事実上組織自体を否定するものだが、一見矛盾したこの試みを実践するにあたり、森崎が念頭に置いていたのは女性たちのあいだの連帯だけでなく、男性たちとの連帯でもあった。

森崎や『無名通信』に集った女性たちは、一貫して女性独自の運動を追求していたが、同時に周囲の男性たち、主にはみずからの夫たちとの対話（対決）を求め、かれらに呼びかけるという点でも一貫しており、いわゆる分離主義的立場にたつことは（でき）なかった。これは、現実的には森崎と谷川の関係がそうであったように、女性たちの自由な行動を抑制するもっとも身近な要因が夫たちとのパートナー関係にあったからであり、この関係を変えることは常に喫緊の課題としてありつづけた。同時にそこでは、あきらかな異性愛主義を前提としつつも、女性たちがもっとも身近な関係からの交流を欲する以上、男性たちとの関係もまた避けては通れないという認識があった。

その際、森崎が方法として用いていたのが弁証法であった。本書をみていると、森崎はたびたび方法としての「止揚」に言及しているのだが、たとえば「渦巻く」のなかでは、森崎と谷川がそれぞれ投影されているであろう「知子」と「章吉」の間で次のような会話が交わされる。

「(…) わたしにも二分法はあるとよ。けどその二分法を論理から閉めだそうとはせんよ。わたしの中の他者の声だもん。わたしの体を提供してたたかわせるんよ。そうやって労働者階級は潜在部分の顕在化をはかるんよ。それに対応するものがいるよ。でないと最終的に止揚されんもの。顕在化ってことは、わたし個体や自分の性や階層内部の他者の容認なんよ。その他者の容認によって、顕在するわたしは亡ぼされるんよ。章吉さんだって、同じと思うわ」(傍点、引用者)

またこれは、森崎個人においてはモノローグからダイアローグへの転換という、詩人としての森崎が提唱していた詩論にも対応する方法論でもある。[21] 弁証法がもつ方法論としての永続的な運動性は、〈非所有の所有〉が〈非所有の私有〉や〈被所有の所有〉などへと転化するのを防ぐためにはたしかにすぐれたものであり、単に同時代のマルクス主義のジャーゴンとして「止揚」がここで用いられたわけではないだろう。

ところで、弁証法とは、相対する二極の存在を設定し、両者の間に発生する衝突的なエネルギーを変革の契機として利用するとした谷川雁にとっても、基本的な方法論であった。実際、谷川の文章を通覧していくと、俗物的な弁証法と切り分ける形でみずからの方法論を弁証法として意識している様子がみてとれるし、谷川と東京帝国大学時代から交友のあった社会学者の日高六郎も谷川を「弁証法の人」と形容しており(22)、これは自他共に認めるところであったことが窺われる(23)。

そして、谷川が一九五〇年代後半以降に重要視していく「工作者」という位置どりもまた、遠い距離のなかにある二極にたいし両者のあいだに相互的な打撃をうみだすことにその役割があった。さらに、この点に谷川のモチーフである「原点」も、また所有の問題系すらもが含まれていたことは本稿の文脈では実に示唆的だろう。

私有を離れようともだえなが〔ら〕なお不可避の占有を拡大している者に対して、私有の形式では絶対に所有することのできない者が存在する。私はこれを「原点」と呼ぶ習慣であるが、前衛と原点の結合、ここに回路を建設するものこそ工作者ではないか。中間性に苦しむ現在のサークルその他の成員もまたその中間性におのれの地獄を見るならば、その位置から工作者の有力な一端をになうだろう(24)。

先に触れた「隣家の美学」での「創造の痙攣」の一節からもあきらかなように、こうした谷川の方法論こそが、エネルギーという言葉とともに森崎へ強い影響を与えていた。谷川を経由した森崎へのマルクス主義の影響という点では、谷川や「諸形態」の発想からは幾分離れたところで自由に展開された所有論以上に、この弁証法こそが谷川の発想を直接的に引き受けているだろう。

そもそも、弁証法とは、森崎と谷川の関係性そのものを象徴していたと言ってもいいのかもしれない。詩誌『母音』を通じて谷川と出会った森崎が、当初から谷川の詩そのものにそれほど肯定的な評価をくだしておらず、谷川の求愛ははじめほとんど一方通行であったことはつとに知られる。そして、森崎は当時の夫に人間としての深い信頼を置いており、書き残されたものからしても唯我独尊の感が拭えない谷川に比べて、前の夫にはそのような尊大なイメージはまったく付与されていない。しかし、結局森崎は夫と別れ、谷川とともに筑豊での新生活を選択する。森崎の夫との離別、谷川との新生活はそれゆえ周囲にいくらかの衝撃を与えもしたのだが、そこにおいて森崎は理解よりも対立を、そしてその先の止揚を選択していったともいえる。森崎と谷川は、お互いを相反する二極――男／女――にそれぞれ位置づけあいながら[25]、衝突を含みこんだ関係性に賭けあっていた。

だが、こうした方法としての弁証法にとって大きな岐路となったのが、大正行動隊内部での性暴力事件だったことは間違いない。この事件への対応をめぐり、組織の維持を最優先にする谷川と、組織内部の家父長制・性差別への全面的な批判を求める森崎とのあいだには埋めがたい亀裂が生じる。これ以降の森崎が直面するのは、男女のあいだでの弁証法の不可能性ともいうべきものであり、先に引用した「渦巻き」での一節もその文脈で理解される部分だ。他者（女性）を私有しようとする暴力のなかに、資本主義（的原理）と家父長制の共謀を森崎はみてとったのである。

この不可能性は——「裂け目」というあの印象的な森崎による詩語を借りるのであれば——〈弁証法の裂け目〉とでもいうべきものであるが、この裂け目を真正面から——しかし創作という形式で——記したのが、本書の第II部に配置された「とびおくれた虫」と、さきにあげてきた「渦巻く」である。

両作は創作の形式をとってはいるものの、あきらかに森崎や周囲の女性たちのあいだで現実に起きた出来事を扱っている。そして、運動内の強姦殺人事件を扱った「渦巻く」と、夫たちや労組、主婦会の無理解に苦しみながら女性たちの自己組織化を目指そうとする「とびおくれた虫」、どちらにも共通するのは家父長制や運動内の性暴力・性差別に対する全面的な批判である。とりわけ、「渦巻く」での性暴力批判は、単に事件の加害者を対象とするだけでなく、加害者を取りまく組織や男性たちにも内在する根深い家父長制や性差別を告発していく点で決定的な重みをもっている。

「誰でん知っとるばい。鈴木と同じ根性は執行部みんなにしみこんどるのを見ちょるばい。女に関することは闘争と別と思っとろう。それが現れただけばい。女の抱き方を知らん労働者は、本質に於て労働者をしめ殺しよる。それをかくして何が家族ぐるみね。やまの情況をみればなおのこと生活の根源から闘争へ入らないかん。やっちゃんの死はそのことを語っとるんよ。鈴木を裁くのは労働者でなからないかんやろが。裁ききらん者は執行部をやめろ!」

女性たちにとって家と闘争の現場は地続きのものであり、同義ですらあることを鋭く示すこうした告発に向けられるのは、男性たちの無理解や冷笑であって、その亀裂は本書を読む限りほとんど埋めがたいもののようにみえる。だが、この困難さや絶望感のなかでこそ、誰をも支配しないという〈非所有の所有〉は、女性たちの切実な叫びとしてあることが理解される。

現実の困難さを突きつけ、重苦しいトーンが支配的な両創作だが、「とびおくれた虫」で描かれる女性たちによる共同託児所の建設が、単に創作上のものではなく、現実の出来事としてあったことを知っておくのは重要である。「とびおくれた虫」が雑誌で発表されたのとちょうど同時期の一九六二年六月から七月にかけ、森崎は解散した『無名通信』にかわって新たに『女性集団』という雑誌を立ち上げるとともに、かねてから提起されていたという共同の託児所を開設する。この託児所は「スイスイ託児所」と名付けられたが、開設までの経緯と託児所の様子が、『女性集団』では次のように報告されている。

〔引用者——北九州での日雇い仕事ですら徐々に困難になりつつある現状をあげながら〕もはや私たちは、労働者の妻の次元ではなく労働者それ自身として、戦闘すべき条件にいや応なく押し込められています。そこでふるえている女たちの意識を、かすかに手さぐりながら、私たちはなんとかして女性集団を形成しようと考えました。

幾度かの話しあいのあと、誰でもしたしく出入りできる場をつくるために、そして女たちの卑近な困難を共有し、開放するために、共同子守り場を作ることにしました。

昼間はしんかんとなる炭住の一軒に押し入り、荒壁に新聞紙を貼りました。そんなことをしていますと、或るお年寄りが箱いっぱいの折り鶴をとどけて下さいました。折り鶴を天井からつるし、こわれた玩具をもちこみ、リンゴ箱を下駄箱につくりかえ(26)(…)

日常の次元から、常に日常の次元で、炭坑主婦の自立した運動を生むよう、わいわいさわぐ地点が芽生えるよう地ならし段階。(27)

空き家となった炭住の長屋を文字通りつくり変えることでうまれたこの場所が、単に日雇いに出る女性たちが子どもを預けるための場所ではなく、子どもたちの面倒を共同でみながら、女性たちが集い合い語り合う場所として存在していることがよく表されているだろう。そして、創刊号のみが確認されているこの『女性集団』とスイスイ託児所に集った女性たちの姿は、必然的に、「とびおくれた虫」のなかで鮮烈に登場する「たたかいのなかで、あたらしい女房がうまれた！」という一文からはじまる「川筋女集団」によるあのビラの文面を思い起こさせる。

そのビラが実際に撒かれたものかどうかはわからない。だがそれは、この時期の森崎の筆名によるテクストのなかでももっとも心を打つもののひとつであり、その文章が「集団《コレクティブ》」の名の下に書き留められていることほど、一九五〇年代後半から六〇年代前半の森崎のテクストの本質を示唆するものはないだろう。森崎は〈弁証法の裂け目〉にぶち当たりながらもなお、みずからの闘いを放棄することなく立ち上がろうとする女たち——『女性集団』——の〈非所有の所有〉のたたかいがつづいていることを示してみせたのである。

だがそれでは、〈弁証法の裂け目〉のその先で、創造し一回きりで捨て去りつづけるような〈非所有の所有〉の運動はどのように可能であり、その際の方法とはなんなのか。この無言の問いにたいする答えがその後用意されることはなく、森崎和江と女性たちの六〇年代は終わっていくことになる。

答えはまだない。だからこそ、それはいまなお、わたしたちの問いとしてもあるはずだ。

(1)加納実紀代「交錯する性・階級・民族――森崎和江の〈私〉さがし」同編『文学史を読みかえる7　リブという革命――近代の闇をひらく』インパクト出版会、二〇〇三年、二五七頁。
(2)この点は、坂口博「森崎和江の方法（その一）」『敍説』一六号、花書院、一九九八年二月を参照。
(3)この点については、本書とあわせて復刊される森崎の一九七〇年の著作『闘いとエロス』に寄せた拙文「解題　困難な書――一九七〇年の森崎和江」（森崎和江『闘いとエロス』月曜社、二〇二二年）を参照。
(4)髙橋伸一「石炭産業と労働者」同編『移動社会と生活ネットワーク――元炭鉱労働者の生活史研究』高菅出版、二〇〇二年、松井安信「石炭産業の悩み」・田中〔名前記載なし〕・徳本正彦「炭鉱失業者の状態」高橋正雄編『変わりゆく筑豊――石炭問題の解明』光文館、一九六二年。
(5)この点は、吉田秀和「高域移動離職者の生活歴」髙橋前掲『移動社会と生活ネットワーク』を参照。
(6)道場親信『下丸子文化集団とその時代』みすず書房、二〇一六年、一六二―一六三頁
(7)井上洋子「『無名通信』をめぐって」『解説・回想・総目次・執筆者索引』（復刻版『サークル村』別冊）不二出版、二〇〇六年を参照。
(8)西城戸誠「産炭地の女性たち――「母親運動」の評価をめぐって」中澤秀雄・嶋﨑尚子編『炭鉱と「日本の奇跡」――石炭の多面性を掘り直す』青弓社、二〇一八年。
(9)「道徳のオバケを退治しよう――ヘソクリ的思想をめぐって」『無名通信』一号、一九五九年八月、二頁（本書三一一頁）。
(10)「炭鉱の女」の連載終了後、『月刊炭労』には福岡在住の婦人民主クラブ中央委員である田代れつによる「変わりものといわれないために」（『月刊炭労』一一六号、一九六〇年三月）と題する森

崎への反論が寄せられている。

(11)森崎和江コレクション『精神史の旅』第五巻『回帰』(藤原書店、二〇〇九年) 所収の「森崎和江自撰年譜」によれば、この六二年の時期、森崎は谷川から外部との交流を禁じられていたという。

(12)なお、大変煩わしいが、本稿では非所有の所有にかんして三つの括弧を用いている。〈 〉の場合は概念、「 」の場合は一九六一年一二月に発表されたテキスト、『 』の場合は本書全体をそれぞれ指す。

(13)「さらに深く集団の意味を」『サークル村』創刊号、一九五八年九月、五頁。(のちに谷川雁『工作者宣言』に所収)。

(14)なお、森崎がはじめて「諸形態」の議論に直接接したのは、一九五四~五五年ごろ、出会って間もない河野信子に謄写版の「諸形態」を借り受けてのことだったという。森崎和江「信子さんのこと」河野信子『近代女性精神史』一九八二年、大和書房、二三一頁。

(15)これらについては、連載「炭鉱の女」がより具体的な事例を提示している。

(16)こうした点については、同時期の谷川雁の以下の文章が文脈を補足してくれるだろう。これは一九六三年三月に発表された「もう一つの私性」からのものだが、このテキストでは「被所有」といった用語の使用も含め、あきらかに谷川こそが森崎の〈非所有の所有〉の影響下にある。「私有と私有の否定の中間に共有すなわち社会主義的占有という項の必須であることを一つの現実感としても承認することにためらわないが、しかしその反面においてこのような種類の共有にふくまれる私的性格、つまりは閉鎖性のはげしさにいまさらながら心をひそめざるをえない時期をむかえている。ソ連が「堕落せる労働者国家」であるか、「国家独占資本主義社会」であるかといった議論も、せんじつめれば人間をおびやかす最大の観念が「私有の魔」から「共有の魔」へと移りつつあり、共有の一語で蔽われている分裂を拡大鏡でのぞいてみなければ、未来を観測するための手がかりなどありはしないという一点に集約される。共有はむろん比ゆ化された私有であるけれども、私有のもつ本来的な擬似性よりは自然に近い――といった命題には気の遠くなるように多種多様な注釈を必要とするであろうが、かりにそれをつぎのようにいいかえてみるとする。共有は一種の私有で「ある」けれども、私有では「ない」。さらにそれを裏返して――共有は私有では「ない」けれども一種の私有で「ある」」(「もう一つの私性」『北海道大学新聞』五〇九号、一九六三年三月一日、のちに『無の造型』所収)。

(17)前掲「道徳のオバケを退治しよう――ヘソクリ的思想をめぐって」二頁(本書三一三頁)。

(18)これらの問いを、のちに森崎は『奈落の神々――炭鉱労働精神史』大和書房、一九七四年で深めている。

(19)Emma R. Power and Kathleen J. Mee, "Housing: an infrastructure of care", *Housing Studies* 35(3), 2020.

(20)筆者は以前、女たちのインフラというテーマのもとで、「隣家の美学」をはじめとした『非所有の所有』の諸テキストを、アルゼンチンの理論家・活動家であるヴェロニカ・ガーゴの身体-領土という概念とつきあわせて論じたことがある。拙稿「女たちのインフラ、あるいは、マテリアル・アンサンブル――森崎和江と「身体-領土」についてのノート」『福音と世界』七七巻一号、新教出版社、二〇二二年を参照。

(21)森崎の詩論については、さしあたり井上洋子「森崎さんの短歌と詩心」『森崎和江詩集』思潮社、二〇一五年を参照。

(22)日高六郎「"負"のエネルギーに挑む――正の工作者・谷川雁」『東京大学新聞』七〇号、一九五九年一月一四日、および、羅皓名「日高六郎と谷川雁の思想的繫がりと「アンガージュマン」における差異」『教養デザイン研究論集』一九号、二〇二一年、五頁。

(23)差別論の文脈では、谷川はみずからの方法論を「「極限」弁証法」と形容したことがある。谷川雁「無《プラズマ》の造形」『思想の科学』第五次一九号、一九六三年一〇月(のちに『無の造型』所収)。

(24)谷川雁「現代詩の歴史的自覚」『新日本文学』一三巻七号、一九五八年七月、九五頁(のちに『原点が存在する』所収)。

(25)これらが深く異性愛主義的であり、また強固な性別二元論であることは言うまでもない。批判をもって今後深められるべき課題である。

(26)「経過報告」『女性集団』創刊号、三頁、一九六二年七月。

(27)「子守り場近況」『女性集団』創刊号、六頁、一九六二年七月。

校異・補訂

一、底本（『非所有の所有』現代思潮社、一九六三年）と初出誌紙との異同を校異表として作成した。異同のある頁・行数を示し、初出　底本の順に示した。
二、底本において誤植と判断した箇所については、補訂し、その旨記載した。
三、以下の書き換えについては省略
・ず⇅づ、ゑ→へ、等→ら
・促拗音の「っ・ゃ・ゅ・ょ」などと、通常（並字）の「つ・や・ゆ・よ」などの変更は省略（ただし方言など、発音が重要と思われる場合は省略しなかった）
四、「現代を織る女たち」と「毒蛾的可能性へ」については初出不明
五、行数は、「作品タイトル」などをのぞいた「本文」の行数である（行アキ・パート分けは行数に含む）

〔無題〕
原題：「鉄を燃やしていた西陽」　初出：『サークル村』二巻五号、一九五九年五月

	初出	底本
7頁8行	どのような	どのように
7頁14行	わたしが	わたしは
7頁17行	首	首すじ
13頁14行	無	ゼロ

＊以下、15頁10、12、13行も同様

13頁16行	わたしは	わたしは世界の
14頁13行	母親	彼の母親
16頁16行	空缶	空罐

補訂

	本書	底本
16頁11行	掘りごたつ	堀りごたつ

人買組織と山の女房

原題：「人買い組織とヤマの女房」

初出：『日本読書新聞』一一〇七号、一九六一年六月五日

初出からの削除部分

31頁8行目と9行目のあいだに初出では以下の文が入っている。内容が「とびおくれた虫」で出てくる場面と重なるため、こちらのテキストからは削除されたものと思われる。

くたびれたころに「よし離縁状を書いてやる」と亭主は半紙に鉛筆をたてた。「離縁状」と書き、行をあらためて「五月一日、XXとXXは別れる。道具はみんなくれてやる。そのかわりに借金はみなおまえが払うこと」とした。印鑑はぺたりと押した。「よし、これで立派に片がついた。文句があるか」

この男はこうしてもう何度離縁状を書いたかしれない。或るときは筆で、或るときはペンで。そしてついこの間は「裸一貫で出れ。そのかわり借金はおれがはらう」と書いた。

	初出	底本
28頁12行	おれないのだ	おれない

隣家の美学

原題：隣りの美学

初出：『無名通信』一六号、一九六一年三月

	初出	底本
34頁2行	隣家	家
34頁5行	が	が、
35頁15行	どの板切れ	床のボール紙
36頁9行	私たちは	私たちですが
37頁15行	私有	個的限定
38頁4行	いいのか、ふと	いいのかとふと
38頁13行	発見	創造
38頁10―11行	紙のようにうすいポジションとみじんもない雪景色ですが、 ➡みじんもない雪景色ですが、雲母のようにうすいポジションに針の足を立てているのです。はさまれている空間の透明さ、	
39頁4行	その	今の
39頁5行	破壊する努力	破壊する勢力
39頁5行	具体的努力	具体的勢力
39頁9行	餅ほどの	絣のきもの
40頁1行	両端の典型に打撃されて ➡自ら知覚する両端の典型にはさみうちにされて	
40頁3行	諸階層の中で動いている尖端部 ➡諸階層それぞれの最尖端部	
40頁9行	中間層の実感は実感不在という裏返し状態で ➡女性中間層の実存は実感不在で	
40頁9行	裏付けとしても	裏付けとして
40頁10行	なることが	なり得ることが
40頁10行	いえるのです	いないのです
40頁11行	暗い方へ	暗いその裏付けへ
40頁12行	ある階層の	特定階層が自己の
40頁12行	認めている気分 ➡権利の一種として認めている気分	
40頁16行	不在を	あなたの不在を
40頁17行	実感の所有部分は、不在を圧縮していったはしっこ ➡実感の所有は、なまじの実感をひっくるめて全的否定を打ちおろされる階層	

41頁3行　伝統を
➡歴史的時間へ編み込まれた伝統を
41頁3―4行　自分で自分を食べ複眼の増殖を
➡自分で自分を食べ、生体すなわち病根の増殖を
41頁5―6行　かたわな詩に。エッセイに。一片の手紙に。
➡かたわな詩に。一片の手紙に。

没落的開放の行方

初出：『思想の科学』第五次一一号、一九六三年二月

	初出	**底本**
49頁2行	山に	閉山に
53頁9行	加名	加盟
53頁12行	いるのでしょうか	いるでしょうか
54頁16―17行	憎しみ侮蔑処刑 ➡憎しみ、侮蔑、処刑	
57頁9行	あと、互に	あと互に
57頁13―14行	あるとの	あることの
59頁3行	くるばい。【改行】なんね ➡くるばい。なんね	
59頁17行―60頁1行	彼女もなめつくした ➡彼女も炭坑でなめつくした	

補訂

	本書	**底本**
43頁15行	采配	釆配

大正闘争の今日的課題

初出：『九州大学新聞』四八〇号、一九六二年六月二五日

	初出	**底本**
64頁11行	細い	細い。
65頁5行	変異	変画

66頁7行　炭労妥結案を代議員大会で現実的に否決した状況
➡炭労妥結案を代議員大会で現実的に否決した状況
66頁7―8行　――定足数に満たぬための最終決定に到らなかった――

↓（定足数に満たぬため最終決定に至らなかった）

66頁8行　到ったと認識　至ったと承認

66頁12行　彼等の反応はちがってっていた

↓彼らの反応はちがっていた

67頁4行　彪大　厖大

68頁1行　獲得しよう。　獲得しようと

68頁15行　硬石（ボタ）　硬石《ぼた》

補訂　**本書**　**底本**

65頁5行　変異　変画

ボタ山が崩れてくる――無職主義に蝕まれる筑豊の表情

初出：『現代の眼』三巻一二号、一九六二年一二月号

初出　**底本**

73頁5行　十年来　十年

74頁8行　絶えない創生期　絶えない。創生期

75頁9行　十三日。　十三日、

76頁15行　肩入れ金　肩人れ金

78頁1行　けんね、　けんね。

79頁1行　かまっとった　つかまっとった

79頁7行　やったったい　やつたったい

80頁2行　百円さ　百円

83頁16―17行　労働者たちの、　労働者たちの

補訂　**本書**　**底本**

76頁15行　肩入れ金　肩人れ金

破壊的共有の道――サークル村の一年と現在地点

初出：『サークル村』二巻一〇号、一九五九年一〇月

初出　**底本**

86頁4行　人間と機械を

↓社会のあらゆる回路やプロセスを

86頁5―6行　そして

↓その人間エネルギーの伝達作用の

86頁7行末　機械と人間とのそのような組み合いは、原始共同体が有機物との間にもっていたであろうと考えられる契約を炭素を越えた世界で再現したい要求でもあります。

↓単行本削除
86頁9行　静脈と動脈の通路　通路
87頁2行　同時に、　同時に
87頁5行　潜在　消滅的潜在
88頁4行　よか衆　よか衆
89頁5行　エネルギーの共有の場を欲しがって
↓エネルギーを共有したがって
89頁5—7行　自給圏にウェイトをかけています
↓生産関係を～沈黙しております
89頁10行　占有感覚に自覚的に転化
↓占有感覚に転化
89頁11行　ひとりという　ひとりという

91頁16行　反映ではなく　反映ではなく、
92頁6行　主題にしてきた便宜から
↓主題として来た便宜上から
94頁15行　思った、」　思った」
95頁6—8行　女は、見えすぎて後者はもう
↓つまり～脱落して女は、後者はもう
95頁9行　農民は二重の
↓農民は非常な低次元における二重の

補訂

	本書	**底本**
95頁16行	田中厳	田中巖

非所有の所有——性と階級覚え書
初出：『試行』二号、一九六一年一二月

	初出	**底本**
98頁冒頭と110頁6行目に、底本には初出にない「Ⅰ」「Ⅱ」を付したパートわけあり。		
101頁14行	『テレビ	「テレビ
112頁11—12行	形態である。↓形態であり権力意志である。	
113頁7行	権力意志	権力意識
115頁3行	きたように	きたような
117頁11行	裏側	対極
117頁12行	それは同時に外界の	それは外界の
119頁17行	法要	強要
126頁3行	職位	転位
127頁2行	乾杯！——	乾杯！

スケッチ谷川雁

原題：「谷川雁　論」

初出：『現代詩』一九六〇年七月

	初出	底本
130頁6行	いるのを	いる詩篇を

渦巻く

初出：『白夜評論』一号、一九六二年五月

	初出	底本
145頁3行	、目のない	目のない
148頁14行	そんなふうにしてよどんでいる被害意識の流動を手に入れたかのように錯覚しようとする。錯覚を自他へ押し売りする。アミーバーのような異質な ⬇よどんでいる被害意識を平面的に自他へ押し売りする。相対的に平扁である	
150頁3—4行	かたわら	かたわらの
165頁3行	組合が、	組合が
169頁11行	展開するん	展開する人
175頁13行	対応する非開放性を	対応する非開放を
176頁10行	這った	起った
177頁12行	闘いとってよ	聞いとってよ
183頁7行	屈伏	屈服
188頁9行	私有	権力意志
191頁10行	そのいきれない ⬇そういいきれいない	
192頁10、11行	臼	すすき
195頁2行	遊んでいる	遊んでくる
196頁3行【二ヶ所】	疑似組織	擬似組織
196頁14—15行	それはね、ソヴィエットの官僚だ。 ⬇（それはね、ソヴィエットの官僚よ。）	
197頁10—11行	独占欲	権力意志

補訂

	本書	底本
169頁11行	展開するん	展開する人
174頁9行	恰好	格恰
184頁7行	資本	質本

185頁11行　切羽　羽切
191頁10行　いいきれない　いいきれいない
199頁7行　対極　対局

とびおくれた虫

初出：『白夜評論』四号、一九六二年八月および同五号、一九六二年九月

	初出	底本
203頁6行	明晳	明晰
205頁2、6、13行	茎	莖
206頁15行	みたいに、	みたいに
209頁7行	ようしゃ	よっしゃ
219頁4行	ほんなこつたい	ほんなこったい
219頁14行	生きておれる奴。	生きておれる奴、
219頁15行	明晳	明晰
222頁13行	入るんでしょ？【改行】元へもどる？	
	↓入るんでしょ？　元へもどる？	
227頁13行	やつか	やつやか
230頁1行	缶	罐
230頁3行	線	綿
233頁14行	教えちょるよ	数えちょるよ
234頁10行	あたりまえさ	あたりまえくさ
234頁12行	一体、	一体
235頁8行	環	穴
235頁12行	かまとと	かまと
236頁11行	欲んで	飲んで
236頁13行	やらかすんやか	やらかすんや
237頁3行	それら	それらの
238頁2行	どろどろと	どろどろ
238頁7行	閃光が、	閃光が。
238頁10行	含まれて	呑まれて
238頁12行	具象化する……【改行】進歩	
	↓具象化する……　進歩	
239頁7―8行	あるなら	あるのなら
240頁6行	築爐	築炉
240頁7行	爐	炉
241頁11―12行	笑い	笑い、
243頁1、9行	爐	炉
243頁10行	門鑑はみた	門鑑は

244頁7行　よせて　よせて、
244頁12行　くると　くると、
245頁12行　煉瓦女が　煉瓦女が、
247頁5行　誰でん　誰でも
247頁7行　たたみながら　たたみながら、
249頁5行　いつなったん?」あれ、みてたんか?
➡いつなったん?　あれ、みてたんか?」
251頁6行　その群、　その群。
252頁4行　俺にしっこさせてくれ、
➡「俺にしっこさせてくれ」
252頁7行　奴　労組幹部
252頁16行　掃除をし　掃除をして
253頁3行　十時間　十二時間
254頁6行　「いくら　いくら
255頁8行　築爐　築炉
256頁3行　ことな?【改行】ここに
➡ことな?　ここに
257頁4行　~を置く。砂を
➡~を置く。微動する下意識。砂を
257頁6行　そこにある振芒。そのかすみの
➡そのかすみの
260頁10行　妙の骨　砂の骨
261頁3行　あんた落第　あんた次第

補訂　本書　底本

233頁14行　教え　数え
235頁11行　かまとと　かまと
252頁16行　下駄箱　下箱駄
261頁2行　変るとが。　変るとが

炭鉱の女

初出:「月刊炭労」一〇九~一一二、一一四号(一九五九年七~一〇月、一九六〇年一月)

補訂　本書　初出

267頁8行　わたしは　われしは
279頁15行　賃金体系　賃金系体
283頁7—8行　したのですか　しなのですか
283頁8行　ください。分から　ください分から

285頁17行　たたかわなければ」と。
➡たたかわなければ」と
295頁14行　もどかしがって
➡もどかしがしがって

森崎和江（もりさき・かずえ）

１９２７年４月日本統治下の朝鮮慶尚北道大邱生まれ。44年２月朝鮮を離れ、福岡女子専門学校入学。詩人・丸山豊主宰の「母音」同人。52年結婚。53年長女出産、同年弟が自死。56年長男出産、58年筑豊に移り、上野英信、谷川雁らと「サークル村」創刊。59年「無名通信」発行（61年廃刊）。79年福岡県宗像市に移住。

２０２２年６月福岡県福津市にて死去。

主な著書

61年『まっくら――女坑夫からの聞き書き』（理論社、岩波文庫）

63年『非所有の所有――性と階級覚え書』（現代思潮社）

64年『さわやかな欠如』（詩集、国文社）

65年『第三の性――はるかなるエロス』（三一書房、河出文庫）

70年『はははのくにとの幻想婚』（現代思潮社）

『闘いとエロス』（三一書房）

74年『奈落の神々――炭抗労働精神史』（大和書房、平凡社ライブラリー）

76年『からゆきさん』（朝日新聞社、朝日文庫）

78年『はじめての海』（吉野教育図書）

81年『海路残照』（朝日新聞社、朝日文庫）

83年『湯かげん如何』（東京書籍、平凡社ライブラリー）

84年『慶州は母の呼び声――わが原郷』（新潮社、ちくま文庫、ＭＣ新書）

85年『悲しすぎて笑う――女座長筑紫美主子の半生』（文藝春秋、文春文庫）

93年『買春王国の女たち――娼婦と産婦による近代史』（宝島社）

94年『いのちの素顔』（岩波書店）

98年『いのち、響きあう』（藤原書店）

01年『北上幻想――いのちの母国をさがす旅』（岩波書店）

04年『いのちへの旅――韓国・沖縄・宗像』（岩波書店）

07年『草の上の舞踏――日本と朝鮮半島の間に生きて』（藤原書店）

08―09年『精神史の旅――森崎和江コレクション』全五巻（藤原書店）

大畑凜（おおはた・りん）
1993年生まれ。大阪府立大学大学院博士後期課程単位取得退学。社会思想、戦後思想史。
共著『軍事的暴力を問う――旅する痛み』（青弓社）
共訳書　デイヴィッド・ライアン『ジーザス・イン・ディズニーランド』（新教出版社）
論文「未完の地図――森崎和江と沖縄闘争の時代」（『沖縄文化研究』49号）、「人質の思想―森崎和江における筑豊時代と「自由」をめぐって」（『社会思想史研究』44号）など。

＊本書は、一九六三年三月に、現代思潮社より刊行されたものを底本にし、一九七〇年新装版刊行の際に付された「新装版へのあとがき」を加えたものである。

非所有《ひしょゆう》の所有《しょゆう》　性《せい》と階級《かいきゅう》覚《おぼ》え書《がき》

著者　森崎和江《もりさきかずえ》

二〇二二年八月二〇日　第一刷発行

発行所　有限会社月曜社
発行者　神林豊
〒一八二―〇〇〇六　東京都調布市西つつじヶ丘四―四七―三
電話　〇三―三九三五―〇五一五（営業）／〇四二―四八一―二五五七（編集）
FAX　〇四二―四八一―二五六一
http://getsuyosha.jp/

装画　澤井玲衣子（たんぽぽの家）
装幀　重実生哉
編集　神林豊＋阿部晴政
印刷・製本　モリモト印刷株式会社

ISBN978-4-86503-143-0　C0095